SUPER UE FELTRINELLI

SUPER UE

FELTRINELLI

giulia carcasi

ma le stelle

quante sono

Alice

© Giangiacomo Feltrinelli Editore Milano
Prima edizione nell'"Universale Economica" – SUPER UE
aprile 2005

ISBN 88-07-84053-7

Stampa Grafica Sipiel
Milano, aprile 2005

Alice

Una vecchia canzone diceva:

"Tu sai tutto sulla realtà del mercato e qui io ammetto di essere negato. Ma a inventare quel che non c'è io forse son più bravo di te... Tu hai i soldi, io la fortuna di trovar fiori nella spazzatura. Perché a trovare quel che non c'è io forse son più bravo di te."

E allora lascia perdere i conti e le cifre.

Sai dire quanto amore hai dentro? Un chilo? Un litro?

Non lo sai, eh?

E allora lascia perdere la matematica.

Inventa quello che non c'è.

Perché quello che c'è è di tutti.

Ma se riesci a trovare quello che non c'è, be', allora hai qualcosa di solo tuo. E se qualcun altro vede quello che vedi tu, be', allora hai trovato qualcuno che ti vive.

Non lasciarlo fuggire. Fermalo! Vivilo! Scrivilo!

Le storie sono come le persone.

Non sono fatte per stare sole.

Da qualche parte nel mondo c'è qualcuno che vive una storia che si specchia nella tua.

Guardati intorno!

Quel qualcuno non è tanto lontano da te.

È l'altra metà del libro.

Non perdere tempo a scrivere altre pagine...

Cercalo!

Il resto lo scriverete insieme.

Perché non c'è niente di più riuscito di due storie che s'intrecciano.

A Milla e ai suoi sonni di principessa.
A mia madre,
ai segreti che ci hanno diviso e unito.
A Carolina,
ai sorrisi che non ha risparmiato.
A Giorgio e a tutti quelli che non co-
nosceranno mai un'emozione.
Alle stelle,
che ci guardano in silenzio.
A Carlo,
per avermi aiutato a contarle.
E, perché no?, a me stessa,
all'intensità con cui vivo.

Io la sento nei piedi la vita, nel va e vieni di ogni giorno.

Sono le sette e mezzo e sono pronta.

Do un bacio a mia madre e uno a Milla, rubo tre biscotti alla scatola e li mangio alla fermata.

Tre biscotti, non uno di meno non uno di più.

Solita corsa per occupare un posto libero sull'autobus, una conquista che dura un attimo.

"Ragazzina, mi fai sedere? Ho mal di schiena", solito vecchio che cerca di scipparmi il posto.

Mi do un'occhiata intorno: nessuno si alza, perché io?

Solito tentativo di fare come gli altri; poi però vince la diversità: mi alzo, gli lascio il sedile.

E ora c'è proprio tutto, anche il solito "Prego".

Il liceo non si è ancora svegliato: la campanella delle otto e mezzo è il suo primo sbadiglio.

Però la preferisco così questa scuola, senza gli urletti e le moine delle ragazze, senza pantaloni bassi e frangette lisce. La preferisco così, silenziosa come un mucchio di cemento che dorme.

Mi siedo sul muretto del cortile, prendo la Smemo dallo zaino, una Bic blu e comincio a scrivere.

Scrivo favole del risveglio, che è strano perché di solito le favole servono ad addormentarsi.

Nessuno ci ha mai pensato: favole del risveglio, una grande invenzione, una carica di buonumore di prima mattina, altro che le merendine ai cinque cereali... ci sarebbero meno guerre se la gente si svegliasse con una favola.

"E a vincere il Nobel per la pace è..."

...Alice Saricca, ultimo anno di liceo, il più bello, dicono.

Per me è uguale agli altri, forse peggio, perché è più incasinato, perché tutti giocano a fare i grandi, gli esperti del sesso e delle bugie. Più incasinato ancora, perché ci sono gli esami.

Ma alla fine si sopravvive a tutto, al sesso, alle bugie, agli esami... è la filosofia del "Me la cavo".

Sì, ok, te la cavi, ma con le cicatrici come la metti?

Già, perché lì per lì il fuoco ti piace, però rischi di bruciarti. E io non voglio cicatrici.

Carolina me lo ripete all'infinito: "Tu non voli perché hai paura di precipitare!".

Non me la sento di volare, sono nata senza paracadute.

"Ma così non volerai mai!" e mi spiega che nella vita è meglio avere brutti ricordi che rimpianti.

Io penso che sono meglio i rimpianti, perché su quelli ci puoi lavorare, perché puoi immaginarti il finale che più ti fa comodo, mentre i brutti ricordi il loro finale ce l'hanno già. Meglio una storia irrisolta, che puoi stringerla tra le mani e cambiarle forma, come al pongo.

Sì, meglio così, scanso i rischi: niente sesso e niente bugie.

Il fuoco non fa per me.

Sono le otto meno un quarto.

Anche quel ragazzo è arrivato.

Alza il viso, "Ciao" e si siede sui gradini. Mette le cuffie del walkman sulle orecchie e comincia a fare su e giù con la testa per inseguire le note testarde di una chitarra elettrica. Kurt Cobain, ascolta sempre Kurt Cobain.

Ha anche una maglietta nera con la scritta Nirvana in rilievo, deve averla comprata a qualche concerto.

In teoria non lo conosco, in pratica so tutto di lui: Giorgio Battaglia, III B, carnagione scura, occhi color pece, capelli neri un po' scompigliati e pizzetto. È uno che quando passa ti giri, uno di un altro pianeta, uno che sta sempre sulle sue... e non capisco perché mi guarda così.

Tira fuori dalla tasca dei jeans un pacchetto di Marlboro e per un attimo penso che è giusto fumare, se lo fa lui è giusto.

Alle otto e venti arriva anche la sua ragazza. Che ci fanno insieme?

Lei ha la bocca imbronciata e gli occhi celesti, ma fermi, che non vanno al di là; lei ha gli occhi che restano in superficie, gli occhi di lui sono tutt'altra storia...

Lui le dà un bacio e se lei gliene chiede un altro, le dice "Uno basta..." e mi guarda.

E io mi sento un'intrusa tra loro, anche se tra me e lui non c'è niente, non ci conosciamo nemmeno.

Non dovrei, ma mi ci sento lo stesso un'intrusa, perché lui mi mette in mezzo coi suoi occhi di pece.

La scuola lancia il primo sbadiglio della giornata: metto la Smemo e la Bic nello zaino e mi avvio verso l'entrata.

Mi siedo dove capita: non ho un compagno fisso, non mi piace legarmi.

Per questo ho poche amicizie, poche ma vere, di quelle che ti puoi fidare.

Carolina al primo posto.

Ci conosciamo da otto anni e se le racconto un segreto so che la sua lingua starà ferma e buona dentro al palato.

Ha un anno più di me e studia Psicologia alla Sapienza, lei vuole salvare la testa della gente, io penso che ognuno si salva da sé.

Le persone si stropicciano gli occhi quando ci vedono insieme perché Carolina e io siamo diverse in tutto, dalla marca delle scarpe al balsamo dei capelli.

Perché io ho i piedi di piombo e lei no.

Perché lei è una coraggiosa e io no.

Carolina è una tosta davvero: quando ha scoperto che Marco, il suo ragazzo, se la faceva con un'altra, è andata a parlare con l'altra e ha capito che quella non sapeva che Marco era già impegnato. Erano state prese in giro, in due. Allora Carolina ha avuto l'idea. Detto, fatto: sono andate insieme da Marco, gli hanno detto di essere rimaste incinte.

"E ora che fai?" Fai che lui all'inizio è svenuto, poi ha ripreso i sensi, ha fiutato lo scherzo, s'è sentito un verme e ha chiesto scusa.

"Sei un genio del male" le ho detto quando me l'ha raccontato.

"Grazie, lo so" ha detto lei compiaciuta.

Ma ogni tanto, ogni tanto spesso, Carolina pensa ancora a Marco. E ogni tanto lui la richiama, si vedono, ci scappa un bacio o qualcos'altro, poi litigano e lei torna a dirmi: "È uno stronzo!".

È uno stronzo, ma lo ama!

E io non capisco: che senso ha amare uno così?

Bah, è proprio vero: l'amore è così, non sai che direzioni

prende, ogni tanto salta fuori un nuovo personaggio e tutto si complica.

"Basta, Caro, ma che ci trovi in uno come Marco? È un figlio di puttana!"

"È cambiato un sacco, te lo giuro!"

Ma poi si scopre che quel sacco è piccolissimo e Marco è lo stesso.

È finita, basta!, quella è l'ultima volta che si vedono.

Io faccio finta di crederci, ma già lo so che non è l'ultima, che ce ne sarà un'altra e un'altra ancora...

Carolina è fatta così: ascolta gli ordini del suo cuore e obbedisce.

Io no, io do retta a tutta me stessa. E ogni volta che devo decidere qualcosa, c'è in me una riunione di condominio: cuore, testa, corpo e anima si vedono e si consultano.

Di solito è la testa quella a cui do più ascolto: mi sembra abbia idee migliori.

Andrea si siede accanto a me.

Capelli col crestino, alla Beckham, pantalone strappato di Cavalli, maglietta stragriffata rosa, il top tra i pariolini... scarpe da barca di Prada, occhiale grande, a mosca.

Ha il naso alla francese, più finto delle banconote del Monopoli; gliel'ha rifatto il padre, è chirurgo estetico. Andrea non si sente a posto se non trasuda soldi, i soldi del papi, se non si va a prendere l'aperitivo ogni sera, se non litiga con le zecche di scuola.

"Te l'ha fregato pure stamattina il posto quel vecchio?"

Faccio cenno di sì con la testa.

"Per me lo fa apposta, altro che mal di schiena..."

Andrea non si fida delle persone, dice che, in fondo in fondo, siamo tutti paraculi. E su quelle come me ci si marcia bene.

Carlo arriva in ritardo come sempre.

"Carlo Rossi, sei in ritardo di secoli!" gli dice il professore.

Lui fa una faccia buffa e se ne va al posto.

Le facce di Carlo sono bellissime, sono le facce di uno che non ti vuole fregare, di uno che non dice balle: nessun autobus in ritardo, nessuna chiave di casa introvabile, nessun incidente sulla Colombo, nessuna sveglia scarica. Una volta ha detto: "Scusi il ritardo, ma stavo a letto". Carlo è così, trasparente come un bicchier d'acqua, quella con le bollicine, che ti solletica la gola.

Non è come Ludovica...

Se Ludovica è in ritardo, s'inventa le storie più assurde: una volta c'è stato un incidente mentre lei stava sull'autobus ed è dovuta scendere a prestare aiuto, perché lei ha fatto un corso alla Croce Rossa, un'altra volta l'hanno fermata per un'intervista davanti a casa sua, un'intervista su cosa? Non si sa.

E io mi aspetto che Ludovica un giorno entrerà da quella porta dicendo "Scusi professore, ma oggi c'era il Giudizio universale..." o qualcosa del genere.

E sono sicura che tutti le crederanno, perché lei dice le bugie così convinta che non puoi non crederle.

Carlo si gira e mi guarda. Gli sudano le mani, le appiccica sulla copertina del libro di greco, tartaglia un "Cia-ciao!", guarda il mio foglio bianco e si rigira dall'altra parte.

È un imbarazzo veloce il suo, che gli fa correre la lingua e non gli fa finire le frasi.

Andrea dice di Carlo: "Quello schiuma quando ti guarda".

Alzo le spalle.

"Sì, ma tanto a te che te ne frega? È uno sfigato..."

Mi sposto un po' di lato con la sedia, sbircio il viso di Carlo. E vorrei dire ad Andrea che a me frega di Carlo, che se solo si togliesse quegli occhiali, si sistemasse i capelli e si vestisse meglio, sarebbe uno da farci la fila.

Ma sarà che anche il mio è un imbarazzo veloce, sarà che non mi piace espormi, guardo Andrea e gli dico "Già...".

Che grande risposta "Già..."!

Non potevi trovare qualcosa di meglio, Alice?

Ricci, il professore di latino e greco, ci assegna una versione di quaranta righe per domani.

Metto i libri nello zaino e vado verso l'uscita di scuola. Tiro fuori il cellulare dalla tasca inferiore e mando un messaggio a Caro:

Oggi *non posso venire al cinema.*
Devo fare una versione chilometrica.
Salutami Brad Pitt.

Sullo schermo una busta da lettere viene imbucata: *Messaggio inviato.*

Continuo a camminare verso casa e lo vedo lì, accanto ai citofoni, davanti al portone del mio palazzo.

È Giorgio, con la sua maglietta dei Nirvana e le cuffie sulle orecchie. E per un attimo mi dico: è venuto per me! Poi mi convinco che non è possibile, dev'essere un caso, inutile crearsi aspettative.

La telefonata di *Carolina* arriva davanti a quel portone, in mezzo ai nostri occhi che s'incrociano.

Dal cellulare parte un samba, ma il volume è talmente alto che quella suoneria sembra un richiamo per delfini.

Giorgio mi guarda e sorride. "Sei sorda?"

E vorrei spiegargli che la metto ad alto volume perché se mia madre mi chiama e non rispondo si preoccupa.

Non gli spiego niente, lo guardo e basta.

Intanto *Carolina* lampeggia sul display.

"Be'? Non rispondi?"

No, lo guardo e basta, vittima di un incantesimo.

"Dai qua" e mi toglie il cellulare dalle mani.

"Pronto?"

"Pronto? Chi è?" chiede Carolina.

Allungo la mano, cerco di riprendere in pugno la situazione.

"Ridammi il cellulare."

Ma lui si mette il dito davanti alla bocca, come per dire "Shh... tranquilla, ci penso io!" e mi fa l'occhiolino.

"Sono Giorgio! Cercavi Alice?"

Ha detto "Alice"! E capisco che anche lui sa il mio nome, non è qui per caso.

"E te chi sei?" chiede Carolina, che nelle situazioni strane ci sguazza benissimo. "Le hai fregato il cellulare?"

"No no, Alice è qui, davanti a me."

"Be', dille che non ci sono storie... passo alle quattro e ce ne andiamo al cinema."

Lui mi guarda, tappa con la mano il microfono del cellulare: "Passa a prenderti lo stesso. Sei fregata!".

"Dille che non posso! Se m'interroga sulla versione domani, che racconto a Ricci? Gli parlo di Brad Pitt?"

Giorgio toglie la mano dal microfono.

"No, Alice non può. Deve uscire con me oggi."

Carolina insiste: "La scusa che deve studiare stavolta non attacca".

"No, infatti non è per la versione, è che esce con me oggi."

Io spalanco gli occhi, sorrido.

A Carolina non tornano i conti: "Ma chi sei tu? Quel tipo strano che sta in classe sua?".

Sbianco e penso che Carolina non poteva trovare un momento peggiore per tirare fuori Carlo.

Per fortuna Giorgio non se ne accorge e va avanti.

"No, non sto in classe sua. Comunque oggi pomeriggio Alice esce con me" fa lui e attacca.

Giorgio mi restituisce il telefonino, io un sorriso.

"Te la cavi bene con le bugie" gli dico.

"Quali bugie? Passo alle quattro."

Raccoglie il suo zaino e se ne va.

Anch'io raccolgo il mio ed entro nel portone.

Il cellulare è ancora caldo, pieno del suo respiro.

Mando un messaggio a Carolina:

Devo fare una versione chilometrica
e poi devo uscire con un tipo fighissimo...

Sono le tre e mezzo del pomeriggio.

Mia madre passeggia per casa con Camilla in braccio.

Camilla è mia sorella, Milla, e io sono la sua "Iice".

A lei basta dire "Ma-mma" per riscuotere un "Brava!" e far sorridere tutti. Basta battere le mani, canticchiare un motivetto col cucchiaino del caffè come microfono.

Per me è tutto un non-dovere: non devo perdere tempo, non devo fare tardi, non devo bere, non devo fumare, non devo drogarmi, non devo uscire senza permesso, non devo andare in motorino con Carolina.

E mi riesce impossibile pensare che una manciata di anni fa ero anch'io così, che era facile, bastava battere le mani... Ma il tempo corre veloce e non ti avvisa, non ti dice che sta per raggiungerti e sorpassarti.

Milla si tiene aggrappata alle spalle di mia madre.

Io ho appena finito di tradurre la versione.

La rileggo e non riesco a trovarle un senso: sono solo duecento parole capitate insieme, non si può fare di meglio in mezz'ora.

Mi faccio una doccia lampo, vado in camera, apro l'armadio.

Tra un quarto d'ora Giorgio sarà qui.

Dove andremo?

Non lo so.

E non so neanche cosa mettermi.

Non so niente!

Sfoglio l'armadio, stampella per stampella, accosto i colori, apro i cassetti e tiro fuori tutto, anche i vestiti dimenticati, quelli che odorano di naftalina, quelli che chissà se mi stanno ancora.

Il citofono suona.

"Alice!" urla mia madre dal corridoio. "Un certo Giorgio ti aspetta sotto casa. Ma chi è? Dove vai?"

È arrivato Giorgio!

E non so ancora cosa mettermi.

"Alice?"

"Sì, mamma!" rispondo veloce e forte come un soldato sull'attenti. "È uno di scuola, Giorgio Battaglia, III B."

"Dove abita? Mi lasci un suo recapito telefonico?"

E mi rendo conto che non so niente di lui.

"Alice, mi rispondi?"

"Abita qui vicino, il numero non lo so..."

"Come non lo sai? Ma lo conosci?"

"Sì, mamma, lo conosco! Solo non ho il numero di telefono e l'indirizzo preciso..."

E non so ancora come vestirmi.

"Come ragioni, Alice? E se succede qualcosa e il tuo cellulare non prende, come faccio a rintracciarti?"

"Tanto oggi faccio presto... quando torno ti do tutte le informazioni che vuoi" e rimetto gli occhi nell'armadio.

"Tu non vai da nessuna parte" ed esce dalla mia stanza.

La inseguo per casa in reggiseno e mutande, cerco di convincerla, sbuffo e ripeto "Sei peggio dell'FBI!".

E facciamo un patto.

Sono le quattro e mezzo.

Il suono di un clacson scocciato sale dal portone.

Metto dei jeans, una maglietta bianca un po' attillata e senza maniche, cintura, orecchini di perla, burro di cacao e matita color terra sulle labbra. Solita spolverata di fard, capelli raccolti, due spruzzate di Acqua di Giò sul collo, calzini colorati, scarpe da ginnastica e... Ci sto, sono pronta.

Prendo il cellulare, mi do un'occhiata allo specchio, "Dai" mi dico, apro la porta e scendo.

Faccio le scale di corsa e sono da Giorgio.

Non gli do il tempo di salutarmi.

"Senti, se vuoi che esco con te mi devi dire dove abiti e lasciarmi il tuo numero!"

"Cos'è? Uno scherzo?"

"No, è mia madre."

Lui brontola e scrive su un foglietto.

Rifaccio le scale di corsa, suono il campanello, do a mia madre il foglietto.

"Tieni!"

Lei sorride: sua figlia è una brava ragazza. Mi dà un bacio e dice "Stai benissimo", anche se dopo tre rampe di scale ho il trucco sbavato e il fiato grosso.

"Ho fatto una figura terribile, se non mi chiede più di uscire è colpa tua!"

Lei ride e io non capisco perché.

Chiudo la porta, rifaccio le scale e torno da lui.

Giorgio è lì.

Ha gli occhiali da sole a specchio, jeans e camicia bianca.

Le tinte chiare gli stanno benissimo.

Ha preso in prestito l'Alfa 147 nera di suo padre.

"Scappiamo, sennò tua madre mi chiede il codice fiscale..." e accenna un sorriso, però lo vedo pensieroso.

Gli dico di stare tranquillo, se sto a casa per l'ora di cena nessuno gli telefonerà.

Non capisco perché è così preoccupato.

Lo capirò tardi.

E in parte non lo capirò mai.

Ce ne andiamo in via del Corso.

L'Alfa la lasciamo sul Lungotevere, perché non abbiamo il permesso per entrare in centro.

Così ci tocca fare un bel pezzo di strada a piedi.

Mi faccio i complimenti da sola per aver messo le Nike... è stata una mossa previdente.

Lui spulcia le vetrine e faccio finta di guardarle anch'io... Gli piace quella maglietta e deve assolutamente entrare a provarla e poi quel pantalone e poi quel berretto...

"Sei vanitoso come una donna!"

"E tu sei seria come un uomo!"

Passiamo il pomeriggio a pungerci.

Poi ci fermiamo alla Fontana di Trevi.

"Aspetta un attimo!" dico.

"Vuoi buttare una monetina?" mi chiede Giorgio.

Già, perché se ti volti di spalle e butti una monetina, il tuo desiderio si avvera, dicono. C'è anche un altro rito: le coppie che bevono alla fontanella sul lato sinistro resteranno fedeli. Leggende...

"No, non credo a certe cose. Ho solo sete."

Mi avvicino piano alla fontana, stando bene attenta a fissare i piedi e a non scivolare.

Torno da lui, con le labbra bagnate.

Giorgio mi guarda, "Ho sete anch'io" si avvicina e mi bacia.

E prima resto lì, immobile, in quel bacio, poi mi libero e mi rimetto a camminare.

"Che c'è?"

Non lo so.

Dentro di me c'è stata un'altra riunione di condominio e qualcuno ha deciso che dovevo staccarmi dalle sue labbra. Non so chi è stato dei quattro, se il cuore, la mente, il corpo o l'anima...

"Mi vuoi dire che c'è?" urla.

E io non sopporto chi urla!

"Non urlare!" gli urlo. "Non ha senso quel bacio."

"Come non ha senso? Mi piaci, ti bacio."

Fa tutto facile Giorgio: mi piaci, ti bacio.

Logico, no? E invece no!

Non è logico, perché io non riesco a non mettermi nei panni di tutti, nei panni del vecchio dell'autobus che si vuole sedere, nei panni di mia madre che vuole sapere con chi esce sua figlia, nei panni della ragazza di Giorgio, quella con gli occhi in superficie.

"Sai, ho pensato che, se fossi la tua ragazza, in questo momento non sarei al massimo della felicità, sapendo che ti baci con un'altra, che poi sarei io..."

"Ma tu non sei la mia ragazza."

Stavolta sono io a non capirlo.

"Tu sei una che fa tutto difficile" dice Giorgio.

E me lo dice anche mia madre.

E me lo dice anche Carolina.

Ok! avete ragione, sono una che fa tutto difficile.

Torniamo alla macchina.

Zitti, apriamo la portiera e ci mettiamo seduti. Giorgio fa partire una canzone di Kurt Cobain, *Come as you are*.

Interrompo il cd.

"Io odio quelli come te" e penso a Marco e penso che io no, non voglio fare la Carolina, non voglio dire "È uno stronzo, ma lo amo!".

Giorgio guida attento e si ferma al rosso.

Su uno scooter accanto a noi un ragazzo si aggiusta sulle spalle un maglione celeste, sorride di buono e promette che tra cinque minuti la raggiungerà.

Torna il verde. Il ragazzo schizza via, ha fretta di incontrarla.

Giorgio riparte con calma.

"So come funzionano queste cose, Alice: adesso mi odi, domani avrai già cambiato idea."

"Non ci contare, io non cambio mai idea."

"Ascolta, quella che sta a scuola non conta niente, è una storia che si trascina da qualche mese, praticamente finita. Lei sa che oggi uscivamo insieme."

E mi sento in colpa, per aver dubitato della sua onestà.

"Tocca a te. Che ne pensi di NOI?"

E io ci devo pensare a NOI, perché IO E TE è un conto, ma NOI spaventa un po'.

"Non lo so, vorrei conoscerti meglio prima di... Sì, insomma, frequentiamoci e vediamo come va a finire."

E mi rendo conto che ho parlato proprio come mia madre, che ogni volta ripete "Se son rose fioriranno".

E mi sento una stupida, una capitata per caso in questa generazione.

Una che fa tutto difficile.

"Be', com'è andata col tipo?" chiede Carolina al telefono.

"Mmm..."

"Che vuol dire 'Mmm...'? Sei diventata una mucca?"

E io le spiego che il pomeriggio non è andato un granché: Giorgio è uno di quelli che prendono subito l'iniziativa.

"Bene, proprio uno così ti ci vuole! Uno che non ti lascia pensare e ti marca stretto."

Le dico che il mio tempo me lo sono preso lo stesso: ho chiesto a Giorgio di rallentare e conoscerci meglio.

"Perché l'hai fatto? Basta Alice! Rischiatela! Possibile che non salti se non hai il materasso sotto?"

"E se poi cado sul marmo?"

"Se cadi sul marmo ti fai un po' male e amen."

Poi cominciano le domande, le solite domande che trovano sempre le solite risposte.

"Con quanti ragazzi sei stata?"

"Zero" e faccio una smorfia.

"Ti senti più forte adesso che sei scappata da ogni relazione possibile e immaginabile?"

No, ho ancora più paura, perché quando rimandi, ti carichi di aspettative e della paura che queste aspettative siano deluse.

E io ho rimandato così tanto l'incontro con un ragazzo, che adesso mi aspetto l'arrivo del principe azzurro su un cavallo bianco.

Che poi è davvero improbabile... arriverà in motorino o su un'Alfa 147 magari, ma sul cavallo proprio no...

"Allora, Alice? Non pensi che è il momento di rischiare?"

Abbasso la cornetta, mi siedo alla scrivania e cerco di aggiustare la versione, di darle una parvenza di logica, il finto ordine di chi accartoccia i vestiti e li chiude nell'armadio. Mi domando se sono mai andata a scuola con una versione non fatta, se mi sono mai presentata a un'interrogazione senza sapere tutto per filo e per segno, se ho mai preso un impreparato, se mi sono mai giustificata, se ho mai bigiato...

La risposta è "NO!".

Non per bravura, per paura.

Allora penso che è tempo di chiudere il libro delle versioni e di mettermi a guardare la tv o di ascoltare un po' di musica, così, senza pensieri.

Alzo il volume dello stereo.

Radio Subasio 94.5: Ligabue canta *Piccola stella senza cielo*.

Non è una canzone recente, ma trattiene il suo fascino, come quelle signore invecchiate bene.

E me lo chiedo anch'io.

Alice, non pensi che è il momento di rischiare?

Le interrogazioni sono una roulette russa: si sta in silenzio e ci si passa la pistola carica.

Oggi ci sono tre pallottole dentro e una di quelle, forse, è per me.

Ricci apre il registro.

L'adrenalina sale dai piedi, si arrampica nelle vene e si accumula nello stomaco.

Premo il grilletto e non esce niente. Salva!

Una scarica di adrenalina.

"Paolo, Andrea, Carlo." È toccata a loro la pallottola oggi. Paolo ruba un 7, Andrea resta a 5, Carlo fa il buffone e prende un 6 stracciato.

Carlo che fa il buffone? Carlo che prende 6?

Impossibile...

È da qualche giorno che Carlo è cambiato: si concia in modo ridicolo, coi boxer di fuori, con i pantaloni che puliscono per terra, con magliettine striminzite e piene di scritte stupide, coi capelli fonati, con le collane a pallettoni d'acciaio. E così, non è più lui.

In pochi giorni si è legato ai tipi più in vista del liceo: basta avere lo sguardo spento e la maglietta giusta per meritarsi la loro amicizia.

Suona la ricreazione: Carlo sta vicino al distributore di caffè e fa il mollicone con Ludovica.

E lei se lo rigira come un calzino.

M'immagino quali storie assurde gli sta raccontando per addomesticarlo: magari di quella volta che è andata a Valle Lunga a fare le corse sulla moto col suo ex, o quando è andata al college in Inghilterra e ha conosciuto il figlio di un principe arabo che la voleva sposare e ricoprire d'oro e diamanti. O di quella volta che stava facendo surf a Santa Severa e ha visto la pinna di uno squalo che si avvicinava: lei ha trattenuto il fiato per un'ora e ha fatto finta di essere morta e lo squalo se n'è andato.

E io mi chiedo: come fai a trattenere il fiato per un'ora? Ma me lo chiedo solo io...

Carlo sorride interessato e continua ad ascoltarla.

E penso che il mio amico ha fatto la stessa fine di Kafka, che un giorno si sveglia scarafaggio.

Speriamo che qualcuno non lo schiacci.

Due mani arrivano da dietro e mi tappano gli occhi.

"Chi sono?"

Non mi è difficile capire di chi è quella voce roca: Giorgio. Però gioco a non dargli soddisfazione.

"Non lo so, chi sei?"

Allora lui toglie le mani dagli occhi e mi si mette davanti.

Me lo guardo, faccio la disinteressata e dico: "Ah, il tipo con cui sono uscita ieri pomeriggio...".

Lui non si perde una battuta.

"...e con cui uscirai anche oggi."

Alle quattro e mezzo, sotto casa mia.

Stavolta non arriverò in ritardo, lo giuro!

Scarto una barretta Pesoforma e pranzo con quella.

"Non mangi? Poi ti senti male..."

È mio padre, sempre preoccupato per i miei pasti.

Mi mette davanti tre fettine d'arrosto col purè di patate.

"Adesso ti siedi e mangi con noi."

Gli faccio notare che ho già mangiato una barretta e che mi sento pienissima, anche se dentro lo stomaco sento l'eco.

Mi chiudo in camera mia.

Metto il cd di Gianna Nannini nello stereo.

Traccia n. 9: *Bello e impossibile*.

Mi piacciono queste canzoni che fanno rumore, che ti fanno sentire innamorata, pure se non lo sei. Ascolto *Bello e impossibile* e mi convinco che sono innamorata, sì, sono innamorata, ma di chi? Dell'Amore forse, quello con la A maiuscola, che non lo trovi neanche a pagare oro.

Il ritornello della strofa sale:

Girano le stelle nella notte
e io ti penso e forte forte forte ti vorrei!
Bello, bello e impossibile, con gli occhi neri e il tuo sapor mediorientale.

Canto a squarciagola, mentre mio padre sta in cucina e urla: "Se hai intenzione di fare la cantante, sei messa male...". Gli dico di non preoccuparsi che io farò la scrittrice, sarò una grande scrittrice. E sorrido.

Il ritornello ritorna.

Bello, bello e invincibile, con gli occhi neri e la tua bocca da baciare.

E io lo sento ancora di più: sì, sono innamorata.

Ed è facile pensare a Giorgio, che sta per arrivare, che è più vicino, più a portata di mano dell'Amore.

Sono le quattro e mezzo.

Giorgio arriva puntuale.

Dà un colpo di clacson e mi fa uno squillo col cellulare per dirmi che è qui sotto.

Raggiungo mia madre in salone.

Sta guardando in tv uno di quei programmi stupidi in cui tre persone sono pagate per inventarsi una storia e si mettono a litigare tra loro, anche se non si conoscevano fino a pochi minuti prima.

"Io esco!"

"Con Giorgio?"

"Sì. Perché storci la bocca?"

"Non ho storto la bocca!"

Poi mi dice di fare attenzione e di andarci piano.

"Guarda che mica stiamo insieme..."

Lei mi squadra e poi si rimette a guardare la tv.

"Fai come ti pare. Basta che non è una cosa seria..."

La bacio sulla guancia: "Tranquilla...".

Lei non mi crede. E forse neanch'io.

Ce ne andiamo all'Eur, non al Laghetto o in viale Europa.

Facciamo tutte le stradine secondarie che stanno nei paraggi.

"Al 19 ci stanno Carolina e Marco. Te li presento."

"La prossima volta..." mi promette, a lui non piace stare in mezzo alla gente.

Camminiamo per un'ora e non la smette un attimo di parlare: delle sue vacanze al Giglio, della sua ex, quella che sta a scuola nostra, dei suoi amici, del calcetto...

"Ci mettiamo seduti?"

Oggi ho i sandali e mi sento come la Sirenetta di Andersen: ogni passo è una pugnalata.

Ci sediamo sui gradini del Colosseo Quadrato, quello che sembra una fetta di gruviera e che io da piccola chiamavo "Il palazzo coi buchi".

Gli racconto di quando mio padre mi portava in questo spiazzo a giocare e io mi divertivo a segnargli un gol troppo facile.

Giorgio mi guarda, fa finta di sbadigliare.

"C'è un modo per farti stare zitta?"

Gli faccio notare che ho subìto le sue storie stupide sul Giglio, sulla sua ex, sui suoi amici, sulle sue partite di calcetto.

"Hai proprio il cuore di pietra!" gli dico e sbuffo.

Lui prende la mia mano e se la mette sul petto.

"Secondo te le pietre vanno così veloci?"

Il battito accelerato.

Lo guardo fisso e lascio ancora un po' la mia mano lì, sul suo petto. E penso che basterebbe così poco per baciarlo.

Penso ma non agisco: è la pratica il mio problema.

"Be', quando rotolano sì..." gli rispondo e mi convinco che ho un talento particolare: dico le cose sbagliate nei momenti giusti.

Gli busso sul petto e mi ritorna un rumore cupo: "Sì, è proprio di pietra...".

Lui si avvicina e mi bacia. Stavolta non scappo.

Le labbra di Giorgio invitano a ballare le mie, ma le mie non conoscono bene i passi, le mie sono ballerine alle prime armi, che guardano quelle di lui e cercano di imitarle.

Ma non è facile imparare il ritmo...

"Ahia!" dice lui e si stacca e io divento prima rossissima e poi verde, peggio di un semaforo.

E vorrei dirgli che le mie labbra non sanno ballare, non hanno mai ballato prima di oggi.

Poi mi vengono in mente le lezioni di Carolina.

Prima regola: Mai dire a un ragazzo che è il primo.

Si sentirà come uno che ha vinto una corsa. Sentirà di averti in pugno e se ne approfitterà, puoi scommetterci.

Io e Giorgio ce ne stiamo zitti per un po', ognuno con le labbra al loro posto.

Poi lui spezza il silenzio con quella domanda.

"Non hai mai baciato?"

Prima regola: Mai dire a un ragazzo che è il primo.

Faccio la vaga, meglio.

"No, non è quello. È che non ho avuto tante storie." E penso di cavarmela così, dicendo "non tante" invece di "nessuna".

"Be', allora si vede che il tuo ex era un tricheco e vi baciavate coi denti..." e ride.

"Che ti ridi?" e capisco che Giorgio non è un principe, perché un principe non mi prenderebbe in giro perché non so baciare.

Raccolgo la borsetta e faccio per andarmene.

"Dove vai, scema?"

Mi prende una voglia matta di strappare dal suo viso quel sorrisino.

"Vado dove mi pare. E poi 'scema' lo dici a tua sorella!"

"Sono figlio unico!"

"Allora dillo a tua madre!" e me ne vado.

Giorgio mi segue, ride, scuote la testa.

"No, Alice, non ci siamo proprio, queste cose non si dicono, mai mettere in mezzo i genitori."

"Sei uno stronzo!"

"E tu sei bellissima."

Lui scherza... Io no.

"Riaccompagnami a casa!" gli ordino.

"No."

"Va bene, prendo l'autobus! Ma non mi parlare mai più!"

Mi avvio alla fermata.

"Sei proprio una ragazzina."

Gli faccio un sorriso tirato.

"Adieu!" e salgo sul 714.

Lui sorride e m'insegue con le parole.

"Tanto non mi scappi!" e scuote la testa: già lo sa che non è l'unico, l'ultimo addio, che ce ne saranno altri.

Mi metto sui sedili posteriori e lo guardo dal finestrino.

Lo guardo finché posso, finché non diventa un punto piccolissimo... e scompare.

E lui sta lì, fisso, alla fermata, mentre mi allontano.

Metto a fuoco i suoi occhi color pece: già sento il bisogno di ricordarli... Dio, perché l'hai fatto così bello?

Giorgio non scriverà un messaggio per riprendermi.

È uno fatto così: non lascia tracce di sé.

Ci vediamo a scuola il giorno dopo. E quello dopo ancora. E ancora.

Lui continua a parlare con la sua ex.

Io resto qui, nella mia classe, mi affaccio dalla porta e li inseguo con lo sguardo.

Parlano fitto, non so di cosa, non riesco a sentire.

Li spio e un po' me ne vergogno...

Non si toccano, non c'è contatto e questo mi fa stare meglio.

La campanella strilla la fine della ricreazione.

I ragazzi del primo anno finiscono in fretta di mangiarsi la merenda e tornano di corsa in classe.

Quelli dell'ultimo anno no, ormai lo sanno come funziona: non rinunciano a un altro bacio, al secondo cappuccino, all'ultimo tiro di sigaretta. Hanno capito che la vita non va mai presa troppo sul serio, mai di fretta. Solo l'amore, solo quello consumano come i kleenex: usa e getta.

Andrea torna in classe e mi si avvicina. Si scopre il polso e fa finta di guardare l'ora, tanto per mostrare il Rolex.

"Solitaria oggi?"

"Sì" e intanto cerco con gli occhi Giorgio e la sua ex. Non ci sono più, li ho persi!

"A che pensi?"

"A niente!" rispondo d'istinto e cambio subito discorso. "Che hai fatto sabato sera, Andrea?"

È stato con una ragazza. Si sono conosciuti in discoteca, al Goa. Hanno ballato per qualche ora, sono andati a prendersi qualcosa da bere in un pub, poi, non si sa come, si sono risvegliati abbracciati nella macchina di Andrea, con i vestiti scomposti e i pantaloni abbassati. "Insomma, abbiamo fatto sesso."

"In macchina!?"

"E dove sennò? A casa mia ci stavano i miei e lei pure abita coi suoi."

"Dev'essere scomodo."

Ma lui dice di no, si può fare, basta che ci sono i sedili reclinabili. Certo, ti ritrovi con la schiena un po' incriccata e devi stare attento ai guardoni, ma se metti sul cruscotto qualche foglio di giornale il gioco è fatto.

"Perché, tu dove lo fai, scusa?" mi chiede.

Penso alla mia prima volta e mi prometto che non accadrà mai su un sedile ribaltato, che almeno la prima volta dev'essere da fiaba, perché me la ricorderò per tutta la vita.

Penso, ma non dico.

Di questi tempi, è una colpa dirlo.

"Sono vergine!" e tutti ti sparano gli occhi addosso e pensano che non sei normale o non ti ha voluto nessuno. E non capiscono che si può scegliere, dare tempo al corpo.

Mi risparmio la fatica e lascio intendere ad Andrea che anch'io lo faccio, sì, faccio sesso sfrenato, non in macchina però. Con chi lo faccio?

Be', non te lo posso dire.

"Non lo conosci..."

Non può conoscerlo, non lo conosco neanch'io.

Poi Andrea riprende a raccontare e dice che appena ha visto bene in faccia questa ragazza si è spaventato e l'ha lasciata.

"Era un mostro, peggio di Shrek! Prima sembrava una fata, poi mi sono svegliato e accanto c'avevo 'sta strega..." L'alcol tira brutti scherzi...

Ricci entra in classe e con lui tutte le pecore tornano all'ovile. Ognuno si siede al proprio posto: Ricci ha riportato i compiti di latino. E mentre Silvia Di Giosio li distribuisce, voglio sapere com'è finita la storia di Andrea.

"Be', ti sei pentito allora?"

"No no, la scopata è stata eccezionale."

E io mi prometto che non lo farò mai in macchina e lo farò da lucida, così non ci saranno sorprese al risveglio.

Silvia Di Giosio dà il compito a ciascuno e commenta: "Bravo Carlo!... Peccato Andrea!... Mi dispiace Paolo!...". Partecipa con noi, come se fossimo amici suoi, come se lei volesse il bene di tutti, nessuno escluso.

"Complimenti Alice!" e sorride.

È nata bugiarda: sa che la odio e io so che lei mi odia.

Gliel'ho persino detto, quella volta che mi ha suggerito una risposta sbagliata: "Sei disgustosa, Silvia. L'hai fatto apposta!".

Io penso che ognuno nasce senza qualcosa.
Silvia è nata senza sincerità.
Andrea senza rimorsi.
Ludovica senza mutande.
Carlo senza maschere.
Io senza paracadute.
E Giorgio?
Be', lui è nato senza di me.
Mi piace pensarlo così, come un muro con una crepa.
E io sarò il suo stucco.
E lui il mio paracadute.
Sì, va bene, ma se lui non mi chiama come faccio a volare?
Non lo so, per ora resto a terra.

"Saricca, può scendere e chiedere al bidello se le fa venti fotocopie di questi appunti su Catullo?" mi chiede Ricci.

Sono gli appunti di quando lui stava all'università, fogli che nessun essere umano è in grado di leggere.

"Certo, professore!" e scappo. Mi faccio una passeggiata per la scuola, prendo un caffè alla macchinetta, vado in bagno e poi scendo al piano terra, davanti alla presidenza.

Il bidello non c'è.

Mi affaccio in segreteria.

"Dov'è Massimo?"

La segretaria mi risponde che è andato ad aggiustare le lampade della palestra, c'è da aspettare un po', anche un altro ragazzo deve fare le fotocopie.

E penso che quell'altro ragazzo è Giorgio.

Sono sensazioni, non te le puoi spiegare.

Mi giro di scatto.

"Alice, devi rispettare i turni: ci sono prima io."

È lui.

Respiro forte e gli faccio un cenno con la mano come sottospecie di saluto.

"Anche tu?"

Già... Gli faccio vedere i fogli di Ricci.

"Questo scrive come un serial killer!"

Sorrido e gli domando quando mai ha visto come scrive un serial killer.

"Boh, però secondo me i serial killer scrivono così."

"E tu?"

Mi fa vedere le domande di letteratura che Malari darà domani ai ragazzi della prima.

I miei occhi s'illuminano: "Mi è venuta un'idea".

E lui dice che le mie idee lo spaventano.

"Dai! Fai una buona azione!" cerco di convincerlo.

Intanto arriva Massimo, prende i fogli con le domande di letteratura.

"Quante ne devo fare?"

Giorgio dice subito "Ventitré!".

E io lo guardo con aria di sfida e dico "Ventiquattro!".

"Decidetevi: ventitré o ventiquattro?"

Allora Giorgio risponde di nuovo "Ventitré!".

E io di nuovo "Ventiquattro!". Non mollo la mia idea.

"Vabbe', ne faccio ventiquattro... però mettetevi d'accordo!" dice quel poveraccio.

La copia in più la prendo io, la metto sotto la maglietta.

Giorgio raccoglie le altre ventitré e scompare.

E penso che è brutto come finale, poteva almeno aspettare che io facessi le mie.

Do a Massimo gli appunti di Ricci. "Di questi, venti."

Prendo le mie copie, gli dico "Grazie!" e mi avvio per tornare in classe. Passo davanti agli spogliatoi della palestra, ai ripostigli dei bidelli...

Una mano mi afferra il polso e mi trascina dentro.

Subito dopo chiude la porta.

Giorgio è così, ti prende alla sprovvista.

Ce ne stiamo lì, chiusi in quello sgabuzzino di mezzo metro, con gli scopettoni che ci pungono la schiena e gli stracci che ci intralciano i piedi.

Ce ne stiamo stretti, con i corpi appiccicati, ma una vicinanza che non richiede coraggio, una vicinanza forzata, perché lo spazio è quello che è.

"Io vado, altrimenti Ricci mi dà per dispersa" e metto la mano sulla maniglia della porta.

"Te ne vai senza salutare?"

Gli do due baci sulle guance, "Almeno questi li so dare..."

"Secondo me ti serve solo un po' di pratica e dopo sai dare pure quelli sulla bocca. Se vuoi posso fare da cavia..."

E, per un attimo, mi dimentico della regola numero uno.

"Sai, io non ho mai baciato..."

Lui dice che gli fa piacere e l'aveva capito. Poi aggiunge: "Be', allora cerchiamo di darlo bene questo primo bacio...".

E io capisco che devo tenere lontani i denti e giocare solo di labbra. E mi piace sì, stavolta mi piace. Mi manca il fiato, le sue mani si aggrappano ai miei fianchi e sento il bisogno anch'io di stringermi a lui, di accarezzargli i capelli.

La porta dello stanzino si apre leggermente.

Intravedo Ludovica, parla con Massimo.

"Hai visto Alice, quella che sta in classe mia?"

Massimo le dice che ho fatto le fotocopie una decina di minuti fa e poi non sa che fine ho fatto.

Mi attacco di più a Giorgio e prego la porta di restare così, immobile, di non aprirsi, non un centimentro in più.

Ma la porta non mi dà retta e scricchiolando si apre.

Esco dallo stanzino, con la faccia arrossata e il fiato corto.

Ludovica mi guarda storto: "Ricci ti dà per dispersa".

Poi squadra Giorgio, lo spulcia dalla testa ai piedi.

"E brava Alice Saricca..." dice.

Giorgio si pulisce la bocca con il dorso della mano e le risponde pronto: "Guarda che non stavamo facendo niente. Alice s'è sentita male dopo aver fatto le fotocopie. Si sentiva svenire. L'ho accompagnata qui e l'ho aiutata a bagnarsi la fronte". E io sono contenta che lui abbia trovato una bugia per me, perché io non sarei mai riuscita a trovarne una così buona. Gli occhi di Ludovica continuano a guardarlo ed è come se dicessero: "A me non mi freghi...".

Ma anche se gli occhi parlano, le bocche stanno zitte.

Ludovica dice "Sbrigati!" e risale in classe.

Le chiedo di aspettarmi: meglio salire in due e raccontare lo stesso malore.

Vado da Giorgio, gli dico "Grazie!" ad alta voce, poi mi avvicino al suo orecchio: "Dammi tre giorni e divento la regina dei baci".

Controllo se ho ancora il foglio con le domande di letteratura sotto la maglietta. Sì, è ancora lì.

Salgo le scale e rientro in classe.

Ludovica parla fitto con Giada. Già lo so che stanno parlando di me, di Giorgio, dello sgabuzzino. E mi piace pensare che il mondo lo sappia: Alice Saricca ha finalmente trovato il ragazzo giusto, quello che tutte vorrebbero.

Ma ora è suo.

SUO.

E devono stargli alla larga.

Prendo le fotocopie e le distribuisco: Carlo ci si costruisce un aeroplanino, Ludovica ne strappa un pezzo e ci sputa la gomma, Paolo comincia a tagliarla in tante striscette per prepararsi le canne, Andrea mi chiede: "Che ci faccio? Mi ci pulisco il culo?" e io gli rispondo che è una buona idea, in mancanza di meglio...

La campanella strilla: la giornata è finita.

Prendo il mio zaino e vado davanti alla porta della III B, faccio cenno a Giorgio di uscire. "Dai!"

Ma lui ci mette secoli.

"Sbrigati, non facciamo in tempo!"

Lui si dà una mossa ed esce. Facciamo le scale insieme e andiamo davanti alle prime.

"Ci faranno una statua..." dico.

Dalla porta esce un ragazzino di quindici anni, coi vestiti da uomo e il viso da bambino.

"Domani Malari vi darà queste. Falle girare" e gli passo il foglio con le domande del compito di letteratura. E gli occhi di quel ragazzino brillano ed è subito un passaparola e tanti occhi che fanno contatto e s'illuminano, tutti insieme, come le luci dell'albero di Natale.

Mi dicono che sono una grande, "meglio di Robin Hood!". Li saluto, dico a Giorgio "Andiamo!" e ci avviamo verso l'uscita. Lo guardo come per dire "Hai visto?", ma lui smonta tutto il mio entusiasmo...

"Se ti scoprono sei fottuta."

E non capisco: perché "sei fottuta" e non "siamo fottuti"?

Lui non combatte con me.

E io non voglio rovinarmi la giornata con un pensiero triste. Oggi è il giorno del mio primo bacio, del primo dato per bene. Allora faccio finta di non sentire, guardo Giorgio e mi rassicuro.

"Chissenefrega... Bisogna rischiare per un po' di felicità."

Ho detto proprio: "Bisogna rischiare" e non credo a me stessa.

Ci siamo amati così, dentro un ripostiglio di scuola, in un pub sconosciuto, in una stradina secondaria; ci siamo chiamati col suono di un clacson, lo squillo di un cellulare. Mai Al 19, mai al citofono, mai un messaggio... Non bisognava lasciare tracce.

"A che ti serve dimostrare che stiamo insieme?" mi chiedeva Giorgio.

A niente... a sentirmi meno invisibile... a niente.

Non bisognava amarsi davanti a qualcun altro.

"Ti vergogni di me?" e pensavo che forse non ero adatta, troppo poco per lui.

Troppo poco, perché io faccio tutto difficile e lui è uno che sa vivere, perché lui ha gli occhi di pece e Dio l'ha fatto dannatamente bello.

"No!" rispondeva deciso.

E allora, perché?

"Non voglio far soffrire Sara."

Sara, la sua ex, la ragazza con gli occhi in superficie.

"Ma così fai soffrire me..."

"Tanto tu sei forte, tu le capisci queste cose" diceva lui.

Sì, io sono forte... sono di granito... le capisco queste cose.

Io, che mi metto nei panni di tutti, nei miei no, i miei li lascio nell'armadio, tra la polvere.

Ma ogni tanto mi stancavo di indossare quei panni usati, che appartenevano ad altri, che non erano della mia taglia.

"Basta, Giorgio, sono stanca di capire. Lasciami perdere" aprivo la portiera della macchina e mi avviavo verso casa.

E lui mi seguiva fino al portone, mi prendeva per il polso, mi stringeva forte.

"Mi fai male!"

Continuava a stringere e a ripetere "Resta, ho bisogno di te!".

Allora chiedevo al mio cuore se anche lui aveva bisogno di Giorgio. Sì. E restavo.

A volte cercavo di resistere, provavo ad addomesticare il mio cuore, a darli io gli ordini: "Stai zitto tu! Non hai bisogno di lui!".

"Lasciami!" e gli sparavo addosso i miei occhi, pieni di una rabbia pronta a sciogliersi. Slacciavo la sua mano dal mio polso e continuavo per la mia strada.

Chiudevo il portone di fretta e salivo le scale, senza guardarmi indietro.

Di corsa.

Perché è istintivo pensare che se corri avanti ti sarà più facile non voltarti indietro.

Perché pensi che più vai lontano e più vedrai piccolo e distante quello che ti sei lasciata alle spalle.

Ma le regole della prospettiva non sono valide in amore. Puoi andare lontano mille miglia, mesi, anni, ma basterà girarti un attimo, abbassare per un solo secondo le difese e lasciarti vincere dal ricordo, per ritrovarlo lì, bello come sempre, con i suoi occhi appiccicati ai tuoi, con la sua mano che cerca di trattenerti, con il suo pizzetto e la sua barba di qualche giorno che ti irrita la pelle, con la sua bocca che viaggia sul tuo corpo, viaggia, sì, perché l'amore conosce strani mezzi di trasporto.

Ti basterà quell'attimo per farti capire che non sei andata poi così lontano, che non hai fatto tanta strada.

Basterà a farti risentire fragile, a ridarti l'affanno.

Ma questo l'ho capito dopo.

A quei tempi mi bastava scappare, fare le scale di fretta e pensare già di dimenticarlo.

Poi però me lo ritrovavo nel cuore, in un gesto distratto che tanto piaceva a lui, nei capelli lasciati sciolti per essere accarezzati meglio, nel vestito del primo appuntamento, nelle scarpe della fuga, nei capelli color carbone di un ragazzo visto per strada.

Me lo ritrovavo sotto casa, nella penombra del portone.

Una rosa in mano e uno "Scusa" in bocca.

E tante promesse...

Tante.

"Sarà tutto diverso" diceva.

Accettavo la rosa e gli credevo.

Salivo le scale, con una nuova spinta nei piedi, con la voglia di mettermi a camminare, di nuovo, al suo fianco.

Prendevo la rosa e la mettevo in un vaso.

Quanta acqua le davo, quante energie...

...Dopo qualche giorno era appassita, sapeva già di vecchio.

Il nostro amore era un po' come lei.

È martedì mattina.

Carlo non è venuto, dev'essersi messo nei casini coi suoi nuovi amichetti. Ieri era agitato ed è uscito prima da scuola. Ha detto che voleva andare via. Al Laghetto. Da solo.

Non lo so cosa gli passa per la testa, ma il mio sesto senso mi dice che c'è lo zampino di Ludovica.

Quando un ragazzo di questa scuola è stordito, nel novantanove per cento dei casi c'entra Ludovica.

E io pagherei qualunque cifra per essere come lei: schioccare le dita e avere tutti ai miei piedi.

È una che fa tutto facile, Ludovica. Per questo piace.

Però pensavo che Carlo... lo facevo diverso.

Mah, in questo periodo mi sto sbagliando su tutto. E su tutti.

Andrea entra, chiede alla prof d'inglese se può parlare alla classe, si mette in piedi davanti alla cattedra e comincia a strillare: "Il preside ha autorizzato la festa d'Istituto. Domani sera, dalle nove all'una. Il biglietto costa 5 euro a capoccia. Lo dovete comprare da me. Se non venite siete degli sfigati".

Poi chiede alla classe l'applauso, s'inchina, ringrazia la prof e se ne va al posto.

Mi avvicino ad Andrea e gli dico che prendo due biglietti.

"E l'altro per chi è?" Mi fa l'occhiolino e mi dà di gomito.

E io resto lì, senza dire niente.

Non so se a Giorgio piacerebbe sentirmelo dire.

Per il mio ragazzo.

"Per un amico."

"Sì, vabbe', mo' si chiamano amici..."

E io glielo assicuro: è un amico, solo un amico.

Anche se stiamo insieme da sei mesi, sei mesi oggi.

La campanella della ricreazione ci libera.

Prendo i miei due biglietti e li metto nella tasca dei jeans, piena di buoni propositi.

Giorgio e io ci incontriamo nel cortile di scuola.

Mi metto seduta sul muretto, lui resta in piedi davanti a me.

"Stasera sarà speciale. Ho una sorpresa per te."

E io vorrei abbracciarlo e chiedergli di che sorpresa si tratta. Ma siamo a scuola e lui davanti agli altri non si compromette.

"Stasera ti porto in un posto carino, così festeggiamo il nostro sei-mesiversario."

Gli ricordo che in questi sei mesi ci siamo lasciati e ripresi non so quante volte. E penso che è andata così perché lui è un mago e sa trasformare ogni "addio" in un "ciao".

Sono stati sei mesi intensi: nessuno sa amare e fare tanto male come lui.

"Ti passo a prendere alle otto" e già fa per tornare in classe.

Prendo la rincorsa e lo raggiungo con la voce.

"Sai qual è la sorpresa più bella che mi puoi fare?"

E lui si ferma ad ascoltarmi.

"Qual è?"

"Stare insieme a me davanti agli altri. Non voglio più essere un'ombra."

Ecco! L'ho detto...

Scendo dal muretto e mi metto in piedi davanti a lui. Ti prego, Dio, fa' che mi baci, sulla bocca, davanti a tutti, dagli il coraggio che hai dato a me.

Lo scoprirò dopo che non si trattava di coraggio...

Giorgio sorride, si avvicina e mi bacia.

Due baci sulla guancia, come due buoni amici.

Infilo la mano nella tasca dei jeans: i biglietti stanno lì, nascosti, in silenzio, pieni d'ingenuità e belle speranze.

Quei biglietti stanno come me.

Torno dalla piscina, svuoto il borsone, metto a lavare il costume e l'accappatoio e vado in camera a prepararmi.

"Mamma, stasera esco!"

Non chiede più "Con chi?", non è scema.

Stasera voglio che tutto ricominci da capo, voglio fare marcia indietro e ripartire. Sì, stasera lo convincerò. Dobbiamo stare insieme alla luce del sole.

Ho comprato un vestito nero stile anni cinquanta: un tubino avvitato che mi arriva fino al ginocchio, con una scollatura da vertigini. Per pagarlo ho chiesto a mio padre un prestito: dovrò restituirgli le paghette di due mesi e forse dovrò vendermi un rene per saldare i conti.

Fa niente, il vestito scorre liscio sulla pelle ed è sexy. Mi guardo allo specchio e mi convinco che sono bella. Sì, stasera sei una gran figa, Alice, sei meglio di Ludovica, di Sara e di tutte quante messe insieme.

Carolina passa da me; mi dà una mano a truccarmi.

"Sei da infarto!" dice.

Ci chiudiamo in bagno.

Stasera non bastano una pennellata di fard e un po' di burro di cacao. Caro tira fuori la sua sacca con i trucchi e comincia a dipingermi il viso e quella roba brucia sulla pelle, stuzzica gli occhi. Ma la regola numero due parla chiaro: Chi bella vuole apparire, qualche pena deve soffrire.

"Io propongo di andare su un ombretto bianco, così fa da contrasto col vestito scuro... ok?"

"Sei tu l'esperta" mi fido.

Caro passa il dito nella scatolina e sfuma l'ombretto sul dorso della mano per raggiungere la tonalità giusta.

Ne esce un bianco delicato, puro.

"Stasera devi essere come il diavolo e l'acquasanta... tra bene e male..." dice ed emana entusiasmo da tutti i pori.

Io il mio lo trattengo nella pelle.

Mi passa il mascara sulle ciglia.

"Che bello poi questo vestito! Dove l'hai preso?"

L'ho preso in centro, in via Frattina, in quel negozio che abbiamo sempre visto da lontano, con la bava alla bocca. Allora Carolina capisce che non mi è costato poco, che quel vestito è di una semplicità molto molto cara.

"Quanto?" e si strofina l'indice col pollice.

E mi vergogno, perché io ero quella che diceva che sono soldi stupidi quelli spesi per i vestiti...

"350."

Carolina tira un sospiro di sollievo.

"Vabbe', 350 mila lire non sono poi tanto, pensavo peggio..."

Abbasso ancora di più gli occhi.

"Euro."

"Cosa!? 350 euro per un pezzo di stoffa nero!? No, Alice, tu non sei tu, spendi 350 euro per un vestito che dopo due ore Giorgio ti toglierà e butterà su una poltrona?" E io le spiego che non andrà così, che io e Giorgio passeremo la serata insieme e basta. La serata, non la notte. E il vestito mi serve, perché mi fa sentire meno invisibile, perché se vuoi che il cuore del tuo lui vada a mille, be', gliela devi dare un po' di benzina.

"Non dirmi che tu non hai pensato alla possibilità...?" chiede Carolina mentre mi passa il rossetto rosa.

"A quale possibilità?" le richiedo, cercando di tenere le labbra immobili.

Carolina smette di truccarmi, apre la porta del bagno per vedere se c'è qualcuno nei paraggi, no, non c'è nessuno, la richiude e riprende a parlare a bassa voce.

"Non hai pensato che STASERA può essere LA SERA?"

Fisso gli occhi a terra.

"Sì, l'ho pensato."

Lei si china a rincorrere i miei occhi. "Sarà lui il primo?"

Non è mai stata così grande Carolina, così materna, quell'anno in più lo dimostra ora.

"Non lo so."

Mi viene voglia di piangere, un pianto di incertezza, di guerriero che non sa se vuole combattere.

E Carolina mi abbraccia e mi ordina di non piangere, altrimenti se ne va via tutto il trucco.

"Solo se te la senti, Alice. Il tuo corpo saprà cosa fare. La testa no, ma il corpo sì. Se il corpo fa resistenza, lascia perdere" e mi accarezza i capelli.

E penso che sarebbe bello se l'amore fosse solo questo, accarezzarsi i capelli. Sarebbe meno rischioso.

Carolina mi tampona gli occhi con un rettangolino di carta igienica. "Togliti il vestito..." mi chiede e io me lo sfilo subito.

"Ho fatto bene a pensarci..." Tira fuori dallo zaino una busta di Intimissimi e mi dà un pacchetto regalo.

Un completo intimo nero, semplice e provocante.

L'abbraccio d'istinto.

"Non sai neanche se è della taglia giusta..."

Allora me lo provo.

Il reggiseno è leggermente grande.

"È un po' grande..." commenta Carolina e storce il naso.

"NO, è perfetto! Giusto giusto!"

Stacco le etichette e mi rimetto il vestito.

Un suono di clacson sale dal portone.

"Ma questo ragazzo non conosce l'uso del citofono?" strilla mia madre. "Non gli salta in mente di salire quelle benedette scale e salutare i tuoi genitori?"

Carolina le spiega che i ragazzi sono tutti così oggi. "A trovarlo un ragazzo normale, signora."

E mia madre si sente già più tranquilla: non è sua figlia che non sa scegliere, è la scelta che offre poco.

"Mamma, stasera faccio un po' tardi."

Allora lei, la madre, la guarda, "Com'è bella stasera" pensa, lancia un sospiro e dice "Va bene" e ha paura che la figlia ami anche con il corpo.

Ha paura che la figlia provi male lontano da lei, che lei non potrà essere lì a curarla, come faceva quando la sua bambina cadeva dalla bici e si sbucciava il ginocchio, quando la sua bambina aveva mal di pancia e lei, la madre, le massaggiava il dolore. Ha paura che quella bambina non sia più la sua, che sia di qualcun altro, qualcun altro che non l'ama come lei.

"Fai attenzione..." le dice e rinchiude in quel "Fai attenzione..." tutte le sue paure.

Le dico "Tranquilla..." e rinchiudo in quel "Tranquilla" tutte le mie di paure.

Prendo la borsa e lancio un'ultima occhiata allo specchio.

Perfetto!

Carolina saluta mia madre e scende le scale con me. Prenderemo mezzi diversi: io salirò in macchina con Giorgio, lei salirà sul motorino e si incontrerà con Marco.

Marco, che spegne il cellulare e scompare per giorni, che la sera in palestra aiuta qualche ragazza ben messa a fare i dorsali e le poggia l'asciugamano dietro al collo, Marco che ogni tanto sa di un'altra.

Carolina vede, scopre, soffre, s'incazza, piange, ma poi lo abbraccia di nuovo, cancella il conto e riparte da zero.

Forse anche io sono un po' come lei, forse tutte siamo un po' così, ma per fortuna Giorgio non è uno alla Marco.

Un altro colpo di clacson.

Ci salutiamo dentro il portone.

"Grazie, Caro." E volo da lui.

Giorgio scende dalla macchina e mi apre la portiera.

Ha una camicia bianca con il collo alla coreana e una giacca nera. Le scarpe da ginnastica e i jeans a sdrammatizzare. Sei rose rosse sul cruscotto, di quelle col gambo lungo, una per ogni mese passato insieme: passione e spine. Uno zainetto dell'Adidas mi sta tra i piedi.

"Mettilo dietro, così stai più comoda" mi consiglia Giorgio. Lo sollevo e lo poggio sui sedili posteriori.

"Che c'è dentro?"

"Niente." Mette in moto e per una volta mi lascia decidere la musica.

Niente Kurt Cobain, stasera.

94.5 Per un'ora d'amore, con Subasio.

E penso che un'ora è troppo poco per l'amore.

Non può bastare.

Dopo mezz'ora siamo arrivati.

E sarà che è buio, sarà che i miei occhi non sono più imparziali, è tutto pulito stasera, persino il Tevere. E potrei camminare per ore, così, stretta a lui, ma siamo arrivati al ristorante e Romolo è già lì, pronto a chiederci dove vogliamo sederci.

Giorgio mi prende per mano e mi porta in terrazza.

E penso che è tutto come l'ho sempre immaginato: principe azzurro, rose, terrazza, la mia mano nella sua.

Giorgio gioca a fare il cavaliere: mi apre la porta, mi sposta la sedia, mi versa l'acqua... e scopro nei suoi gesti una premura nuova.

"Sei stupenda stasera!"

E io sono tutta un sorriso: sorrido con gli occhi, sorrido con la bocca e sono contenta di avere speso quei 350 euro. Scanso il complimento: "Se lo dici tu non vale, tu sei di parte...".

Allora Giorgio dice che sono la solita, non mi fido mai, chiama Romolo, mi indica e gli chiede: "Lei non trova stupenda questa ragazza?".

E Romolo si sente messo in mezzo, sorride, mi fa una radiografia, "Bel bocconcino, non c'è che dire, ottima scelta!" e dà una pacca sulle spalle a Giorgio. Poi tira fuori dalla tasca un blocco e ci chiede cosa vogliamo ordinare.

Giorgio prende i rigatoni all'amatriciana e ordina il vino, "Un vino rosso, tosto...".

"E la ragazza che prende?" E la ragazza come sempre si fa trovare impreparata. Apro il menu: solo cucina romanesca, di quella che ti resta sullo stomaco per anni.

Voglio stare leggera: il vestito è calibrato al punto giusto, non resisterebbe a un grammo in più...

"Per me un'insalata."

Giorgio scuote la testa: le ragazze agli appuntamenti ordinano sempre insalata.

Intanto arriva il vino.

Cerca di versarmelo, ma copro il bicchiere con le mani.

"No no, non lo voglio!" se stasera si farà l'amore, voglio essere presente.

"Un goccio! Ti rilassa!"

"Sono già rilassata."

Non è vero, sotto pelle scorrono paure senza nome.

I nostri piatti arrivano pochi minuti dopo.

Mi metto a inseguire quattro pachino nascosti dalla lattuga.

Il locale è al completo ormai. Ordinazioni che si sovrappongono, voci, risate più o meno gustose, camerieri che si spostano veloci da un tavolo all'altro in un balletto di portate.

"Ho preso i biglietti per la festa d'Istituto..." la butto là.

Un suono di stoviglie rotte viene dalla cucina.

"Ah, sì? Con chi ci vai? "

Sta scherzando!?

"Scemo, ci vado con te..." e gli ricordo la promessa: "Sono passati sei mesi, che senso ha continuare a nascondersi, fingersi sconosciuti a scuola e poi stare qui, a questo tavolo, baciarsi e prendersi per mano! Che senso ha, Giorgio? Spiegamelo".

Sono diventata coraggiosa.

Lui mi guarda con sospetto.

Tolgo la mia mano dalla sua, la lascio lì, sul tavolo, libera.

Lui me la riprende e tira un sospiro.

"E va bene: domani andiamo insieme alla festa. Sara se ne farà una ragione."

"Me lo prometti?"

"Sì" risponde lui, toglie la mano dalla mia e riprende a mangiare.

"Così non vale. Devi metterti la mano destra sul cuore e dire: 'Lo giuro!'."

Lui scuote la testa, sono proprio una ragazzina, si appoggia la mano sul petto e, mentre sorride, lo dice: "Lo giuro!".
Non è spaventato per domani, sa già che le sue promesse non valgono un granché. Sono io che non l'ho ancora capito.

Giorgio paga il conto, mi mette il braccio intorno alla spalla e ci avviamo verso la macchina.

"Fermati un attimo!" mi affaccio dal ponte.

"Vuoi che scendiamo e passeggiamo di sotto?" propone lui.

"No, mi piace guardarlo da lontano questo fiume." Da lontano è lava e argento e l'acqua è una carezza che scivola piano. Da vicino è melma e sassi e l'acqua è una mano ruvida che raschia terra dal letto.

Giorgio si avvicina da dietro, mi avvolge le sue braccia intorno alla vita e guarda il fiume con me.

Comincia a baciarmi il collo e a respirarmi nell'orecchio. E appoggia ancora di più il suo corpo al mio. È eccitato.

Anch'io mi lascio andare e stringo forte le sue braccia intorno alla mia vita.

"Vuoi continuare a vedere da lontano anche me?" chiede e le sue labbra continuano a scivolare sul mio collo. E io penso che è più difficile amare da vicino, dentro, perché gli occhi vedono bene, non puoi più dare alle nuvole la forma che vuoi.

"Io voglio vederti da vicino" e continua a sfiorarmi.

Uno strano formicolio mi prende le gambe, come se avessero voglia anche loro di avvicinarsi.

"Ti amo" me lo dice piano, all'orecchio, come un segreto.

"Anch'io." E non so se è giusto osare quelle parole.

"Ti voglio" stavolta la sua voce è più forte, più convinta.

Mi prende la mano.

Camminiamo in fretta verso la macchina.

Apriamo le portiere e ci mettiamo seduti.

Per un attimo mi prende la paura che lui lo voglia fare lì, su quei sedili.

"Ti porto in un posto carino, ok?"

Gli faccio un sorriso impaurito.

Mi bacia, infila la chiave nel quadro e mette in moto.

Lui non è come Andrea, non fa l'amore in macchina.

Lui è il MIO cavaliere, mi porterà nel suo castello.

Il MIO cavaliere.

E penso che domani, al risveglio, alcune parole avranno un significato nuovo per me, capirò cosa vuol dire "sua" e "mio"... scoprirò il linguaggio dell'appartenenza.

"Dove stiamo andando, Giorgio?"

"Verso la Casilina."

Palazzi enormi, tutti appiccicati, fanno da guardrail.

Palazzi pieni di finestre che tra qualche ora si apriranno per riempirsi di sbadigli e urla, clacson e motori.

E penso che l'amore ha un fuso orario tutto suo: mentre qualcuno si sveglia, qualcun altro cerca un posto tranquillo dove andare a fare l'amore.

"Eccolo!"

Giorgio ferma la macchina.

Il mio castello sono tante casette prefabbricate messe una accanto all'altra. Sono camere con un letto, due comodini, i sanitari e, se paghi l'extra, una vasca da bagno.

Fastlove Motel si chiama.

Sono stanze prese e lasciate in una notte, stanze che hanno visto la fretta e la paura di essere scoperti, che hanno sentito tanti gemiti e poche parole. Scendiamo dalla macchina. Giorgio prende lo zaino dal sedile posteriore, saluta il portiere e si fa dare una chiave.

Noto tra loro una certa confidenza... un pensiero che caccio subito.

Camera 22.

"Il numero perfetto, no?" dice Giorgio e mi accompagna tenendomi per mano.

La porta fa un po' di resistenza, ma alla fine con uno strattone si apre.

"Aspettami un attimo, entro e vedo se è tutto a posto."

"No, resta qui con me. Lascia tutto in disordine..."

Lui mi dà un bacio e fa come gli pare.

Aspetto fuori, da sola, con il mio vestito da 350 euro, inadatto per queste casette, con il mio vestito che è di stoffa buona, che durerà più di un amore veloce.

Stringo la borsetta, apro la cerniera e tiro fuori il cellulare, lo spengo d'istinto e continuo ad aspettare.

Un uomo esce dalla stanza di fronte alla nostra, la 23: una sigaretta in bocca, il telefonino in mano, la camicia sgualcita e la zip dei pantaloni abbassata.

Riesco a vedere tra le lenzuola una donna raggomitolata dal trucco pesante.

Il suo cavaliere lascia la porta aperta e fa una telefonata.

"Marina, mi sono messo in viaggio adesso col camion, almeno non trovo traffico. Certo che ti ho portato un pensierino da Napoli ..."

E capisco che quella donna, Marina, non conosce la furba

geografia di quell'uomo: non sa che Napoli è a Roma, forse a pochi passi da casa sua.

Un saluto veloce e poi l'uomo torna a guidare il camion nella sua stanza. Un lavoro che rende bene, appaga. E penso che mi fa schifo, che il Tevere visto da vicino è sporco.

Sono stanca di aspettare: apro la porta della 22.

Giorgio si è portato le lenzuola da casa, le sta mettendo al letto, gli piace sentire il pulito, io invece comincio a sentirmi sporca.

"Mi riaccompagni a casa?" glielo chiedo stanca e con un po' di nausea.

"Perché?"

"Non mi piace questo posto."

Gli racconto del camionista e della donna col trucco pesante, del fastidio che mi ha preso allo stomaco.

"Calmati. Ora chiudiamo la porta e scompare tutto... L'importante è che siamo qui io e te, no?"

Sì, forse l'importante è questo: io e te.

Giorgio accende lo stereo, fa partire un cd che ha portato da casa per coprire i rumori delle altre stanze.

Here with me di Dido esce dalle nostre casse.

"Alza il volume!" gli chiedo, non voglio che il mio gemito si confonda tra quelli di altre donne, di altre stanze. Voglio che risuoni solo nelle orecchie di lui. E poi voglio ascoltare la mia canzone, perché forse mi capiterà di risentirla tra qualche anno e mi farà ricordare la mia prima volta.

Giorgio mi afferra la vita e comincia a baciarmi, le sue mani si intrecciano nei miei capelli, mi invadono la schiena alla ricerca della zip del vestito, ci si aggrappano e la costringono a scendere.

Ascolta l'odore della mia pelle: "Sai ancora di cloro..." e ci scappa un sorriso.

Arrossisco e mi giustifico "È la piscina" continuo a baciarlo, a guardarlo negli occhi. Non hanno paura, i miei sì. "Tranquilla, non ti faccio male."

Il vestito scivola giù, si arrende subito.

Adesso tocca a me spogliare lui, cercare di sfilare i bottoni dalle asole. E mi rendo conto che le camicie hanno un sacco di bottoni, proprio tanti.

Giorgio non ha voglia di aspettare: si prende la camicia e se la toglie come una maglietta.

Poi si toglie anche i pantaloni e restiamo così, lui con i boxer e io con il mio completo.

Il suo corpo si appiccica al mio e mi trascina indietro, mi accompagna sul letto.

Ci sdraiamo su quelle lenzuola fresche e ho un brivido.

Giorgio mi passa la mano dietro la schiena e mi slaccia il reggiseno. Mi stringe forte tra le sue braccia e viaggia sul mio corpo con la sua bocca.

Un viaggio in terre non ancora esplorate.

Mi sfila gli slip, li fa scivolare lenti tra le gambe.

E la sua mano accarezza subito quella nuova terra nuda, che ha paura di essere scoperta.

"Tranquilla, non ti faccio male."

Poi si riprende dal mio corpo i suoi occhi e le sue mani: gli servono per sfilarsi i boxer. E io senza i suoi occhi addosso mi sento nuda, persa in lenzuola non mie, su un materasso liso, scomodo, in un letto che già conosce il piacere e non farà differenza se quel piacere è il mio.

E poi la sua fretta... la fretta delle mani... mani che vogliono concludere... mani che non danno tempo... mani che fanno loro per te. E i suoi occhi, affamati e fermi.

"Non ti faccio male."

È sicuro lui: sicuro di non farmi male, sicuro che è giusto, sicuro che mi piacerà.

Io no, io non sono sicura.

E vorrei che lui mi guardasse con uno sguardo un po' più incerto e avesse paura per me, con me.

La sua mano scivola tra le mie cosce cercando di farsi spazio, ma il mio corpo fa resistenza e sa cosa fare.

Mi alzo dal letto, raccolgo il vestito da terra e lo rimetto. Giorgio mi afferra per il polso.

"Che c'è?"

E non può capire.

"Ti prego, riportami a casa."

Lui insiste "Amami".

Anche la musica mi chiede di amarlo.

"No, non me la sento."

E lui sbuffa, raccoglie i boxer, si rimette la camicia, s'infila i pantaloni e prende le chiavi della macchina.

"Mi dispiace" ripeto con gli occhi bassi.

Sono contenta, sento il corpo più calmo, meno agitato.

Il mio "cavaliere" se ne farà una ragione.

È la musica che continua a insistere.

Ma stavolta non mi lascio convincere da una canzone: non ho trovato quello per cui ho aspettato...

Sono le cinque di notte o di mattina, è tardi o presto, dipende dai punti di vista. Saluto Giorgio con un bacio.

Io non la smetto di giustificarmi: "È questione di tempo..." gli ripeto.

Lui fa cenno di sì con la testa.

Non è poi così dispiaciuto.

Forse non aveva tanta voglia di fare l'amore con me... Dovrei essere contenta: significa che lui non sta con me solo perché vuole portarmi a letto, ne può fare a meno.

Dovrei essere contenta. E invece non lo sono.

Vorrei vederlo dispiaciuto, arrabbiato, distrutto...

Non aveva tanta voglia di fare l'amore con me.

"Ci vediamo domani alla festa." Mette in moto e se ne va.

Salgo le scale del palazzo.

Uno.

Due.

Tre piani.

Sono davanti alla porta.

Cerco le chiavi di casa nella borsetta e mi ricordo di non averle mai prese. Sei una stupida, Alice! E suonare sarebbe una follia.

Mi metto seduta accanto alla porta, a gambe rannicchiate.

Mio padre si alza alle sette, puntuale.

Aspetterò due ore qui, su questi gradini.

Mi prendo le ginocchia tra le braccia.

E comincio a contare...

Perché è meglio contare che pensare.

1... 2... 3... 4... 5... 6... 7...

Quanto sarà passato?

Dieci minuti?

No, ancora no.

E allora ricomincio a contare.

1... 2... 3...

La porta si apre di scatto.

"Entra, piano che Camilla dorme..."

È mia madre, mi ha aspettato tutta la notte.

Non dice niente, mi guarda e basta.

Ho il vestito sgualcito, le guance rosse, le labbra gonfie, il rossetto sbiadito, il mascara colato...

Mi guarda e pensa di avere già capito.

Io le chiedo scusa per aver dimenticato le chiavi e le dico "Grazie" per avermi aspettato.

"Non ti ho aspettato, è che avevo voglia di leggere."

Tra le mani un libro, l'ha cominciato stasera ed è quasi finito: *L'amante* di Marguerite Duras.

Mi tolgo le scarpe col tacco per non svegliare Camilla.

Vado in bagno e mi strucco con una salvietta.

Poi corro in camera mia e comincio a spogliarmi.

E controllo se su quel corpo sono rimaste tracce di lui. Sì, stanno lì, sulla mia pelle chiara.

Allora infilo svelta il pigiama e penso che tra qualche giorno saranno già scomparsi quei segni. I ricordi sono più difficili da raschiare via...

M'infilo sotto le lenzuola. Le mie lenzuola.

Mia madre entra e si siede sul mio letto.

"Cerca di dormire, almeno un po', che domani devi andare a scuola..." e intanto continua a indagare con i suoi occhi, a cercare prove nei fazzoletti di carne scoperti dal pigiama, nel profumo di lui che si è impigliato nei miei capelli, nel mio sguardo stanco.

"Buonanotte, mamma" la stringo forte, come per dirle "Grazie!", perché so che non è restata sveglia per leggere un libro, perché so che mi ha aspettato per vedere come stava la sua bambina, se è delusa, se le è piaciuto.

L'ha aspettata per ore e ore la sua bambina, solo per farle quelle due domande: "L'hai fatto? Com'è stato?".

La madre la controlla con gli occhi e pensa di avere capito. Pensa, ma non ha il coraggio di chiedere.

Eppure sarebbe così bello sentirselo dire:

"L'hai fatto?".

"No."

E abbracciarsi.

E la bambina glielo direbbe volentieri: le racconterebbe del suo corpo che le ha detto "Scappa!". E lei, la bambina, è scappata.

Sarebbe bello sentirselo dire: no, mamma, non lo amo con il corpo.

Ma la madre non ha il coraggio di chiedere. E io non ho il coraggio di dire.

Camilla dorme nel suo lettino.

E non sa quante incertezze l'aspettano.

Crescerai, Milla, e sarà complicato.

Non ti basterà vedere papà e battere le mani per saperti brava, per sentirti felice.

Imparerai a dire anche "Alice" e "acqua", scoprirai che ci sono tante altre parole, parole che hanno più senso di quelle che usi adesso o che, forse, non ne hanno per niente. Parole senza senso, che ti faranno inciampare.

Scoprirai di avere un corpo e che anche lui parla.
E a volte ti verrà il mal di testa a sentire tutte quelle voci.
Sarà difficile scegliere chi ascoltare.
Io stasera ho ascoltato il mio corpo.
E tu, Milla? Tu chi ascolterai? Chi ti aspetterà al portone?
Chi cercherà di versarti il vino? Chi viaggerà sul tuo corpo?
Non lo so, Milla.
Però ci sarà qualcuno ad aspettarti.
Forse c'è già qualcuno e tu non lo conosci ancora. Lo incontrerai per caso, tra molti anni, e ti sembrerà di aver vissuto solo nell'attesa di quell'incontro. E solo allora ti sentirai viva.
Ti chiederà di amarlo con il corpo.
E tu che farai? Tu chi ascolterai?
Non lo so, Milla.
Però ci sarà qualcuno ad aspettarti.
Ognuno di noi ha qualcuno che lo aspetta.
Be', lascia che ti aspetti ancora un po'.
Prenditi il tuo tempo per giocare.
Buonanotte, Milla!
Sogna draghi e principesse e non pensare a niente.
Quel tempo è ancora lontano, quel tempo è il mio.

Stasera ci sarà la festa d'Istituto.

Il professore d'italiano, Malari, m'incontra per i corridoi di scuola: "Saricca, cerchi di non stancarsi e di non prenderla tanto sul serio questa maturità. I miei colleghi e io la conosciamo da cinque anni ormai e sappiamo benissimo quanto vale, non ha bisogno di consumarsi per avere il massimo, non lei".

E penso che è carino Malari, che non è da lui sorridere e preoccuparsi della stanchezza di qualche studente.

Voglio bene a questa scuola.

"Grazie professore, il fatto è che ho sempre paura di non fare abbastanza, di non essere abbastanza..."

"Lei non è abbastanza, lei è troppo! Si lasci andare alle debolezze, nella vita non si può essere sempre preparati."

Sorrido, mi metto in tasca il consiglio e torno in classe.

Andrea si avvicina al mio banco.

"Allora? Stasera vieni col tuo amico alla festa?"

"Sì!" E dimostrerò a tutti che non è solo un amico.

"Vabbe', comunque, se il tuo amico non viene ti passo a prendere io. Con la Mini. Basta dirlo."

La sua Mini Cooper S rossa, con la bandiera dell'Inghilterra disegnata sul tettino... il top tra i figli di papà.

"Grazie, comunque no, non serve."

Carlo entra in classe con passo deciso, ride dalla testa ai piedi.

"Ma che ha fatto Carlo?" chiedo ad Andrea.

"Stanno in tresca, Carlo e Ludovica."

"E che sarebbe una tresca?"

"Ahò, Alice, prendi appunti, dicesi tresca quando due persone stanno insieme senza stare insieme."

"Stare insieme senza stare insieme, complicato come concetto..."

Andrea sbuffa.

"Una tresca è quando due persone si strusciano, paccano, fanno roba, senza essere fidanzati, senza stare insieme. È una relazione un po' clandestina e mooolto poco seria: della serie 'divertiamoci ed è morta lì', capito?"

Faccio cenno di sì con la testa.

"Ma Carlo lo sa che non stanno insieme e che è solo una tresca?"

Perché Carlo non è tipo da "tresca".

"Certo che lo sa!"

Lo sa!?

"E gli sta bene così?"

"Mica è scemo, certe occasioni le devi cogliere al volo. Fossero tutte come Ludovica le ragazze..."

Andrea mi fa il panegirico di Ludovica e penso che lei è una che ci sta bene dentro questo mondo.

Ha capito come funziona: stare insieme senza stare insieme.

"Vedi, Alice, tu dovresti essere più troia, più Ludovica..."

"Vedi, Andrea, io non voglio un ragazzo che mi vuole solo scopare."

"Certo, non ce l'hai..."

"E tu che ne sai?"

"Non ti viene a prendere davanti a scuola, non ti telefona e tu non parli mai di lui, non dici neanche come si chiama, com'è fatto..."

Basterebbe così poco...

Si chiama Giorgio ed è bello, bello e dannato.

Stiamo insieme da sei mesi.

Dice che mi ama, ma non vuole farsi vedere insieme a me, per non fare soffrire la sua ex, dice, a me non sembra un buon motivo...

Basterebbe poco: la verità.

Ma, chissà perché, quel poco non riesco a dirlo.

"Io, quando sto con una ragazza che mi piace una cifra, la presento a tutti i miei amici, per farmi vedere insieme a lei. Se hai qualcosa di bello, è giusto mostrarlo, no?"

"No! Non è giusto. Mica devi mostrare una macchina... è la tua ragazza, cavolo!"

Andrea non è convinto, mi guarda sospettoso: vuole affondare il dito nella piaga.

"Be', per una sera puoi portarlo questo ragazzo, no? A meno che non sia l'uomo invisibile..."

La campanella ci libera: anche oggi è finita!

Guardo Andrea fisso negli occhi: ha lanciato una sfida e io la raccolgo.

50

"No no, è in carne e ossa. Stasera verrà alla festa, te lo presento, stasera."

Cazzo! E se non verrà?

Mi metto lo zaino in spalla e mi avvio verso casa.

Incontro Giorgio nell'androne.

Ciao.

Due baci svelti, sulle guance.

"Ehi, dove vai?"

"Scusa, Alice, ma devo scappare. Mia madre mi aspetta: vado a comprarmi qualcosa da mettere stasera."

"Se vuoi ti accompagno io..."

"Mi piacerebbe, ma andare senza mia madre è come andare senza bancomat."

Ciao.

Lo trattengo per il braccio, ho bisogno di certezza.

"Se non vieni stasera, ti uccido!" e sorrido nervosa.

"Tranquilla... ci vediamo qui alle nove."

"Non puoi passarmi a prendere?"

"No, stasera vengo in motorino. Vieni con me?"

Sa già che non posso, se mio padre mi becca in motorino sono morta.

"No, ci vediamo qui. Un modo per venire lo trovo."

Giorgio si catapulta fuori dall'androne: lo aspetta un pomeriggio di scarpe e vestiti.

Forse Andrea ha ragione: sto con un ragazzo invisibile.

E mi sento persa.

Ma non devo...

Stasera Giorgio verrà con me alla festa, me l'ha promesso.

Allora, perché mi sento così?

Basta! Me l'ha promesso.

E una promessa è una promessa.

Carlo esce da scuola adesso e ci raggiunge.

Sulla sua faccia c'è un non so che di arrogante.

Non gli sudano più le mani quando mi parla.

Fuma disinvolto.

È lontano da me, lontano anni luce.

Eppure, quante volte ci siamo guardati di nascosto. Quante volte ci siamo regalati un sorriso, senza motivo.

Ci siamo piaciuti da subito, dal primo giorno di scuola, in quarta ginnasio.

Anche quel giorno Carlo era arrivato in ritardo, con i suoi occhiali storti sul naso. E mentre se ne andava al posto era inciampato nel mio zaino, un vecchio Invicta blu e celeste con un delfino disegnato sopra.

E a me era piaciuto subito quant'era goffo quell'inciampare davanti a tutti.

Io ho il terrore di inciampare, non mi perdono un passo falso.

E Carlo aveva il coraggio dei suoi sbagli.

Ci siamo spiati da un banco all'altro per quattro anni, senza dirlo quel sentimento. L'abbiamo lasciato crescere dentro di noi, come si cresce un figlio segreto.

Anche quando i nostri corpi erano senza forme, quando le magliette stavano enormi e una prima di reggiseno era difficile da riempire...

E forse è l'amore più onesto che possa esistere: l'amore senza forme.

Carlo continua a fumare e a lanciare lo sguardo al di là del cortile. Forse anche lui, adesso, ha in mente i miei stessi ricordi. No, adesso lui ha Ludovica. E io ho Giorgio.

Giorgio non inciamperebbe mai davanti agli altri.

Giorgio non conosce l'amore senza forme.

Carlo finisce la sigaretta, "Ciao raga..." e torna a casa.

Io e Andrea restiamo ancora un po' per vedere come si può risolvere l'interrogazione di domani.

Chi andrà volontario?

E ci rendiamo conto che nessuno se la sente, perché è da masochisti offrirsi volontari all'interrogazione su Tacito.

Ludovica esce da scuola adesso.

Ha ancora lo zaino aperto e le mani indaffarate, che cercano di mettere a posto l'ultimo libro e gli anelli.

E, a un certo punto, quelle mani perdono l'equilibrio e lasciano cadere tutto: il libro fa un tuffo cupo, gli anelli corrono impazziti sui gradini del cortile.

Un cerchietto d'argento rallenta sul mio piede e s'infila sotto la mia scarpa.

Andrea si china a raccoglierli e li ridà a Ludovica.

"Oh, ma quanti anelli c'hai?" le chiede.

Lei sorride e mi guarda.

"Uno per fidanzato" risponde.

Restituisco il sorriso a Ludovica, raccolgo l'anello ai miei piedi e le restituisco anche quello.

"Grazie" dice e si avvia verso casa.

E non mi accorgo che, a volte, il destino ti vuole mettere in guardia.

Quanti segni, quanti fili ci uniscono e non ce ne rendiamo conto.

Ludovica non è solo una mia compagna di classe.

Giorgio non è solo il mio ragazzo.

E quell'anello sotto al mio piede non è solo un anello.

"Fammi sapere a che ora devo venirti a prendere, ok?"

"Ok" apro la portiera e scendo dalla macchina.

Due ragazzi della festa mi passano accanto, uno dà una gomitata all'amico, mi indica: "Oh, guarda che fica, quella!".

Allora mio padre s'incazza.

"Ma guarda 'sti cretini" e scuote la testa. Non lo capisce proprio questo mondo.

"Dai, papo, che pure ai tempi tuoi si guardavano le ragazze."

"Ma mia figlia no! Mia figlia non devono guardarla così."

Sorrido e penso che i genitori non sanno essere imparziali.

"Mi raccomando, Alice, eh? Qualsiasi problema mi chiami e ti vengo a prendere."

"Ok, papo!" gli do un bacio nervoso sulla guancia.

Mio padre si crede superman. E io voglio bene a questo supereroe, che vuole proteggermi da tutto e da tutti.

"Basta che fai un fischio e papà viene a salvarti" mi diceva da piccola quando avevo paura.

E la paura passava, anche se non sapevo fischiare.

Mi bastava saperlo lì, vicino a me, con l'orecchio attento a un mio "Ahi!", a sentirmi tossire in piscina quando ingoiavo acqua.

Mi bastava saperlo lì, pronto a rialzarmi da terra, a versare acqua ossigenata sulle ferite, a soffiare e a dirmi "Ora passa, ora passa...".

Anche quella volta, al mare, quando una tracina mi aveva punto e mi avevano messo il piede dentro una bacinella con ammoniaca e acqua calda, e quella notte all'ospedale, quando mi avevano operato di appendicite e sentivo la pelle tirata e la pancia bruciare.

"Ora passa... ora passa."

E quel dolore si metteva subito a fare le valigie, pronto ad andarsene.

Se n'è andato tanto tempo. Eppure la frase è sempre quella.

"Qualsiasi problema mi chiami e ti vengo a prendere."

"Ok" e chiudo la portiera.

L'aula magna è piena di fumo e suoni.

Il dj ha già cominciato a far girare i dischi, a farli scattare avanti e indietro sotto la puntina.

I ragazzi più sicuri ballano anche se la pista è ancora fredda. *God is my dj*, un po' blasfema forse, ma che importa? Ha ritmo e questo conta.

Mi metto in coda e aspetto di entrare.

Una mano parcheggia sul mio sedere.

È di uno dei "cretini" che non vanno giù a mio padre.

Mi giro e lo guardo storto.

"La tua mano sta sul mio sedere!"

"Ma dai! Non me n'ero accorto..." sorride all'amico e si sente cazzuto.

"La mano mettila da qualche altra parte..."

"Vuoi vedermi mentre mi tocco?" mi chiede smaliziato.

Allora gli stacco la mano dal mio e gliela appiccico sul suo.

"Ecco! Guarda, così sta proprio bene. Sì, sta molto più comoda sul tuo culo che sul mio."

L'amico gli dice "T'ha massacrato, la tipa...", gli dà una pacca di solidarietà sulla spalla e va in bagno.

E appena l'amico parte, lui la smette di fare il bullo, m'insegue e mi prende per il braccio.

"Oh, scusa, guarda che stavo scherzando..."

"Sei un cretino!" Gli do una spinta e avanzo in aula magna tra il fumo e la musica. Allargo gli occhi più che posso, alla ricerca di una camicia bianca col collo alla coreana, dei jeans e una giacca che conosco.

Niente.

Allora cerco uno sguardo, un capello disordinato che tante volte ho provato ad aggiustare con le dita.

Niente. Non è ancora arrivato.

Esco dalla sala e vado al guardaroba, lascio la giacca lì e mi tengo la borsa.

Andrea mi chiama dal corridoio. "Alice Saricca?"

"Presente!"

Si avvicina, mi prende per mano e mi fa fare una giravolta.

"Stasera sei... uau!"

Sorrido e penso che è un bel complimento: sono uau stasera.

"È arrivato il tuo uomo invisibile?"

Giorgio è lì, al buffet, riempie un piatto di carta con tartine e pizzette e prende per il collo una birra; rientra in sala con il piatto pieno, va a sedersi tra i suoi amici e cominciano a mangiare. Lo inseguo... lo raggiungo.

Carolina non sarebbe fiera di me. Terza regola: In amor vince chi fugge.

Finalmente si accorge di me.

"Oh, Alice. Aspettami. Arrivo subito."

Finisce di dire qualcosa a un orecchio amico, mi fa cenno con la testa e usciamo dalla sala.

Mi porta in un'aula di scuola, "Almeno non ci disturbano. Questa musica mi spacca i timpani".

E io vorrei stare tra la gente, il fumo, la musica, farmi vedere insieme a lui... Fa niente quello che voglio io.

Ci sediamo sui banchi.

Silenzio, e io nel silenzio ci sto stretta.

"Come va?"

Che domanda stupida, Alice!

"Bene. Ti piace?" e fa una giravolta. Ha tutti gli acquisti di oggi pomeriggio addosso.

"Sei vanitoso come una donna!"

"Lo sai che sei l'unica ragazza che mi prende in giro?"

"Pensa come stanno le altre..."

"Ecco! Questo mi piace di te: le altre mi danno sempre ragione, tu sei pronta a punzecchiarmi, sei velenosa."

Si avvicina per baciarmi e io lo scanso.

"Se sono velenosa, lasciami stare... Potresti farti male."

Sorride, sa già che sono innocua, che sarò io a farmi male.

"Andiamo."

Lo prendo per il braccio e cerco di trascinarlo fuori, ma lui fa resistenza: "Si sta così bene qui, che ti frega di andare tra gli altri, in mezzo a quel casino?".

Lo guardo male.

"Se non vieni, vado da sola. Ho voglia di ballare."

Faccio per aprire la porta, mi squilla il cellulare.

"Pronto?"

"Alice, non mi..."

La comunicazione è disturbata, la batteria del telefono agli sgoccioli.

"Pronto...? Pronto...?"

Niente, il cellulare è morto.

"Ma chi era?" mi chiede Giorgio.

"Mia madre. Dovevo chiamarla per dirle a che ora finisce la festa. Posso fare una telefonata a casa col tuo telefonino? Giusto due secondi, sennò si preoccupano..."

"Fai con calma, io raggiungo i miei amici in sala, ci vediamo là. Ricordati che mi devi un bacio."

E spero che quel bacio che ho scansato ce lo daremo lì, davanti agli altri.

Esco dall'androne della scuola e mi metto nel cortile.

La musica si sente anche da qui. Un ritmo serrato, un passo pesante, che sa di tribale, di danze antiche.

Provo a telefonare a casa. Occupato.

Mia madre starà provando a chiamarmi oppure sarà al telefono con una delle sue amiche logorroiche.

In quel caso ci sarà parecchio da aspettare.

Faccio un altro tentativo. Ri-occupato.

Mi siedo sul muretto, tengo in mano il telefono di Giorgio e aspetto.

Poi mi viene una pessima idea: leggere i messaggi.

Lo so che non si fa. Ma, sarà che non so come ingannare l'attesa, sarà che una vocina dentro di me dice "Leggili!", sarà curiosità, sarà istinto... lo faccio!

→ Menu → Messaggi → SMS → SMS ricevuti.

E una sfilza di nomi compare sullo schermo.

Nessuno è mio, non gliene ho mai mandati.

Mario, Luca, Francesco...

"stasera si va al Charro cafè, xché Mario conosce uno che ci fa entrare gratis."

"domani all'Alpheus. Cubiste da paura. Vieni pure tu, ci rifacciamo gli occhi."

"6 un sòla. Ci dai sempre buca."

Era il giorno del nostro sei-mesiversario, ha passato la serata con me. Sorrido e penso che ho trovato un ragazzo che mi vuole bene, un po' paranoico forse, un po' troppo timido, un po' troppo nascosto... però mi vuole bene.

Forse è colpa mia: sono io che non l'aiuto. Dovrei essere io a baciarlo davanti agli altri, tante ragazze lo fanno... e lui si sbloccherebbe. Ma io non so prendere l'iniziativa.

Provo a chiamare mia madre.

"Mamma, ho il telefono scarico, ti chiamo da quello di Giorgio. La festa finisce all'una."

"All'una!? Questi sono matti... No, Alice, alle undici e mezzo papà ti viene a prendere."

"Ma, mamma, neanche Cenerentola tornava alle undici e mezzo... E poi sono già le dieci!"

"Sì, ma Cenerentola aveva almeno vent'anni, tu ne hai diciotto."

"Ma che ne sai che aveva vent'anni?"

"Lo so e basta! Alle undici e mezzo."

"Ciao" dico rassegnata.

"Ciao, amore! Divertiti!" mi risponde tranquilla.

Mi restano quattro messaggi da leggere e già che ci sono...

Sono mandati da Internet, la firma è sempre la stessa: *Ludovica*.

"è stato bello. Ho ancora voglia di te. Hai chiarito con Alice?"

Adesso, finalmente, capisco.

Capisco quell'amarsi di nascosto...

Ludovica non doveva vedere me e io non dovevo vedere lei.

E Sara, la sua ex?, forse anche lei non è poi così ex.

Doveva stare tutto al suo posto: ognuna nel cassetto giusto, ben separata, invisibile all'altra.

"A che serve dimostrare che stiamo insieme?" mi chiedeva.

Adesso capisco ed è pesante digerire tutto e tutto insieme.

"ti aspetto al Fastlove. Ottima scelta per la stanza: la 22. Numero perfetto, no?"

È stato mandato alle sei di mattina.

Era il giorno del nostro sei-mesiversario.

Mi aveva riportato a casa alle cinque, mi aveva stropicciato il vestito, aveva appena assaggiato il mio corpo.

Hanno fatto sesso.

E io c'ero, il mio sapore era ancora lì, aggrappato nei suoi capelli, sul suo collo, sui suoi vestiti. Era caldo di me.

Hanno fatto sesso, mi ripeto.

Perché non riesco a dire: hanno fatto l'amore.

Come se l'amore lo potessi fare solo io...

E forse anche lei lo ama, meglio di me, perché lei lo sa amare con il corpo. Io no.

Resto seduta sul muretto, stringo le gambe e mi guardo le ginocchia, per vedere qualche sbucciatura, qualche livido...

Niente.

Il brutto dei cuori spezzati è questo: che non ci puoi buttare sopra l'acqua ossigenata e soffiare mentre le bollicine camminano sulla ferita, che puoi solo tenerti i cocci.

E non ci stanno operazioni e non ci stanno medicine che li possono rimettere insieme, te lo devi tenere così il tuo cuore, rotto.

Resto seduta sul muretto.

"Basta che fai un fischio e papà viene a salvarti..."

Stringo le labbra, soffio forte, ma io non so fischiare, papà... ancora non ho imparato.

Il ragazzo con la mano lesta mi raggiunge sul muretto.

E io sbuffo.

Non ho voglia di parlare, tanto meno con lui.

"Ciao."

Mi giro dall'altra parte. Silenzio.

"Ti ricordi di me o già ti sei dimenticata?"

"Come faccio a dimenticarmi di uno sconosciuto..." rispondo seccata.

"Be', se vuoi ti dico come mi chiamo."

"Sì, dimmelo, ti prego!"

"Mario."

"Ah, meno male, adesso che lo so, sto molto più tranquilla!"

"Il tuo nome?"

"Alice", lo scanso e scendo dal muretto. "E ora che te ne fai del mio nome?"

"Boh, è un inizio però, Alice, giusto?"

Lo guardo e penso che non ha niente che possa piacermi: classico tipo da palestra, tutto muscoli e zero lingua, fatica a prendere due parole e a costruirci una frase di senso compiuto. E poi la sua camicia nera, con un dragone rosso che sputa fuoco sulla schiena; gli occhiali da sole anche se è buio pesto, i Gucci con la visiera bianca.

Insomma, più coatto di così si muore.

"Vado a prendermi una birra. La porto pure a te, Alice?"

Giorgio esce dalla porta dell'androne e io mi sento sempre più intollerante verso questo sconosciuto.

"Vai, vai a prenderti la tua birra, io non la voglio."

"Ok" e rientra a scuola, pronto a bere la sua bionda scura al tavolo delle bevande.

Giorgio si avvicina e sorride.

"Allora? L'hai fatta 'sta telefonata?"

"Sì."

"Ci hai messo una vita! Non hai chiamato nelle Filippine, vero?"

"No."

Cerca di fare battute, io non ho voglia di ridere.

Ludovica arriva in questo momento alla festa.

Carlo è con lei, si avvicina, mi dà due baci sulle guance. Anche Ludovica lo fa, per imitazione.

E penso che neanche Giuda avrebbe osato tanto.

Poi Ludovica guarda Giorgio, si dicono un "Ciao" distante. Qualche giorno fa era un "Ciao" molto più vicino...

Le ginocchia mi tremano. E questa musica che viene da dentro non la smette di disturbarmi le orecchie. The Killers si sfogano in *Somebody told me*.

Carlo e Ludovica entrano a scuola.

Io e Giorgio restiamo qui.

Non abbiamo niente da dirci.

"Oh, ma che hai fatto?"

Glielo devo dire? No, meglio fare finta di niente.

"Niente."

Difficile fare finta di niente...

"Come niente? C'hai una faccia... sei pallidissima."

"Ti ho detto NIENTE!" gli rimetto il cellulare in mano.

"Vai, buon divertimento!" Lo prendo per il braccio e lo spingo verso l'entrata di scuola.

"Tu non vieni?"

"No, non voglio rovinarti la piazza, vedrai che ti diverti di più da solo..."

Giorgio non se lo fa ripetere: "Ci vediamo dopo".

Il ragazzo coatto torna, due birre in mano.

Giorgio lo guarda per un attimo, prima di rientrare in sala, uno sguardo veloce, non dubita di me, sa di avermi in pugno.

Lo sconosciuto vede Giorgio che se ne va.

"Chi è, il tuo ragazzo quello?"

"No, solo uno che conosco..."

"Ma ce l'hai il ragazzo? Non è che stasera mi tocca fare a botte con qualcuno?"

"Tranquillo."

"Anche se non la volevi te l'ho portata lo stesso, così se ci ripensi..." e mi tende la birra. Una Corona.

"Io non bevo mai."

"La Corona è il massimo, non si rifiuta!"

Accetto la bottiglia per farlo contento, la tengo in mano senza berla.

"Ma tu che ci fai a questa festa?"

"Sono amico di Luca, uno della III B", la classe di Giorgio. "Mi ha detto della festa e mi sono imbucato. Sto al secondo anno di università: Economia a Roma Tre. Tu, Alice? Sei di questa scuola?"

Dalla finestra della sala intravedo Ludovica e Giorgio: lui le sorride e le sistema i capelli dietro l'orecchio.

Mando giù un sorso di birra e un altro, e un altro, e un altro, e un altro...

Poi qualcosa va storto e mi viene da tossire.

Lo sconosciuto mi dà un colpetto sulla schiena.

"Si vede che non sei abituata" e mi toglie la bottiglia.

Tanto era quasi finita...

"Stai all'ultimo anno, Alice?"

"Già..."

"Sei di maturità, eh? Comunque è una cazzata, tranquilla."

"E chi si agita...?"

Intanto qualcosa mi formicola dentro le gambe e sale su, per le ginocchia. Dev'essere la birra che si arrampica.

La musica pompa dalla sala.

"Bella questa!" dice lo sconosciuto.

"Cosa?"

"Questa canzone. La bachata."
Allora presto l'orecchio e la riconosco anch'io.
È *Obsesion*, il tormentone dell'anno.
"È vero, è bellissima! Ho voglia di ballare."
E lui raccoglie subito la proposta.
Mi prende per mano ed entriamo in sala.
Ludovica e Giorgio continuano a parlarsi all'orecchio, seduti uno accanto all'altra.
Io e lo sconosciuto ci mettiamo al centro della pista.
La sua mano è sul mio fianco, la mia sulla sua spalla.
Cominciamo a muovere i fianchi e a seguire la musica. Ballano tutti: le ragazze delle prime, delle seconde, delle terze... ballano e canticchiano all'orecchio del ragazzo che hanno accanto. Le più previdenti si sono andate a cercare le parole della canzone su Internet o se le sono fatte passare da qualche amica, le altre si devono accontentare di cantare il ritornello, ma non faranno una gran figura.
Anch'io la so questa canzone.
"Sei molto sexy!" dice lo sconosciuto e penso che, se mia madre avesse saputo che tutte quelle lezioni private e i viaggi a Madrid e a Barcellona sarebbero serviti solo a questo, non avrebbe insistito tanto.
Ludovica e Giorgio sono gli unici che non ballano: sarebbe compromettente.
Chissenefrega!
Io ballo col mio sconosciuto.
Ludovica e Giorgio si parlano all'orecchio.
Chissenefrega!
Io ballo, ballo come non ho mai ballato in vita mia.
Mi appoggio e mi allontano dal suo corpo e mi diverto a giocare con la sua eccitazione.
Poi appiccica i suoi occhi ai miei e ride.
"Perché ridi?"
"Non te lo dico, sennò ti arrabbi" rispondono i suoi occhi.
"Dai, dimmelo!"
"Sai, pensavo che ti muovi bene quando balli e forse anche quando non balli..." e si mordicchia il labbro.
"Zitto! Se parli peggiori solo la tua situazione" e cerco di continuare a seguire la musica e non pensare a niente.
"Posso baciarti?"
"NO!" gli rispondo subito.
"Un bacio! Che ti costa?"
"Hai ragione... che mi costa?"
E quel bacio nasce così, in mezzo alla pista, davanti agli occhi di tutti, di Giorgio.

E io bacio con passione, accarezzo capelli e lineamenti che non ho conosciuto prima di questa sera.

Intanto guardo lui, Giorgio. Dopo qualche secondo lui storce la bocca e mi stacca gli occhi di dosso.

La canzone è finita.

"Basta!" spingo lo sconosciuto lontano da me e gli nego le labbra. "Vado un attimo in bagno" mi gira la testa.

"Ti accompagno!"

"NO! Vado da sola."

Faccio scorrere l'acqua nel lavandino e mi bagno la nuca. Va meglio.

Sono le undici, tra mezz'ora mio padre verrà a prendermi. Esco da scuola, mi metto nel cortile.

Il coatto mi raggiunge e anche Andrea.

"Allora non era invisibile!" e indica lo sconosciuto.

Sorrido, contenta di aver vinto la sfida.

"Be', non me lo presenti?"

"Lui è... è..."

E mi viene naturale dire: "Lui è Giorgio!", perché quella scena l'ho immaginata tante volte, me la sono preparata.

Mi ritrovo in tasca il consiglio di Malari: "Alice Saricca, nella vita non si può essere sempre preparati" perché ci sono interrogazioni a sorpresa di cui non si può tener conto. E io stasera ne ho avute abbastanza di sorprese...

"Scherza... io sono Mario. Piacere" dice il palestrato e dà una stretta energica alla mano di Andrea.

Mario! Ecco come si chiamava!

Andrea mi sussurra all'orecchio: "Ma dove l'hai preso 'sto coatto?" e torna in sala scuotendo la testa.

È tempo di lenti per quelli che si amano, tempo di pensieri tristi per quelli che l'amore l'hanno appena perso. Avril Lavigne canta *I'm with you*.

Restiamo soli, Mario e io.

"Mi lasci il tuo numero? Magari ti vengo a prendere qualche volta a scuola, ce ne andiamo al Laghetto dell'Eur o a Ostia. Adesso che comincia a far caldo..."

"No, lascia perdere, fa' finta che non sono mai esistita."

Lui mi guarda e non capisce.

"Che significa? Finisce qui? È stata una tresca?"

"Chiamala come ti pare."

"Mi piaceva pensare che una come te poteva stare con uno come me. Stupido, vero?"

E adesso Mario mi fa una tenerezza infinita.

"No, sono io la stupida" gli accarezzo la testa, gli do un bacio a stampo sulle labbra.

Dividiamo un sorriso.

"Adesso vado a casa. Vuoi un passaggio?"

"No, grazie, mi viene a prendere mio padre."

Mi siedo sul muretto, ad aspettare il mio papo.

Tra mezz'ora verrà a salvarmi, a portarmi via da Giorgio, da Ludovica, da questa musica lenta che non balla da sola, da questo cielo che non mi dà mai retta.

Non gli rivolgerò più la parola, non parlerò più con questo cielo. Lo terrò distante e farò a meno di guardarlo. Giusto un'ultima volta, alzo gli occhi.

Com'è solo il cielo stasera... Una stella e basta.

Giorgio esce nel cortile e si mette davanti a me.

"Ora, Alice, mi spieghi!"

"Io non ti devo spiegare niente!"

Scendo dal muretto e faccio per andarmene, ma lui mi trattiene per il braccio e urla.

"No, tu adesso mi spieghi."

Cerco di liberarmi, ma lui mi stringe ancora più forte.

"Ti baci con uno e non mi merito una spiegazione?"

Allora mi fermo lì, davanti, metto i miei occhi a due centimetri dai suoi.

"Hai visto, ti piace? La so fare anch'io la troia!"

"Sì, e ci riesci benissimo!"

Mi parte uno schiaffo.

Lui resta fermo, coi suoi occhi incollati ai miei. Neanche io mi sposto da lì. Gli chiedo piano, quasi per non sentirmi: "E la pelle di Ludovica? Anche la sua sa di cloro?".

Allora lui li porta in basso quegli occhi e si allontana.

Adesso sono io ad attaccare, lo afferro per il braccio.

"No, tu adesso non te ne vai! Di che cosa sa, Giorgio, eh? Dimmelo! Di che cosa sa?"

Lui mi guarda fisso e urla.

"Sa di ses-so, Alice, ses-so. Non scappa lei. Contenta, ora?"

Gli do un altro schiaffo. Glielo do perché ho perso forza nelle parole e allora quella forza la cerco nel corpo.

Mio padre parcheggia davanti al cancello della scuola.

Guardo per l'ultima volta Giorgio ed è meno bello e più dannato. E i suoi occhi di pece non hanno nulla da dirmi.

"Ciao, Alice."

"Vaffanculo!"

Mio padre sorride, mi fa un cenno con la mano.

Apro la portiera e salgo in macchina.

Lui ingrana ed esce dal parcheggio.

"Allora, principessa, com'è andata la serata?"

"Benissimo."

Sorrido, ma quel sorriso si bagna subito.

"Be', che fai, piangi?"

Apro lo specchietto e faccio finta di togliermi col dito il trucco dall'occhio.

Mio padre mi guarda preoccupato, poi sorride.

"Sai, Alice, comunque passa tutto..."

"Ma papà, è il mascara!"

"Sì, ho capito, però voglio dirti che pure se ora ti brucia, vedrai che tra un po' quel bruciore se ne va. Ora vai a casa e te lo sciacqui, domani lo risciacqui e vedrai che passa. Tutto passa..."

"Pure l'amore passa, papà? Pure quello?"

Lui si fa serio e tira un sospiro.

"Pensa a toglierti il mascara adesso."

Il tempo tira brutti scherzi, corre avanti e poi torna indietro. E io sono di nuovo la bambina con i capelli ricci e biondi, che si teneva il suo ginocchio sbucciato e il suo papà le diceva "Ora passa... ora passa".

Passerà.

Milla dorme tranquilla nel suo lettino.

Quanta calma c'è nei tuoi sogni, quanta falsità nelle tue favole. Ora te ne racconto io una vera...

Una principessa torna alle undici e mezzo di sera a casa. Ha il mascara colato, però sorride e dice "È andato tutto benissimo", ha un sorriso bagnato, però sorride.

Il ballo non è stato un granché: il suo cavaliere ha fatto sesso con la strega cattiva, forse ci ha fatto l'amore.

E tu, Milla, non lo puoi ancora capire, ma è una cosa molto più grave, perché fare l'amore con un'altra è come uccidere, è una cosa bruttissima.

Ti piace, Milla, come finale? No!?

Be', neanche a me. Ma il mondo che ti aspetta è così. E non puoi deciderlo tu il mondo, chi sei tu per deciderlo? Una pulce, come me.

Basta una schicchera per farti tremare le ginocchia.

Quanto mi sono tremate stasera...

"Alice, non vai a scuola?" Mia madre parla piano e mi scuote: "È tardissimo, sono le otto".

"Non mi va."

"Dai, Alice, alzati e smettila di fare la ragazzina, eh?, che già c'è Milla."

"Ti ho detto che non mi va!"

"Pensi che a me va di passare ogni santo giorno qua dentro per stare dietro alla casa, a te e a Camilla? E tuo padre? Dov'è tuo padre? Mi dà una mano? Non c'è mai quell'uomo, un estraneo, vivo con un estraneo! Lui fuori tutto il giorno e io seppellita qui. Pensi che a me va, Alice?"

"Sono fatti tuoi! La vita è la tua. Ognuno pensa alla sua."

E infilo la testa sotto al cuscino.

Allora mia madre mi sradica le lenzuola dal letto.

"Alzati! Immediatamente!"

"Ti ho detto che NON-MI-VA!"

"Però ieri sera ti andava la festa, eh?"

"Che vuoi dire?"

"Che te ne frega poco e niente di questa famiglia."

Mi faccio seria.

"Stai scherzando?"

"No! E se mi mettessi anch'io a fare come te? Se uscissi tutti i giorni, tutto il giorno, anch'io?"

"Mamma, il tuo tempo l'hai vissuto, te lo sei giocato. Io non posso ridartelo, non è colpa mia se è scaduto."

"Ah, non è colpa tua!? Be', signorina, sai che ti dico? Se tu mi dessi una mano in casa e con Milla, io avrei il tempo di curarmi, andare in palestra e tuo padre... lasciamo perdere!"

Che voleva dire? E mio padre?

"Se non ve ne frega a voi, sai quanto me ne frega a me di mandare avanti questa famiglia? ZERO!"

Urla, urla come non ha mai urlato, Milla comincia a piangere, allora la prende in braccio e cerca di farla addormentare di nuovo.

Poi si volta verso di me "Sei contenta adesso?"

Me ne sto lì impalata e non capisco: che cosa ho fatto?

E penso che a volte la tempesta te la devi subire così, senza un motivo, solo perché si vuole sfogare un po'.

Non ci sto: prendo i jeans e una maglietta dall'armadio e mi infilo le scarpe. Mi lego i capelli con un elastico, tolgo i libri dallo zaino e ci metto dentro cellulare, portafoglio e occhiali da sole.

"Dove vai?"

Non rispondo, cammino veloce per il corridoio, verso la porta. E lei mi segue e continua a urlare.

"Brava, Alice, scappa! Sei proprio matura!"

Basta, non la sopporto più!

Mi fermo all'ingresso, prima di aprire la porta.

"Ma che mi devi fare scontare? Di che mi devo scusare? Dei miei diciotto anni? Mi dispiace, mamma, te li darei volentieri, tanto non valgono niente..."

Tolgo il chiavistello, apro la porta.

"E oggi non vado a scuola!" urlo prima di chiuderla alle mie spalle.

Carolina è già arrivata, col motorino non ci si mette niente. Ma io su un motorino non ci salirò mai, è troppo precario l'equilibrio su due ruote e poi se mi becca mio padre sono guai. Dopo mezz'ora scendo dall'autobus.

Arriviamo a piedi al Laghetto dell'Eur, mettiamo i giubbetti jeans dietro le teste e ci sdraiamo sull'erba.

"Racconta."

E io comincio a raccontare, parlo senza sbilanciarmi, come un giornalista, cercando di tenere distante da me quella storia che mi appartiene.

A Carolina non piace quello che ho da dire e ogni secondo mi ferma per commentare.

"Brutta storia," e scuote la testa, "che puttana!" e spalanca gli occhi, "certo che lui fa proprio schifo..." e cerca di farmi ridere con le sue facce buffe.

Carolina sta sdraiata a pancia in su, con lo sguardo perso in quel prato azzurro che sta sopra di lei. Io me ne sto a pancia in giù e guardo lei, ho litigato con quel cielo.

Passa un'ora e mi rendo conto di avere raccontato tutto. Ed è strano pensare che sei mesi si possono impacchettare in così poco tempo, in un'ora.

"Be', meno male che non gliel'hai data..." è la sentenza finale di Carolina.

Poi mi guarda e sorride. "Sarà contenta tua madre ora, lei non l'ha mai sopportato quel tipo che non ti citofonava e non saliva a casa a prenderti."

"Mia madre non lo sa, non sa niente, non voglio che pensi che sua figlia è una che si fa prendere in giro..."

"Guarda che lo stronzo è lui! E comunque tu e tua madre... Perché non vi potete raccontare le vostre debolezze? Perché non vi potete mostrare fragili come siete? Sono sicura che quando proverai un'emozione, un'emozione vera, che ti toglie il fiato, che non la puoi nascondere, allora ti dimenticherai del tuo ruolo e lei del suo. E la pianterete."

Io ci penso su.

"Dai, Alice, non dirmi di no. Tua madre è tutta un ordine, e tu? Tu sei una che neanche ammette di piangere, è il mascara o qualche strana allergia... Cazzo, devi viverla Alice! Devi viverla tutta! La tua gioia, la tua tristezza, tutto! Non devi risparmiarti niente!"

Carolina mi abbraccia e io non mi sento più così distante da quella storia che ho raccontato. Mi sciolgo.

"Ma che fai? piangi?"

"No no, lo sai che sono allergica... agli abbracci."

Lei ride, io ci provo.

"Lo sai cosa ho scritto sul mio banco all'università?"

"No, cosa?"

"Se la vita non ti sorride, falle il solletico!" Mi afferra per i fianchi e comincia a pizzicarmi.

E viene facile ridere e perdere il fiato, ridere fino alle lacrime. E ritrovarsi tutte e due a pancia in su: guardare quel cielo e chiedergli qualcosa.

"Alice, ti ricordi di quando eravamo piccole e la notte di San Lorenzo andavamo in spiaggia a guardare il cielo?"

"Certo che me lo ricordo."

"Ti ricordi? Tu puntavi il dito e ti mettevi a contare le stelle."

"Sì, ma una rompiscatole me lo spostava e mi faceva perdere il conto..."

Carolina era una peste.

"Dai, tanto era impossibile, non ce l'avresti mai fatta..."

"Boh, da piccola pensavo: quando troverò l'amore potrò fare tutto, potrò anche contare le stelle..."

"E adesso?"

"Adesso penso che sono tante, troppe..."

Vado in camera a preparare la borsa.

"Dove vai?"

"A nuoto."

"Quando hai le gare?"

"Domenica."

"Per cosa gareggi?"

Mia madre cerca di farmi domande perché è troppo difficile dire "Scusa". Deve girarci intorno, ma non lo dirà mai.
Controllerà se tutto è tornato nei binari, se me la sono presa. Io
farò finta di non essermela presa e tutto tornerà come prima.

"100 metri stile libero."

Poi ci provo, glielo chiedo.

"Guarda che, domenica, se ti va, puoi venire a vedermi."

Lei si ferma, ci pensa, si scuote.

"No no, ho tante cose da fare..."

Continuo a preparare la borsa: cuffia, occhialetti, costume, accappatoio, spazzola...

È lei poi a chiedere.

"Senti, ma con quel Giorgio come va?"

Mi fermo, ci penso, mi scuote.

"Benissimo."

Finisco di preparare la borsa.

E penso che Carolina si sbaglia, nessuna emozione può essere tanto grande da farci avvicinare. Siamo programmate male: mia madre fa un passo in avanti e io uno indietro, io faccio
un passo in avanti e lei uno indietro. E se i nostri movimenti
sono così scoordinati, è impossibile incontrarsi.

Un messaggio da Internet si precipita sul mio cellulare.

È la prima volta che mi manda un messaggio.

GIORGIO
Oggi non c'eri a scuola. Devo parlarti.
È tutto un grosso, maledetto equivoco...
Rispondi.

Sorrido di amaro e scuoto la testa.

Spengo il cellulare, è questa la mia risposta.

"Sì, ma è la tua risposta definitiva?" chiedono in uno dei quiz a premi che passano la sera.

E non sono più tanto sicura di quella risposta.

E non so più dove sta la verità.

"1 minuto e 57!"

L'istruttore tiene in mano il cronometro e si agita.

Riprendo fiato e spingo con le gambe, scalcio di più.

"1 e 53! Ti dai una svegliata, Alice?"

Rubo un altro sorso di aria e vado di nuovo a fondo, faccio ruotare svelte le braccia.

E Giorgio è come quest'acqua, che non la puoi trattenere, che costa energia viverla.

"Vai! Veloce!"

Sì, l'amore di Giorgio è così, un pavimento liquido su cui non puoi costruire niente.

"Muovili quei piedi!"

Mi fermo, mi appoggio alla scaletta, prendo fiato.

"Mi stai facendo uno scherzo prima delle gare? Martedì c'hai messo 1 e 12..."

Respiro a pieni polmoni, rubo tutta l'aria che posso.

"Oh, mi ascolti, Alice?"

Salgo la scaletta, esco dalla piscina, mi tolgo la cuffia, "Basta" dico stanca al cronometro, all'istruttore, a me che penso.

"Alice, dove vai? Domani ci sono le gare e il tempo non è buono!"

Infilo gli infradito, mi avvolgo l'asciugamano intorno alle spalle.

"Guarda che oggi hai fatto un tempo veramente da schifo!"

"Trovati qualcun altro per domani, io non gareggio."

"Stai scherzando? E chi trovo per domani?"

"Vedrai che qualcuno lo trovi..."

Prendo la chiave dell'armadietto e mi ritiro nello spogliatoio. Sono stanca di combattere con l'acqua.

"Vado al pub con Carolina!"

"Non andate in motorino, vero?"

"No!" e scendo le scale.

Sono le dieci.

Caro parcheggia il suo Scarabeo all'angolo della strada.

Mi allunga il casco e io ci penso.

"Dai, Alice, mettiti 'sto casco!"

Lo allaccio bene sotto il mento.

"Sembri una formica!"

Monto su e l'abbraccio forte.

Lei ruota l'acceleratore e dà gas. E non mi spaventa questo gioco di equilibrio su due ruote. È un'altra la mia paura stasera...

Lui esce dal garage con la sua Alfa 147.

Carolina e io gli stiamo dietro.

Qualche chilometro e già parcheggia la macchina, suona a un citofono.

Una luce in salone indica l'appartamento di Ludovica.

"Caro, accosta!" Scendo dal sellino, slaccio il casco e me lo tolgo.

E vorrei chiamarlo, fingere di incontrarlo così, per caso, dirgli "È piccolo il mondo...", sorridere e portarlo via, prima di vederlo varcare quel portone.

Giorgio sale le scale. E dopo qualche minuto quella luce si sposta in un'altra stanza, più lontana, e si veste del mistero di una tenda, per poi spegnersi del tutto.

Chiudo gli occhi, li strizzo fortissimo, cercando di non guardare, di non sapere altro.

Here with me parte dallo stereo di quella camera.

È una canzone riciclata, la conosco bene, doveva essere anche la mia.

"Meno male che era un *equivoco*..."

Carolina è seria: è un film già visto.

Restiamo ancora un po' lì, a non guardare, a non fare niente. Ferme.

Poi lei dice "Andiamo", mette in moto e accelera.

Mi tengo stretta ai suoi fianchi e mi godo questo venticello che mi accarezza il viso.

E mi sento più sicura, almeno ho la mia verità, adesso. Quando hai la tua verità, devi essere contenta: sei libera, come questo venticello che mi coccola, mi consola.

Sei libera. Non possono più raccontarti storie...

Tu lo senti battere il mio cuore, Milla?

Io no, si dev'essere scaricato.

Anzi, forse il fantasma di un battito c'è.

E ci sarà ancora per un po'.

Mi toccherà ricordare di lui e sarà triste o forse sarà bello, sarà ridicolo o forse sarà serissimo.

Ricorderò di lui, quello che è stato e quello che non sarà, quello che avrei voluto e non c'era.

Stanotte, però, ti faccio una promessa: non mi farò più prendere in giro, non mi farò bella per un appuntamento, non aspetterò una telefonata che non arriva mai, non mi metterò a immaginare i sorrisi, i nasi, i capelli di possibili amanti, non morirò di crepacuore, non mi chiederò se vorrà un bacio o di più, se è poi davvero il caso di perdere la testa.

Amerò le canzoni, i libri, il mare, gli alberi, i tramonti... so che staranno sempre lì, per me.

L'amore degli uomini è diverso, Milla, si sposta veloce, passa da un letto a un altro.

E dov'è Giorgio adesso? È ancora a casa di Ludovica?

Forse è già tornato a casa sua, hanno fatto presto.

Sì, è già tornato a casa, nelle sue lenzuola e magari, per un attimo, se lo chiede anche lui: perché?

Perché finisce? Ma soprattutto, perché inizia?

Cene di sorrisi, gambe accavallate, mani che si sentono sole... Perché inizia?

Con le persone più assurde, con quelle che se le conosci le eviti, con quelle che non funzionerà mai pure se per un istante ti sembra che sta andando alla grande... Perché inizia?

Non riesco a trovare una risposta valida, neanche una.

E sento che ho sbagliato tutto, dal primo momento.

E mi chiedo che cosa sarebbe successo se lo avessi baciato io lì davanti a tutti, se avessimo bevuto insieme l'acqua di quella fontanella in piazza di Trevi, se non avessi letto il suo cellulare, se gli avessi mandato un messaggio, uno ogni tanto, se non avessi scansato il suo corpo dal mio, quella volta, quelle volte...

Forse sarebbe stato uguale, forse no.

Forse è andata meglio così.

Sono in ritardo.

Cammino, respiro forte e me lo ripeto: sì, glielo dirò.

Perché lo faccio non l'ho ancora capito.

Forse solo per avere un confronto, per avere la certezza assoluta, per vedere se lei racconta o insabbia la verità, per sapere quanto lei sa, se lei è meglio di lui.

Forse, più semplicemente, solo per parlarne, perché magari se ne parlo starò un po' meglio.

Entro in classe e faccio l'appello con gli occhi.

Ludovica non c'è.

C'è il suo zaino però, quell'Eastpak viola pieno di spille colorate e orsetti di pezza portachiavi, orsetti che indossano magliettine rosse con scritto "Ludovica" e "TVB!", spille con la bandiera della Giamaica e la foglia di marijuana.

Raggiungo Carlo, gli chiedo dove sta Ludovica, lui niente, fiuta il pericolo e se ne lava le mani... Bella coppia lui e Ludovica: Ponzio Pilato e Giuda.

Si mette seduto sul banco, a fare da spettatore a una scena in cui anche lui ha un ruolo.

Lo guardo meglio, cercando di ritrovare nei suoi occhi la trasparenza che conosco, ma non la trovo, qualcuno gliel'ha scippata.

Ludovica torna dal bagno con Giada, mi avvicino, cerco di controllare la voce, di farla stare calma.

"Ti devo parlare."

"Dimmi!" e mette il suo brutto muso davanti al mio.

Basta la sua faccia tosta a mandarmi in bestia, a farmi sguinzagliare la voce.

Punto gli occhi su Ludovica. Premo il grilletto.

Parlo di Giorgio, il mio ragazzo, ex, dei messaggi che lei gli ha mandato e che lasciavano poco spazio all'immaginazione.

Non parlo del Fastlove Motel, della stanza 22, del numero

perfetto. Forse per non sporcare troppo lei, forse per non sporcare Carlo, forse per non sporcare me...

E le gambe mi tremano forte.

Lei nega, nega, nega!

Lo conosce solo di vista Giorgio, non ha neanche il suo numero di telefono. E poi i messaggi erano mandati da Internet, come faccio a incolparla per quella firma?, mica c'era il suo numero di telefono sul mittente...

E io sono stanca di stare nei panni degli altri.

Ho i miei adesso.

Ho la mia verità e nessuno mi può spogliare.

"Non lo conosci? E perché ieri ha dormito a casa tua?"

Le gambe di Ludovica sono più salde delle mie.

"Sei proprio una stupida. Ieri ho passato la notte col MIO ragazzo..." e lancia uno sguardo a Carlo, lo mette in mezzo, lo usa come scudo.

I ragazzi sorridono, si danno una gomitata di complicità e si passano la voce: "Oh, hai sentito? Carlo si fa Ludovica...".

E Carlo se ne sta lì, zitto, in mezzo agli altri.

"Diglielo, diglielo pure tu, Carlo!" gli urla Ludovica.

E Carlo esegue, conferma la versione di lei.

Tutti tirano un sospiro di sollievo: sono solo paranoie di Alice, "quella si fa i castelli in aria..." ridacchiano, sollevano le spalle e se ne tornano al proprio posto.

La campanella ci dà il segnale: sono scadute le ore di buco.

Malari sta per entrare in classe, bisogna mettere le paranoie sotto il banco, infilare i pensieri nello zaino. Ma il mio zaino è poco capiente e anche se Malari entra in classe, me lo continuo a chiedere: che ti prende, Carlo?, perché l'hai coperta?, perché hai manipolato la verità?

E già so che la risposta può darmela solo lui.

"Buongiorno, signora, c'è Carlo?"

Me ne sto lì, impalata, aspettando che la risposta si affacci dalla sua camera.

Lui arriva sbuffando.

Ci mettiamo in camera sua, una stanza piena di dischi vecchi, di 45 giri appesi alle pareti, album di Morrison e dei Beatles, di Dylan e degli Stones, un copriletto scozzese e un comodino di legno chiaro, la bandiera della pace appesa all'armadio.

Mi siedo per terra e incrocio le gambe.

Inutile girarci intorno...

"Perché hai coperto Ludovica?"

Ho bisogno della conferma di Carlo.

Perché, anche se ho le prove, ogni tanto mi viene il dubbio. Forse ho visto, letto, sentito male, forse non esistevano quei messaggi, forse è davvero un *equivoco*, forse ho i sensi sbagliati, tutti e cinque?, sarebbe bello poterci credere...

Ce ne stiamo in silenzio, ognuno coi suoi dubbi e le sue certezze.

"Io lo so che tu non c'eri ieri sera! E lo sai anche tu. Dov'è finito il Carlo che arrivava in ritardo e mi fissava mentre scrivevo, quello che pensava che per vincere non bisogna fregare qualcuno, quello che credeva in qualcosa?"

"È morto, Alice, morto! Adesso c'è un nuovo Carlo, che funziona, che piace, sì, piace alla gente!"

"Piacerà alla gente, a me no. Dov'è il vecchio Carlo?"

Lui ci pensa e mi guarda, si alza dal pavimento di scatto, solleva il materasso e mi mostra il suo segreto.

"Giurami che non lo dirai a nessuno!"

Mi metto la mano destra sul cuore: "Te lo giuro!", perché se giuri sul tuo cuore, allora quella promessa vale qualcosa.

Mi fa vedere un oggetto di metallo, tutto ammaccato e mi spiega che è una specie di lampada di Aladino.

"E tu cosa gli hai chiesto?"

"Di essere figo, come gli altri, di farmi Ludovica."

Mi racconta che l'ha trovato per strada, mentre tornava da scuola. C'è dentro una polvere che fa magie.

Prendo in mano quell'affare, lo guardo bene, sorrido, "È marijuana, Carlo, solo marijuana. E questo è un chilum, uno stupidissimo chilum."

"Sì, ok, però funziona."

"Certo che funziona. Funziona perché hai voluto allontanarti da te, dai tuoi problemi, l'hai voluto così forte che ci sei riuscito. Ma i problemi restano, pure se ti allontani! E adesso sei più incasinato di prima! Il Carlo di prima sapeva dove stanno i sentimenti..."

"Sì, ma questo Carlo qui sa cos'è il sesso!"

"E per te vale lo scambio?"

"Non lo so. Ci devo pensare."

Poi si confida, mi regala la mia verità.

"Ieri sera l'ho salutata alle nove e mezzo, dopo non so che ha fatto, se è andata con 'sto Giorgio oppure no."

Torna il silenzio.

"Hai fatto sesso con Ludovica?"

"Non tutto, ma praticamente..."

Ho un'altra domanda per lui adesso.

E mi accorgo che, forse, la risposta a questa domanda mi importa più di quella di prima.

"La ami?"

Gioco con le chiavi di casa, evito di guardarlo negli occhi.

"Non lo so. Ci devo pensare."

"Non ci devi pensare, Carlo, la risposta ce l'hai dentro. Ricomincia ad ascoltarti, avrai le tue risposte."

Io, le mie, le ho avute.

Tra meno di un mese ci sarà la maturità.

Ogni tanto scontro Giorgio nei corridoi di scuola, lo intravedo nell'androne, in palestra, al cancello.

Lui cerca di avvicinarsi e parlare del più e del meno, io scanso i suoi formalismi e me ne torno in classe.

E mi torna in mente quella di Tiziano Ferro che fa "Un po' ti penso ma mi scanso, non mi tocchi più".

Il suo ricordo è forte come un pugno: un uppercut ben tirato. Ma farò palestra, mi allenerò a non pensarlo.

Ludovica e Carlo non si parlano più.

E adesso io e lui stiamo in banco insieme, che è una cosa strana per me, che non ho mai sopportato di stare tutti i giorni con la stessa persona e dividerci i libri.

"Ma che è successo tra voi?" gli chiedo all'orecchio, mentre Ricci finisce l'ultimo girone di interrogazioni.

E le mani di Carlo tornano a sudare, ma non le nasconde più: lo sa che mi piace il suo imbarazzo.

"Non ci parliamo da quando sei venuta a casa mia... La sera sono andato da lei, voleva farlo, ma non me la sono sentita e sono scappato come un ladro."

Sorrido, non sono l'unica a scappare, a non sentirsela.

Sì, Carlo è tornato quello di prima.

Più bello, però: si è messo le lenti a contatto, veste con meno scritte e più senso.

Il martedì e il giovedì andiamo in piscina, combattiamo insieme l'acqua.

Gli si sono allargate le spalle, gli sono cresciuti i muscoli.

E ogni tanto, per scherzare, contrae il bicipite.

"Tocca ferro!" dice e io pigio col dito su quel muscolo.

"No, non ci siamo ancora, ce ne ho molto più io..." tiro su le maniche della maglietta e gli faccio vedere un bicipite che non spaventerebbe nessuno.

Lui mi guarda, storce la bocca. "E dove vai con quello?"

"Guarda che hanno tutti paura del mio bicipite..."

E lui non ci crede.

"Dai, facciamo a braccio di ferro!" lo sfido.

A ricreazione ci mettiamo coi gomiti sul banco.

"Non c'è gusto..." dice dopo aver accompagnato lento il mio braccio sul banco.

"Ti ho lasciato vincere, come al solito" gli spiego e ce ne andiamo a prendere un caffè alla macchinetta.

Il pomeriggio si va a fare spese in via Cola di Rienzo. Ed è uno spasso entrare nei negozi, provare i vestiti più costosi e prenderli a un prezzo stracciato.

"No, Alice, non ti sta bene" e intanto ammicca con lo sguardo come per dire "Sei una favola!".

"Ma dai, Carlo! Secondo me sta bene."

"No, mi sembra cucito male, stringe sui fianchi..."

E il commesso si giustifica "Va solo stirato".

"No no, questo è proprio cucito male, vede? Qui!"

Io faccio la parte di quella che il vestito mi piace, sì, me lo vedo indosso, non mi sta male.

"Alice, mica puoi spendere 200 euro per un vestito che non ti sta male, per 200 euro ti deve stare benissimo."

E alla fine il commesso ce lo regalerebbe pure il vestito, solo per vederci sparire, per smettere di sentire Carlo che si lamenta di una cucitura storta, di una bretella più corta dell'altra, di una lampo troppo evidente.

100 euro e il vestito è nostro.

La scena si ripete tre, quattro volte, in negozi che non ci rivedranno più, perché ormai si ricordano tutti di noi.

"Domani metteranno un cartello con le nostre facce e sotto scritto: 'Noi aspettiamo fuori'."

E fa ridere l'idea di noi due, uniti in quell'immagine.

"Sì, ci butteranno fuori a calci..."

E una volta, al cinema, ci hanno cacciato per davvero.

Andiamo a vedere *La Passione* all'Adriano.

Silvia Di Giosio sta qualche fila davanti a noi.

Lei e la madre guardano i film e passano il resto della vita a commentarli.

Carlo compra un quintale di pop-corn e, sarà che il film è pesante, sarà che non ho più fame, comincio a tirare i pop-corn alle Di Giosio. Una pioggia di mais cade su di loro, sporca spalle e capelli di sale e burro, poi la madre di Silvia Di Giosio si gira.

"Abbassati!" urla Carlo, mi spinge il viso dietro alla poltrona e si accuccia anche lui.

"Chi è lo spiritoso?" chiede la madre di Silvia alla sala. E tutti le urlano "Shh!" e le danno dell'insensibile: insomma, Cristo sta morendo davanti ai suoi occhi e lei si preoccupa dei pop-corn?

Carlo aspetta che la madre di Silvia si rigiri, affonda la mano nel cestino, pronto al lancio e la guerra continua.

Una guerra lampo, perché dopo un po' la maschera si avvicina con la torcia.

"Ma guarda 'sti ragazzini..." ci prende e ci sbatte fuori.

Carlo si allontana con la maschera, solleva le spalle, mi indica e dice serio "Scusi, la ragazza ha problemi... è rimasta intrappolata nella fase dei dieci anni... sindrome di Peter Pan, capisce cosa intendo?".

E la maschera si fa comprensiva e mi sorride, ci lascia andare senza multa. E io vorrei sotterrarmi per la vergogna.

Ce ne torniamo a casa.

"La prossima volta la fai tu la parte del demente..."

"E perché? Tu la fai benissimo."

Gli do una gomitata.

"Perché ti arrabbi? Ho detto la verità! Guardati! Hai dieci anni, vivi tra le nuvole e credi alle favole..."

"Non più" gli rispondo e guardo lontano.

"Non hai più dieci anni? Oh, ma questo è un dettaglio..."

"No, non credo più alle favole."

"E perché?"

Faccio un bel respiro e gli racconto tutto: di Giorgio, dei sei mesi, dello sgabuzzino, del motel, di quel suo nascondermi per nascondersi.

Carlo mi stringe forte e dice: "Passerà anche Giorgio, come è passata Ludovica".

"Perché, tu non ci pensi più a lei?"

"No!"

"E come hai fatto?"

"Sai, Alice, certi amori, quelli sbagliati, sono come le sigarette: meglio smettere."

"E come fai a riconoscerli?"

"Te ne accorgi quando respiri l'aria pura e te lo senti dentro che è diversa dal fumo, che sa di buono... e capisci che è l'aria pura che vuoi."

Carlo parla serio serio.

E a me fa ridere vederlo tutto concentrato.

"Io la mia aria l'ho trovata."

Non lo capisco, però sorrido.

"Tu sei più matto di me..."

Allora lui si rassegna e ricomincia a scherzare.

"Certo che sono matto, a forza di starti vicino, mi hai contagiato!"

Gli do un'altra gomitata.

Lui ride e mi abbraccia forte.

E penso che, un po', questa sindrome di Peter Pan ce l'ho davvero. Perché cerco ancora l'Isola Che Non C'è.

O forse Che C'è, ma si è nascosta bene.

È l'ora di cena e ci avviamo verso casa, con la fame nello stomaco. Sì, in questo periodo abbiamo fame, ma una fame atavica, che non basta la cena di casa a saziarla.

Una fame che solo una crêpe Al 19 può far passare.

E così, ogni sera, dopo cena, andiamo a zittire il nostro stomaco.

Carlo dice che non è possibile che siano crêpe e basta.

"Deve esserci qualche ingrediente speciale, perché se non veniamo qui io me ne vado a letto scontento..."

"Per me è la Nutella" gli rispondo, ma lui non è convinto. Cerco di mangiare la mia crêpe tenendola distante, che non è una cosa facile, però almeno non mi sporco.

Ho la bocca impiastricciata di cioccolata.

E penso che Carlo è uno stupido! Che con la scusa di pulirmi le labbra potrebbe avvicinarsi e baciarmi... Niente.

Mi passa il dito all'angolo della bocca.

"Mi sa che tua sorella, Camilla, si sporca meno di te."

Sì, è uno stupido!

"Shh! Fammi godere la crêpe... Parli come mia madre!"

Già, mia madre...

Una sera, tornando a casa l'ho trovata lì, in salone: il telecomando in mano e la tv accesa.

"Mamma! Che ci fai ancora in piedi?"

"E tu che ci fai ancora in piedi?"

"Sono andata al Messicano per festeggiare la patente di Carlo. Te l'avevo detto."

"Ah."

Vado a prendermi un bicchiere d'acqua, la cucina messicana ti lascia la sete per una settimana. M'infilo il pigiama e faccio una passeggiata digestiva in corridoio.

E mi accorgo che lui non c'è...

Torno svelta in salone.

"Ma papà?"

"Non lo so."

"Non lo sai!?"

"È al lavoro."

Ha la voce tirata, tenuta per le briglie.

"Ma, mamma, è l'una di notte!"

"E allora!? Deve finire un progetto, Alice."

A volte le misure non tornano. Mi viene il dubbio e la paura che le misure che dovrà prendere stanotte siano di carne, non in muratura. Mi ripiglia il bisogno di controllare, di arrivare in tempo e di fermare tutto stavolta, senza vedere spegnersi la luce crudele di una camera lontana.

"Hai provato a chiamarlo?"

"Non gli prende il cellulare. Lo sai, in studio non prende..."

"Be', va' da lui, allora!"

E lei alza il volume della televisione e della voce: "Piantala, Alice! Vattene a letto, che è meglio!".

Me ne vado, la lascio lì, con gli ospiti del Maurizio Costanzo Show che parlano di storia e a lei non glien'è mai fregato niente della storia, la odiava al liceo...

Vorrei scuoterla: apri gli occhi, mamma!

Poi la guardo di nascosto, dietro la porta del salone: si asciuga gli occhi con il polso e tira su col naso, anche lei è allergica al mascara...

Mi viene voglia di entrare e abbracciarla, metto un piede in salone per raggiungerla, ci provo.

"Alice, ancora qui? Te ne vai a letto?"

E capisco che i suoi occhi sono già aperti, sono i miei che vuole tenere chiusi.

Sono strani i grandi, eh, Milla?

Hanno paura delle risposte.

O forse le conoscono già e non hanno bisogno di salire su un motorino e mettersi a spiare un appartamento per averle.

Mamma è rimasta in salone.

Forse, un giorno, troverà in te la figlia amica che non ha, ti lascerà entrare, ti darà la sua fragilità.

E tu prendila, Milla, e apprezza quel regalo!

Io vi guarderò, nascosta dietro una porta.

Stringila forte, anche per me.

E papà? Dov'è papà, Milla?

Si perderà qualche tuo passo, qualche tua parola nuova. Forse perché avrà un progetto da finire, forse perché preferirà stare in un'altra casa, senza i tuoi giocattoli sparsi sul pavimento e i miei pensieri per aria.

E io, quando lo vedrò tornare, la mattina dopo, lo guarderò in modo diverso, come si guardano quelli come Giorgio, peggio, perché la sua assenza non fa male solo a me.

Tu no, tu continuerai ancora per qualche anno a battergli le mani, a riempirlo dei tuoi sorrisi. Un giorno, però, capirai e gli sorriderai di meno, con le labbra più strette.

Te lo ritroverai sotto casa, ti chiederà scusa per le sue assenze. E tu che farai? Le accetterai quelle scuse? Forse sì, solo per provare un suo abbraccio, per vedere se il tuo sangue si ricorda di lui.

Non sarà facile, Milla, ma adesso è tutto a posto. Dormi. E domani, al tuo risveglio, il tuo papà sarà di nuovo qui.

Non sarà mai andato via per te.

È tutto a posto, Milla, e domani ti ritroverai a battere le mani, "che viene papà e tante cose belle ti por-te-rà"!

Me ne resto a pancia in su e penso: quante cose sono cambiate quest'anno, quanta vita nuova ha preso forma... E non mi piace questa forma, preferisco un altro stampo.

Vorrei un mondo più docile, che non ti scappa dal guinzaglio, che non ti trascina dove vuole lui.

Un mondo piccolo, che te lo metti in tasca, come un portachiavi.

Un cielo attento, che non ti dimentica.

E penso che sarebbe bello se la vita fosse come le crêpe, che puoi farcire come ti pare.

Ci vuoi le noccioline? E ti ci mettono le noccioline.

Ci vuoi il cocco? E ti ci mettono il cocco.

Ma la vita è un cibo preconfezionato, qualcuno ha scelto i gusti per te. E tu che puoi fare?

Niente, "o ti pieghi o ti spezzi", come dice Malari quando vuole minacciare un suo alunno.

Io non mi voglio più piegare. Ho voglia di rivoluzione.

Tirerò su le maniche e mi metterò a impastare il mondo, comincerò da questa famiglia, farò tornare a casa papà, a mamma passerà l'allergia e anche a me.

Andrà tutto a meraviglia.

E io non passerò più le notti a guardare questo soffitto.

Quante volte mi ha tenuto compagnia...

Quanti sogni ci ho appiccicato...

Stanno lì, appesi, aspettando che qualcuno li raccolga.

E io non so quali sono i tempi della maturazione.

Le olive si raccolgono a novembre, l'uva a settembre. E i miei sogni? Non lo so.

Forse ho seminato male, forse non c'è stato abbastanza sole, però è tanto che aspetto e non cresce niente.

L'albero dei Sogni non vuole dare frutti.

Dopo una notte così non puoi fare altro che prendere per mano il sonno e trascinarlo a scuola con te.

Malari entra in classe, posa la cartella di cuoio sulla cattedra e si siede.

Manca poco alla maturità e così è arrivato per i professori il momento di spiegarci qualcosa di questo esame.

Malari parla, parla, parla di cose che sappiamo dai secoli dei secoli, amen.

"La prima prova consiste in un tema di attualità, un saggio breve o un articolo di giornale, un'analisi del testo..."

Dopo qualche minuto comincia la retorica dei consigli. "Soprattutto, ragazzi, ricordatevi di non essere troppo decisi: tutto bianco... tutto nero... Ricordatevi il grigio. Meglio non sbilanciarsi nella vita."

Silvia Di Giosio, eternamente al primo banco centrale, muove su e giù il suo testone. E se il mondo continua ad andare così, con tanti pupazzi che fanno "sì, sì" con la testa, non raccoglierò mai i miei sogni.

C'è bisogno di rivoluzione.

E per cambiare il mondo devi avere il coraggio di dire no, devi cominciare a vedere i colori, il grigio? Non esiste!, devi correre in una direzione sola.

Alzo la mano e aspetto che Malari veda il mio dito ben puntato verso l'alto e mi lasci parlare.

"Professore, uno scrive quello che pensa, se vede bianco scrive bianco, se è nero scrive nero. Perché dobbiamo sfumarci? Il pensiero, almeno quello, lasciatecelo!"

Malari storce la bocca.

"Saricca, lei può scrivere quello che le pare, può scrivere anche che è giallo limone! Mica siamo in tempo di regime!"

E io mi riprometto che scriverò giallo limone, che scriverò il colore più assurdo, anzi, me ne inventerò uno nuovo, mai visto.

"Sì, vabbe', il regime non c'è, si dice, però qui ci state privatizzando tutto: istruzione, pensioni, sanità... anche il pensiero ora!"

Carlo mi guarda come se fossi da manicomio.

Malari sorride: "Saricca, per caso oggi si è svegliata con la voglia di far girare la Terra nel verso opposto? Non capisco con chi ce l'ha".

Vado fino in fondo.

"Ce l'ho con voi adulti, che avete smesso di vedere i colori! Mi sono stancata di far finta che va bene, qui non va bene niente... B-A-S-T-A!"

Tutti gli altri fissano gli occhi a terra, se ne stanno immobili, si vergognano al posto mio.

Alice Saricca si becca una nota, perché *disturba il regolare svolgimento delle lezioni.*

"Attenta, Saricca. Un altro colpo di testa e si gioca la maturità."

Obbedisco al potere, ma faccio rumore.

Mi siedo di botto sulla sedia e sbatto i gomiti sul banco.

Un rumore forte, nel silenzio compresso dell'aula.

È quella l'ultima parola, la mia.

Carlo mi accompagna a casa.

E mi faccio coraggio e mi convinco che mia madre non la prenderà poi così male questa nota, anzi!

"Sarà fiera di me. Anche lei voleva cambiare il mondo. I miei genitori si sono conosciuti proprio facendo la rivoluzione nelle aule di Architettura a Valle Giulia."

Sorrido a quei due ragazzi che si scambiavano baci tra uno striscione e una megafonata, che non avevano niente in comune: lei ricca e intelligente, lui bello e ribelle, pronto a scroccare sigarette, uniti solo da un'idea, forse neanche tanto buona.

E, a volte, basta un'idea, una qualunque, per farti sentire che non stai camminando a vuoto, stai andando da qualche parte.

Che fine hanno fatto quei due ragazzi?

Saliamo le scale di casa, tiro fuori le chiavi dallo zaino e apro la porta.

"Oh, mi raccomando, difendimi davanti a lei... Ciao, mamma!"

Ha gli occhi rossi, l'allergia non le è ancora passata.

"Buongiorno, signora."

Carlo la saluta e lei neanche risponde.

Ha messo le radici in salone, davanti alla tv, ormai tutti i programmi la interessano, uno vale l'altro.

"Ho preso una nota."

Lei non si scompone: "Poi ne parliamo".

Non ne parleremo mai.

Vado in camera mia.

Carlo entra in stanza e chiude la porta, non trova pace, "Te la potevi risparmiare..." ripete e mi guarda preoccupato. Riesce a percorrere chilometri e chilometri in questi venti metri quadri di stanza.

Ed è strano, perché io me no sto seduta sul pavimento con le gambe incrociate e penso a tutto tranne che a quella stupidissima nota. Penso a mio padre, a mia madre, a Camilla, ai miei sogni... ma a quella nota, proprio no.

Carlo cammina, si passa le mani tra i capelli e sbuffa.

E a me scappa da ridere.

"Che ti ridi? Guarda che sei proprio nella merda!"

"Appunto, IO sto nella merda, mica TU!"

A lui non piace quella distinzione: IO/TU, ma non lo ammette. "Lo sai come sono fatto, mi agito per tutto!" dice.

"Sì, ma così agiti pure me."

"Vabbe', allora me ne vado."

"Sì, vattene. È meglio."

Lui apre la porta della mia stanza, mi lancia un ultimo sguardo preoccupato e io la ricevo, come un regalo, la sua preoccupazione. Ha paura per me, con me.

Faccio la forte.

"Tranquillo, tanto *domani è un altro giorno...* Ciao."

Chiudo la porta.

Adesso sto da sola. E non è meglio.

E domani non è un altro giorno, è sempre lo stesso, riciclato. Perché questo Dio ha tante cose più importanti da fare e non può sprecare la sua fantasia cambiando i tuoi giorni. Questo Dio è un po', ma giusto un po', come mia madre, che ti dice "No no, non posso, ho tante cose da fare...", che ha la casa da mandare avanti e i figli disordinati.

E domani non è domani, è il solito oggi con un nome diverso.

E Malari non dimentica.

"Se vai contro Malari, sono proprio cazzi amari."

Sono consigli generazionali che gli studenti si passano di anno in anno, consigli nati nei corridoi, nei bagni di scuola, consigli che hanno fatto le scale di fretta, che sono arrivati alle orecchie di tutti e sono stati letti ad alta voce, come circolari.

"Se l'è legata al dito. Ci si è fatto il nodo..." dice Carlo.

"Spero tanto stretto da impedirgli la circolazione."

"Alice! Ma che dici?"

"E dai! L'ho detto così, per rabbia. Guarda che i professori vivono a lungo grazie alle nostre maledizioni. È come quando ti sogni che qualcuno muore e gli allunghi la vita."

"Compagna Saricca, la smette di parlare?" mi sgrida Malari dalla cattedra.

E io vorrei rispondergli che "compagna" ci può chiamare sua madre o sua moglie, sempre se ce l'ha...

Malari interroga Giada, Andrea e Silvia Di Giosio sulla poesia nel ventennio fascista.

E mentre Silvia ripete, comprese le virgole, tutto quello che ha trovato sul Segre, il libro di italiano, Malari mi guarda. Neanche lui ce la fa ad ascoltarla, Silvia, che parla a mitraglia e non si capisce se sta parlando di Mussolini o sta recitando una filastrocca.

Malari mi guarda sì, mi guarda, e gli occhi gli sorridono di una certa idea...

"Compagna Saricca, mi vada a prendere un caffè, così sta zitta!" tira fuori dalla tasca il portafoglio, lo apre e rovescia venticinque centesimi sulla cattedra.

Mi alzo dal banco, raccolgo le monete.

"Quanto zucchero?"

"Amaro. Se lo ricordi, compagna Saricca, lo prendo amaro."

Mi avvio verso la porta e dico a bassa voce, quasi tra me e me "Stronzo...".

"Come ha detto, Saricca, prego?"

E io me ne sto zitta, che è meglio.

"Niente."

Mi mordo il labbro per la rabbia.

Intanto Malari mi guarda. Sorride.

E per un attimo penso che, forse, il suo è solo un modo di scherzare, che ha già dimenticato la ribellione di ieri.

Magari si è accorto che ha esagerato con le battutine, mi chiederà scusa.

E se quelle scuse arriveranno, il mondo può cambiare.

La rivoluzione esiste.

La casa è stranamente silenziosa: mamma e Milla sono a fare la spesa.

Papà è in cucina, ma il coraggio di abbracciarlo mi manca.

"Che fine hai fatto?"

"Lascia stare, ho avuto un sacco di lavoro..." Però il tempo per farsi la barba e la doccia l'ha trovato. È tutto profumato. Si è preparato una pasta al burro, ketchup e parmigiano, una pasta rimediata perché mamma non è ancora tornata a casa e finché lei non torna il frigo è vuoto.

Lui scola la pasta e la versa in un piatto fondo.

E io lo guardo, per cercare qualcosa di diverso, una traccia.

Affonda la forchetta nel piatto.

"Be', che c'hai? Perché mi guardi così?"

"Mi dai un po' della tua pasta?"

"Oddio! E che è successo? Niente barretta oggi?"

Mi siedo lì, accanto a lui.

"No, non mangio più barrette, te lo giuro!"

E lui mi guarda e non capisce: cos'è successo? dov'è sua figlia? Quella che s'impunta, quella col sangue caldo, quella che vince o perde, che il pareggio non esiste, quella che ha solo giorni sì e giorni no, mai giornate forse. E lui lo conosce bene quel sangue che bolle: è il suo.

"Allora, te ne rubo un po', ok?" Prendo un piatto e una forchetta dalla credenza e smezzo quei centocinquanta grammi di pasta.

Lui mi guarda e sorride, non ci crede.

"Hai visto quante cose cambiano in due giorni?"

Fa cenno di sì con la testa.

Mettiamo le gambe ben bene sotto al tavolo, attenti a non sporcarci.

"Sennò mamma chi la sente..." dice lui.

Mando giù il primo boccone.

La pasta sa di colla.

"Fa schifo, eh?"

Costringo il secondo boccone ad andare giù.

"No, è buona!" continuo a mangiare e a guardarlo.

Lui scansa il piatto e dice "No, fa schifo e basta!" Si avvicina alla pattumiera e la butta. Non sa adattarsi lui.

Si rimette seduto.

"Sai, Alice, mi sa che me ne vado per qualche settimana. Mi hanno offerto un contratto di appalto in Toscana, si guadagna bene. Tu che dici?"

Smetto di mangiare anch'io.

"Ma, papà, tra qualche settimana io ho la maturità, non vieni a vedermi?"

Lui ammicca e dice: "Si guadagna benissimo. Con quei soldi, appena torno, ce ne andiamo tutti insieme a fare un bel viaggio, come ai vecchi tempi. E poi a settembre andiamo a comprare la macchina per te. Hai già deciso quale vuoi?".

"Voglio che resti qui. E sono sicura che se solo potesse parlare te lo direbbe pure Milla..."

"E se io volessi andare?"

"È tanto importante per te questo lavoro?"

"Credo di sì."

"È un lavoro?"

Lui manda giù un sorso d'acqua.

"Certo che è un lavoro, Alice, che ti credi?, tuo padre lavora, mica va a puttane."

"Ma tu l'hai mai tradita mamma?"

"Sei impazzita? Io voglio molto bene a tua madre..."

E scopro che mio padre è come tutti gli altri, che anche lui vede grigio. "Voglio bene" dice, perché gli adulti sono poco chiari e non sanno dire "l'amo" o "non la amo".

La porta di casa si apre, sono tornate.

"Alice!" mi chiama mia madre dal corridoio. "Dammi una mano!"

E io faccio per alzarmi e scattare.

"Ferma. Ci penso io." Mio padre le va incontro.

Lei gli passa le buste senza dirgli niente.

Sono due giorni che non si vedono.

CAROLINA
Coppa maxi da Giolitti all'Eur.
Alle 21.
Grandi novità in vista,
non da gelato alla frutta,
da cioccolato e panna!
In culo la dieta.
A stasera.

Carolina è l'unico essere al mondo che ci mette più tempo di me a prepararsi.

Sto seduta a un tavolino per due da venti minuti, mentre la cameriera continua a chiedermi se voglio ordinare, se davvero sono proprio sicura di non volere ordinare.

"Noo! Aspetto!" le dico scocciata e tamburello le dita sul tavolo ancora per un po', sposto il posacenere di un centimetro a destra e uno a sinistra.

Finalmente, Carolina arriva con i suoi calzini millecolori e la borsa indiana. Ordina due coppe: cioccolato e panna, con due cialde, anzi quattro, ha voglia di zucchero stasera.

Poi si mette seduta e mi fa la linguaccia: una pallina di metallo le spunta tra le labbra.

"È quella la grande novità?"

"No, questo è solo un piercing. Carino, no? La novità è… Slurp!" e si passa la lingua sul labbro superiore mentre la cameriera arriva con i nostri gelati.

La panna sta in equilibrio precario e Carolina è già lì con il dito, pronta a raccoglierla e a mettersela in bocca.

"Spara!" e le faccio un sorriso d'incoraggiamento.

Lei tira fuori dalla borsa una cartolina e me la mette sotto al naso: è l'immagine della Sagrada Familia.

Il mio sorriso si chiude subito. "Che vuol dire?"

"Ho vinto l'Erasmus, ci credi? Io ancora no. Mi mandano a studiare per un anno a Barcellona. Ho l'aereo tra venti giorni."

A questo punto non capisco più niente.

"Ma che v'è preso a tutti?" sbotto "Toscana... Barcellona... Voi scappate e io resto. Ed è più difficile restare." Raccolgo il portachiavi e il cellulare dal tavolo e li rimetto in borsa. Voglio schiodare da qui.

"Stiamo parlando dell'occasione della mia vita, Alice: l'Erasmus cavolo! Posso lasciarmi tutto alle spalle, anche Marco. E ricominciare."

Le anatre del laghetto starnazzano e disegnano cerchi sopra la mia testa. Anche gli uomini, a volte, hanno bisogno di migrare, di cambiare aria.

"Cosa mi stai chiedendo, Alice?"

"Niente."

"Ma chi altro parte?"

"Nessuno."

"Carlo?"

"No."

"Giorgio?"

"No."

"E allora chi è che va in Toscana?"

Chi ha parlato di Toscana? Io? Impossibile.

"Hai sentito male."

Mi alzo, me ne vado.

"Buon viaggio. Fatti sentire quando torni."

Fogli bianchi davanti a me, pensieri che pretendono carta. Alla radio passa *I'll stand by you*. E sa di nostalgia.

PER CAROLINA

Ciao Caro,
sai, ogni tanto mi viene il dubbio: vale la pena di amare se poi rischi di starci male?
Adesso mi sembra di no.
Adesso mi sembra che tutti i sorrisi che abbiamo smezzato non bastano.
Tu dici che "Se ami soffri però almeno ami, se non ami soffri lo stesso e non hai niente in cambio".
Forse hai ragione tu.
Stasera penso a noi, in esclusiva.

Ti ricordi la prima estate che sono andata al college? Tre settimane da sola, con la paura di perdermi a St. James's Square o in qualche altra piazza straniera.

Tu mi hai detto "Oh, se ti perdi, scrivi!".

Be', io stasera mi sento persa e allora mi armo di una penna e cerco di prendere a calci tutti i miei fantasmi.

Alla fine, è giusto così.

È il tuo volo, prendilo! Vattene da tutto e da tutti!

Però scrivi! Mandami una lettera, un messaggio, un piccione viaggiatore, insomma, lanciami un segno di vita e io starò qui pronta, in ricezione.

Poi, magari, quest'estate ti raggiungo per qualche giorno: ci facciamo una foto come due sceme, con le nacchere e il sombrero; c'ingozziamo di tapas e giù un buon vino catalano; c'innamoriamo di qualche ballerino, di un banderas, di un ragazzo visto al parco, di un cameriere gentile.

Goditela, Caro.

Io starò in una tasca della tua valigia, starò lì quando qualche compagna di stanza ti chiederà di metterle l'ombretto e starò lì anche quando un ragazzo passerà la serata con te, ti chiederà cosa c'è di bello a Roma e un po' ti mancherà questa città del cavolo, da cui non vedi l'ora di scappare.

Parti. In fretta! Senza rimpianti!

Però, tra un anno, arriva puntuale.

Io ti aspetto Al 19.

Prenoto due crêpe alla Nutella, anzi tre, che magari col viaggio di ritorno, ti sarà venuta fame. E smezzeremo pure quella terza crêpe, come abbiamo sempre smezzato tutto.

Ti voglio bene, Caro, bene davvero.

Alice

Ciao, Alice. Perché fai così? Che ti piglia?
Sei spaventata, come una che combatte da sola.
Non è facile per te, lo sento.

Sento che ti stanno succedendo cose che mi risparmi: le chiudi dentro un cassetto e butti la chiave.

L'altra sera, da Giolitti, avevi lo sguardo di una che cammina tra le macerie.

Che sono quelle macerie? Cos'è cascato, Alice?

Perché non mi racconti più niente, della scuola, di Giorgio, di Carlo? Chi è che va in Toscana? Perché c'è tanto silenzio quando vengo a casa tua?

Non vergognarti degli sbagli degli altri.

Non sei tu quella che ha rotto il vaso.

Non è colpa tua se qualcuno parte, non è colpa tua se Giorgio è quello che è.

Se solo mi raccontassi. Quanti altri "se" ci sono?

Ma tu niente: mi scrivi e sei contenta, ti sforzi di esserlo.

Non ti faccio domande, Alice.

Tra noi c'è sempre stato questo patto: niente domande anche perché, alla fine, ci dicevamo tutto lo stesso.

Stavolta tu non dici e io non chiedo. Non rompo il patto.

Però sto qui.

Tu urla, così potrò sentirti anche da lontano.

Cavolo, Alice, noi restiamo noi, pure se la vita ci si mette di mezzo. Devi essere forte, anche se non lo sei.

Non permettere a nessuno di pestarti il cuore.

Tira dritto, vai per la tua strada. Io seguirò la mia. Ci ritroveremo a un incrocio. Ne sono sicura.

Ciao, piccola.

Carolina

ALICE
Non preoccuparti, sono scemenze.
Mi complico la vita e basta.
Tu pensa a prepararti le valigie
e a non dimenticare niente. Alice

È una bugia.
Ma non voglio lasciarle pensieri scomodi.
Non le do bagagli pesanti.
Voglio vederla partire leggera.

Tutti presenti, tutti e venti.

È importante questo oggi, perché è l'ultimo giorno di liceo della nostra vita. Ci si guarda sorridendo, pronti a inseguire e a essere inseguiti con una bottiglia d'acqua in mano, pronti a vendicarci del ragazzo o della ragazza che per cinque anni non ci ha degnato di uno sguardo, della secchiona che non ci ha passato la versione, dell'amore che ci ha fatto soffrire e, perché no?, pronti a bagnarne uno nuovo di amore, a far nascere così un nuovo incontro, con un gavettone in mano, dirsi un "Ciao, scusa", perché ogni "scusa" è buona per conoscersi.

E lei ne prenderà tanti di gavettoni oggi, lei, Silvia Di Giosio.

Per tutte le volte che ha fatto la spia, che ha fatto "sì, sì" al suo primo banco centrale, che ha suggerito male, che ha leccato il culo ai professori, per il suo naso a frappa, per i suoi capelli unti, per la sua pelle che sa di acido.

Quanti soprannomi le abbiamo dato: Frantoio, Yogurt, Mammut, Mangiafuoco, Mafalda, Acidella, Ursula..., ma non è il caso di perdere tempo a spiegarli.

Oggi ci si sente leggeri, ma è una liberazione parziale, perché tra quindici giorni saremo di nuovo qui, seduti davanti a una cattedra e ci faranno il conto di quello che abbiamo fatto in cinque anni.

I professori la chiamano "valutazione finale", stringi stringi è un conto della spesa: qualcuno avrà messo nel carrello qualcosa che non doveva, qualcun altro arriverà alla cassa e pagherà più di quello che ha comprato e non potrà farci nulla. Dovrà pagare e basta, perché la scuola è come un supermercato, senza sportelli per le proteste però.

E poi, tra quindici giorni, la liberazione, vera, mica come il 25 aprile...

Passo l'ora di religione in bagno, con il rubinetto al massimo. Riempio un gavettone dietro l'altro e mi ritrovo zuppa degli schizzi scappati al lavandino.

Ho un freddo bagnato, che mi sta addosso.

La T-shirt di cotone, bianca, è diventata trasparente sul davanti.

Malari entra in classe, l'ultima ora di italiano della nostra vita. Che potrebbe essere un'ora piena di sorrisi e dei migliori auguri per il nostro futuro, che si potrebbe leggere qualche poesia e ritrovarsi tutti insieme lì, in quelle parole, nella voglia di viversi e di affrontare quello che il domani ci riserva. Ma Malari quell'ora la spreca a minacciare: "All'orale faremo i conti..." e gli occhi brillano di potere.

Mancano pochi minuti: siamo pronti a scattare, con gli zaini pieni di bombe e i piedi riempiti di fretta.

La campanella suona, per l'ultima volta. E persino la sua voce metallica sembra dolce ed entusiasta, come se anche lei volesse buttarsi in mezzo a quella guerra d'acqua, inseguire ed essere inseguita.

"Saricca, vorrei scambiare due parole con lei" dice Malari.

M'illumino. "Certo." Avrò le mie scuse.

Tutti gli altri scappano, solo Carlo sta lì, ad aspettarmi.

Il professore gli chiede se può uscire anche lui dall'aula e chiudere la porta.

Restiamo soli, Malari e io.

E fa un certo effetto vedere quei banchi vuoti, ti fa sentire che hai lasciato il tuo posto a qualcuno che neppure conosci. Qualcuno che leggerà le scritte che TU hai inciso, che si nasconderà in quello stesso angolo del banco dove TU ti nascondevi per sfuggire all'interrogazione, che batterà nervoso il piede a terra con lo stesso ritmo che TU avevi.

Qualcuno che ruberà un po' di vita tua.

Fa effetto, ti senti scippato, di passaggio.

"S'accomodi, Saricca."

Mi lascia la sedia del potere. Mi siedo.

"Saricca, io i suoi voti glieli ho lasciati. La presento con nove alla maturità anche se, dopo la sfuriata dell'altro giorno, non meritava neanche di essere ammessa."

Tiro un sospiro di sollievo. Malari ha una voce tranquilla, non sembra portarmi rancore. Meno male...

"Grazie, professore."

"Si figuri. Ho una profonda stima di lei e so che non mi deluderà."

E poi giù, una cascata di complimenti.

Divento rossa, sorrido.

"Vede com'è carina quando smette di fare la rivoluzionaria e sorride...?"

Mi misura dai piedi ai capelli, poi il suo sguardo si fissa sulla T-shirt bianca che trattiene acqua. La maglietta non si è ancora asciugata. Cerco di scollarla sul davanti, per nascondere i seni, ma dopo pochi secondi si riappiccica lì.

"Come mai è tutta bagnata?"

"Mi sono schizzata col rubinetto."

Le grida dei ragazzi che s'inseguono salgono dal cortile.

"Anche lei voleva prender parte ai festeggiamenti dell'ultimo giorno?"

"L'idea era quella."

"Allora sono contento di averla strappata a questa barbara usanza. In compenso, mi godo il privilegio di poterla guardare in trasparenza..."

I suoi occhi puntano i seni, la sua voce si china, si fa pastosa.

"Noto con piacere che non porta il reggiseno."

Smetto di sorridere. Porto gli occhi in basso, vedo i capezzoli induriti dal freddo che spuntano dalla maglietta.

Incrocio le braccia sul petto.

"Non si copra!"

Ora la sua voce è dura, un ordine che pretende obbedienza.

Mi alzo di scatto, afferro la maniglia.

"Ferma! È questo il suo modo di ripagare la mia fiducia?"

Corro, corro via, veloce come non sono mai stata.

Svelta, verso l'uscita.

Carlo è ancora lì, mi aspetta sui gradini dell'androne.

Lo prendo per il braccio, lo strattono. "Andiamo!"

"Oh, ma che è successo?"

Cammino in silenzio, più veloce dei maratoneti.

"Zitto! Zitto e svelto!"

Dov'eri Carlo?

Perché non sei salito?

Perché non hai avuto sospetti?

In pochi minuti siamo davanti a casa.

Non lo lascio entrare, gli chiudo la porta in faccia.

"Sei un cretino... sai esserci solo nei momenti sbagliati!"

Lui continua a chiedere "Alice, ma che è successo?".

CARLO, ore 15.00
Questo "cretino", che sa "esserci
solo nei momenti sbagliati",

ti passa a prendere tra
dieci minuti; ve ne andrete
da qualche parte e gli racconterai
tutto. Non puoi dirgli di no!
ALICE, ore 15.01
No!
CARLO, ore 15.05
Allora lo fai apposta!
Basta, vengo lì e
ti costringo a parlare.
ALICE, ore 15.06
No!

Viene sotto al mio portone e citofona.
"Sono Carlo, fammi salire e ne parliamo."
"No."
"Mi spieghi, Alice, che è successo?"
"Sono affari miei, tu non c'entri."
"Non puoi fare così, Alice, lo capisci che non c'è più distinzione IO/TU?"
E la sua frase mi tocca. Gli apro.
Ci mettiamo in camera mia.
Lui si guarda intorno e mi chiede che senso hanno quelle frasi che ho scritto sulle pareti: Hikmèt, Saba, Merini... Ogni goccia d'inchiostro ha la sua storia.
Se la vita non ti sorride, falle il solletico... firmata Caro, e una frase trovata su una panchina alla stazione Termini:

> *Le anime, come i corpi, hanno fame:*
> *vogliamo il pane ma anche le rose!*

Strofe di canzoni. Seal: *I need love. Love is what I need to help me know my name.*
Gli occhi di Carlo rallentano su una mia poesia.

> *E mi ritrovo ancora qui,*
> *a parlare al cielo.*
> *Ha le braccia grandi*
> *e il sorriso che sa di scintille.*
> *È vestito di tutto punto,*
> *è vestito di stelle.*
> *Fa paura questo gigante*
> *che mi accarezza la testa,*

che mi guarda vivere e non dice niente.
E vorrei contare le sue stelle,
per conoscerlo meglio,
per scoprirlo amico.
Ma le stelle quante sono?

La risposta è stata aggiunta qualche mese fa:

Tante, troppe...

Carlo legge e sorride. Dopo che ha spulciato la stanza, si mette seduto per terra e io con lui.

Aspetta che gli racconti cosa è successo, perché qualcosa deve essere successo... Ma la mia storia è in ritardo e lui si stanca di aspettare.

"Be', se non hai niente da dirmi io me ne vado."

"Resta."

Ce ne stiamo così per un'ora, a tenerci la mano zitti, io a sfidare il mio silenzio e lui a cercare di capirlo.

Intreccia le sue dita nelle mie.

E io mi faccio forza, gli racconto i complimenti insistenti di Malari, la fuga. Carlo fa domande su domande e io cerco di chiudere in fretta il discorso, per evitare i particolari, la perversione.

"Quello mi massacra alla maturità..."

"No, non ti può fare nulla, tu sei una tosta, le sai le cose. Facciamo una prova: te lo ricordi quant'era alto Pascoli?"

"1 e 62!" gli sparo, perché secondo me Pascoli era un po' basso e complessato.

E non si capisce più chi è il matto di noi due: se lui che fa le domande o io che gli rispondo pure.

"Lo vedi? Sai tutto. Stasera ce ne andiamo in giro, così ti distrai. Passo alle otto."

Non c'è stato niente tra noi, neanche un bacio.

Però c'è quell'uguaglianza, quella completezza.

Come se fossimo ai due capi di un filo.

E bastasse tirare la corda per chiamare l'altro.

IO/TU.

Mia madre torna dopo qualche ora, ha portato Camilla dal pediatra. Va in cucina a preparare la cena.

Apro la credenza e prendo la mia barretta.

Lei sistema Camilla nel seggiolone e mette a scaldare la minestrina.

Sì, glielo chiedo.

"Mamma, ma papà?"

"Sta in Toscana, Alice. Te l'ho detto, no?"

"No, non me l'hai detto."

"Be', adesso lo sai" e continua a sciogliere il formaggino Mio nella minestra.

"Com'è andato l'ultimo giorno di scuola?"

"Bene."

Poi penso che, forse, è giusto raccontarle di Malari, forse si può fare qualcosa, andarci a parlare, dirgli di starmi lontano, mettergli paura, non lo so, qualcosa si potrà pur fare.

Ho bisogno di lei, di un consiglio adulto, anche solo di una carezza. E allora prendo la rincorsa con la voce.

"Mamma, lo sai che..."

Ma lei è più veloce e mi supera.

"Immagino che avete fatto a gavettoni anche quest'anno. Quanti vestiti bagnati mi hai riportato?"

Mi arrendo.

"No, quest'anno non ho fatto a gavettoni."

"Ah. Meno male."

E io, come al solito, non sono pronta.

Dopo mezz'ora scendo e mi siedo in macchina.

Lui nasconde in fretta qualcosa dietro al sedile.

Quant'è bello stasera... ha una camicia Lacoste, pantaloni verde militare, di quelli larghi, con le tasche. Le Merrel bianche sulla frizione, pronte a portarmi via.

Mi saluta e mette in moto.

"Possibile che non riesci mai a prepararti in tempo?"

"E dai, Carlo, ho fatto solo dieci minuti di ritardo. Sei tu che vieni sempre prima."

Ma l'orologio parla chiaro: otto e trenta.

Allora cerco di giustificare con una teoria la mia lentezza.

"Guarda che io lo faccio apposta, è un test... volevo vedere se mi aspettavi."

Lui mi guarda e storce la bocca: 'sta storia del test non lo convince.

"Ah, sì? E che dice il tuo test di me?"

Ci penso su.

"Dice che non mi meriti! Sei noioso e ti lamenti troppo! Non capisci le mie potenzialità."

"Ah, è così?"

"Sì! Proprio così!"

"E che altro dice il tuo test?"

Mando giù il nodo che ho in gola.

"Che in fondo in fondo, mi vuoi bene..."

"Be', allora si sbaglia di grosso il tuo test!"

Sono una stupida, mi sto facendo tanti castelli in aria. A lui piacciono quelle come Ludovica, non quelle come Alice.

"Si sbaglia di grosso il tuo test, perché io non ti voglio bene, te ne voglio tanto..."

Sorrido. A volte, ci si può fidare dei castelli in aria.

Ce ne andiamo a cena in una pizzeria, ma la pizza la fanno malissimo e io non mangio praticamente nulla.

Allora Carlo mi porta a prendere una grattachecca da sora Mirella, sul Lungotevere.

Parcheggia proprio lì davanti.

Scende e mi apre la portiera della macchina.

"Oddio! Mi hai aperto la portiera!" e sbuffo.

"Che c'è di male?"

"Quando un ragazzo ti apre la portiera, farà il carino per una sera e basta..."

È la regola numero quattro, Giorgio l'ha confermata.

"Mi spieghi chi te le dice queste cavolate?" chiede Carlo.

"Ecco, vedi? Già cominci a fare lo stronzo..."

Ci avviciniamo al chiosco e ci mettiamo in fila.

Io penso e gli tengo il muso.

"Possiamo smetterla di pensare a queste regole? Giuro che non te la apro più la portiera" e io sono più tranquilla.

È il nostro turno.

Carlo la prende all'arancia.

"A me con le ciliegie," dico alla vecchietta che grattugia il ghiaccio, "tante ciliegie... e le scaglie di cocco... e una cannuccia."

E sora Mirella esplode.

"Quante cose vòi, fijia mia! Sarai pure bella e cara, ma poveraccio chi te se sposa!"

"Pensi che io la sopporto quasi tutti i giorni..." risponde Carlo e mi fa l'occhiolino.

Paga le due granite, si avvicina per aprirmi la portiera, poi si dice "No!" e torna indietro, al posto di guida. Anche lui ci tiene alla regola numero quattro.

Lui la sua granita la finisce subito, io aspetto che si sciolga il ghiaccio per poi berla con la cannuccia.

Sono una che fa tutto difficile, si sa.

Mette in moto e c'incamminiamo verso casa.

Ho caldo: mi sfilo il giubbino jeans e lo metto sui sedili posteriori.

Un mazzo di rose sul tappetino della macchina.

Le raccolgo, che è un peccato farle stare così, per terra.

Saranno dieci... venti... trenta...

Una coccarda rossa le tiene unite.

"Che belle!"

Continuo a guardarle: non ho mai visto tante rose, tante insieme. Anche Giorgio me ne ha regalate, ma sempre a rate e come risarcimento.

"Sono bellissime!" ripeto.

Poi mi sembra troppo, non può essere per me.

"Per chi sono?"

"Sono per te, scema!"

"Grazie" e le poggio sul cruscotto.

Mi viene un'idea.

"Sai che ti dico? Andiamo al Giardino delle Rose, così ne prendiamo altre."

"A quest'ora è chiuso!"

"Secondo me qualcuno c'è e ci apre. Non essere sempre pessimista!"

Carlo imbocca il Lungotevere e arriviamo lì, al Giardino delle Rose.

Non c'è nessuno ad aprirci.

"Che ti avevo detto? " chiede lui.

"Shh! Non fare il grillo parlante. Scavalchiamo!"

Stasera ho voglia di altri fiori, altri odori...

...e li voglio cercare con lui.

"No, tu sei matta! Io non scavalco!"

Sorrido, punto il piede sulla recinzione e mi tiro su.

Basta un salto e sono dall'altra parte.

Lo guardo tra le inferriate della recinzione e lui non riesce a non seguirli i miei occhi, è un sortilegio.

Punta il piede anche lui e scuote la testa.

"Chi l'avrebbe detto che mi toccava questa croce?"

E io, la sua croce, sto al di là del cancello e lo aspetto.

"Ognuno ha la sua... Muoviti!" gli urlo.

Poi penso: ho saltato!

E vorrei chiamare Carolina e gridarglielo: ho saltato, Caro, ho saltato senza materasso sotto!

E ritrovarsi in due lì, protetti da quel buio, in un giardino che non ci appartiene, ma è nostro.

Due ombre si tolgono le scarpe e camminano a piedi nudi, sentono il solletico dell'erba fresca tra le dita. Camminano, senza luce, senza parole, senza sentiero.

E ogni passo è un rischio.

Ma, a volte, è così bello rischiare...

Due ombre si cercano nel buio, s'incontrano sulle loro labbra che sanno di sciroppo alla frutta.

Carlo mi bacia piano, senza fretta, non gli corre dietro nessuno.

E mille sapori si mischiano: la mia bocca di ciliegia, le sue labbra all'arancia, l'aroma di rosa e lavanda, dell'erba fresca, del terriccio, che d'estate ha caldo e comincia a sudare.

Una goccia mi cade sulla fronte.

Mi stacco dalla mia ombra.

"Una goccia."

E quel buio non ci crede, si dispiace.

"Potevi trovare una scusa migliore..."

"No, sul serio, Carlo, piove!"

Dopo qualche secondo non può non darmi ragione...

Ed è bello essere sorpresi dall'irrigazione automatica.

"Dai, andiamo." Carlo mi prende la mano.

Io voglio restare qui ancora un po', mi piace quest'acqua: è nostra. Una musica viene da lontano. Seal, *Love's divine*. Ce la regala lo stereo di una macchina appartata, il giradischi di qualche terrazza dell'Aventino, il mio cuore in festa forse. La sento solo io? Apro le braccia, faccio mille giravolte e mi sento nuova.

Ma lui stavolta non mi dà retta, mi solleva e mi trascina via.

E la sua croce gli mette le braccia intorno al collo e si lascia portare. La sconta così, Carlo, la sua Passione.

Un altro salto, un altro viaggio in macchina, ad andatura lenta stavolta, sperando che i semafori diventino rossi e ci concedano un altro bacio.

Ci salutiamo davanti al portone.

Mi avvio verso casa.

"I fiori!" mi ricorda lui.

Riprendo il mazzo di rose, le stringo forte al petto. Non importa se domani mi ritroverò qualche spina nelle dita, qualche scheggia nel cuore.

Voglio vivermi.

Salgo le scale di casa e apro la porta.

La ritrovo sul divano, non si è mossa da lì: la tv accesa.

"Ciao mamma!"

Nessuna risposta. Dorme.

Cerco di sfilarle il telecomando dalla mano, stando attenta a non svegliarla, come quando si gioca a Shanghai.

Spengo la tv, vado in camera da letto e prendo una coperta dall'armadio.

Tu, Milla, ti svegli e cominci a piagnucolare.

Ti tiro fuori dal lettino e ti prendo in braccio.

"Shh! Zitta, Milla! Mamma dorme... Lasciala dormire."

Ti tengo stretta, con la mano vigile dietro la tua schiena.

Tu ti calmi subito e smetti di piangere.

Sei un cucciolo strano: capisci tutto e non puoi dire niente.

E io vorrei raccontarti quello che mi esplode dentro, quello che è successo stasera... Ma abbiamo altro a cui pensare.

Ti risistemo nel lettino, mi metto un dito davanti alla bocca e ti dico piano "Mi raccomando!", e tu capisci e riprendi a dormire.

Prendo la coperta e la porto in salone, la stendo sulla mamma.
Lei dorme con l'espressione di chi non sta sognando.
È un periodo che mamma è strana, Milla.
E papà? Dov'è papà?
Non lo so, Milla, forse in America, forse in Toscana, forse a pochi passi da noi... però ci metterà tanto a tornare, lo sento.
E io tra dieci giorni ho la maturità e devo studiare.
Devo mettermi a letto e dormire.
Devo fare piano e crescere, Milla.
Perché mamma è tornata bambina ed è più piccola di te ora.
E lei non sa dare segnali come fai tu: non piange per dirci che ha fame.

Carlo non l'ho più sentito.

"Non puoi viverlo!" gli ripete la testa e spera che, a forza di ripeterglielo, convincerà lui, il cuore.

Ma lui no, fa finta di non capire.

"Perché non posso?" chiede lui, il cuore.

"Perché non ne hai il tempo, hai altro a cui pensare: Camilla, tua madre, tuo padre..." Ora è difficile usare la parola "famiglia" per riunirli in un concetto.

"E poi, se Malari scopre che state insieme, massacra pure Carlo agli esami. Ci hai pensato?"

No, il cuore non pensa, però ascolta. Gli sembrano buone motivazioni e si piega agli ordini della testa.

Stacco il cellulare.

Dopodomani c'è la prima prova, apro il Segre, continuo il ripasso. E sicuramente Carlo starà qui, su questi stessi libri, forse alla mia stessa pagina. Starà rivedendo i dettagli, le date, i nomi, perché lui ha la memoria corta.

E io? E i miei libri?

Niente, non c'è niente da fare: apro il libro e vedo lui, allora leggo ad alta voce, per convincermi che sto studiando Quasimodo e non sto studiando Carlo.

Leggo da un'ora le stesse due pagine del libro d'italiano. E mi rendo conto che di Carlo Quasimodo so tutto, ma di Salvatore non so nulla.

Eccoci!

È il giorno della prima prova.

E mentre le madri degli altri salutano i figli con baci e raccomandazioni, la mia è ancora a letto. Le è presa una malattia strana da quando papà è andato via e non fa altro che dormire tutto il giorno.

Mi preparo lo zaino, prendo uno yogurt, stampo a Milla un bacio sulla fronte e vado in camera di mia madre.

"Mamma, io ho gli esami. Vado a scuola."

"Chiudi bene la porta" e si gira dall'altra parte.

Non un "Mi raccomando" non un "In bocca al lupo".

E io, dentro di me, mi rispondo lo stesso "Crepi" ed esco.

Carlo è già lì, davanti a scuola si lascia agitare dalle cavolate che gli raccontano Paolo e Andrea.

Un saluto distante, sono giorni che non rispondo ai suoi messaggi.

Tutti sanno già il tema, hanno avuto una soffiata, dicono. Io mi allontano e mi siedo sul mio muretto, non mi lascio contaminare dalle agitazioni degli altri, le mie bastano e avanzano.

Andrea arriva e mi offre una sigaretta.

"Ti fa bene, ti calma."

"No, grazie, lo sai che non fumo!"

E penso che questa generazione usa troppi trucchi per calmarsi, non ha il coraggio di viversi.

Per fortuna, Carlo ha smesso con le "magie".

Le porte della palestra si aprono e tutti corrono per occupare i posti più lontani dalla cattedra.

Andrea mi si mette a lato.

"Sai già come funziona" lo avverto subito.

"Certo, prima finisci il tuo e poi fai il mio."

Anche Silvia Di Giosio dice "Prima finisco il mio e poi faccio il tuo" ma a lei, chissà perché, non basta mai il tempo.

Andrea si fida: sa già che basterà il tempo, per me e per lui. È collaudato.

Malari distribuisce i fogli protocollo.

Mi dà il mio e dice "Attenta all'ortografia Saricca!".

"Certo, professore!" e sottolineo quel "professore", per dirgli di starmi lontano, almeno a dieci chilometri di distanza, per ricordargli che è un professore, perché lui se l'era dimenticato quel giorno. Do una rapida occhiata alle tracce:

Esiste ancora la poesia nella società dei mezzi di comunicazione di massa?

Questa è mia!

È scomparsa la poesia nella società di oggi?

No, non è scomparsa, ha solo cambiato modo di vestirsi, si ritrova nelle strofe di qualche canzone, nei 160 caratteri di un sms, nella velocità delle e-mail...

...negli occhi con cui Carlo mi guarda.

No, forse quest'ultima frase me la tengo per me.

Però sono poesia anche loro, anche quegli occhi.

Tutto quello che ti dà coraggio è poesia, tutto quello che ti prende per mano e ti spiega il mondo, che ti fa sentire meno solo, che ti aiuta a capire e a capirti.

E allora anche quegli occhi sono poesia, poesia pura!, poesia in pillole!, più concentrata di quella che muore nei libri. No, la poesia non scompare, perché l'uomo non può stare da solo, non può bastarsi, ha bisogno di sentirla la vita, vicina.

Sono passate due ore, metto la firma sul compito.

Silvia Di Giosio si alza: ha fatto l'analisi del testo, se l'aspettava che usciva Pirandello, va alla cattedra, consegna il tema e se ne torna a casa.

Anch'io ho finito, ma non posso ancora andarmene: devo fare il tema ad Andrea e poi non ho una gran voglia di tornare a casa.

Andrea mi passa il suo foglio e io gli do il mio, per far finta che anche lui ha qualcosa in mano.

Faccio la traccia sui regimi politici, con tanto di storia, dati, aneddoti e interpretazioni, ma poca impronta personale. Un tema da temario insomma.

Andrea vuole così... non sbilanciarsi, restare grigio.

Dopo sei ore consegniamo. Una prova è andata.

Ci mettiamo nel cortile, alunni e professori.

C'è chi commenta l'Italia ai Mondiali e prende fuoco ripensando a un rigore non dato, chi si fuma tranquillo una Diana rossa, chi telefona a casa per rassicurare un genitore apprensivo, ma soprattutto c'è chi parla di esami.

Carlo si avvicina. Non mi chiede perché ho staccato il cellulare, perché sono fredda e distante. Per lui non è cambiato niente.

"Che tema hai fatto?"

"Quello sulla poesia" e taglio corto.

"Sei di poche parole oggi…" sorride e mi prende la mano.

Una mano che non sento da dieci giorni ma che mi basta un tocco per riconoscerla. La pelle ha una memoria di ferro.

Mi abbandono al contatto, stringo forte quella mano, la risento mia.

Poi mi vedo quegli occhi di sangue puntati addosso.

Il panico!

Malari condanna subito quelle dita allacciate.

Se fiuta che stiamo insieme, massacrerà anche Carlo.

E tu non vuoi questo, vero Alice?

"Devi lasciarmi stare!"

Mi libero, scaccio quella mano perbene e corro verso casa.

Carlo raccoglie lo zaino e mi sta dietro.

Mi ferma, riprende fiato e mi punta addosso i suoi occhi che non capiscono.

Gli faccio un cenno, per avvertirlo che alle sue spalle c'è il nemico: Malari ci spia dal cortile di scuola.

Carlo mi guarda e continua a non capire.

Ha il respiro grosso della corsa.

Si avvicina e cerca di baciarmi.

Chissà se quelle labbra sanno ancora di rosa e lavanda…

Gli do uno schiaffo e scappo.

Malari rientra a scuola, soddisfatto.

Carlo si regge la guancia e resta di sasso.

Non lo sa ancora, forse non lo saprà mai, ma quello schiaffo lo salverà.

Lo vedi, Carlo? Io non sono come Giorgio, io so provarla un'emozione. E voglio anche viverla, perché so che la provi anche tu e che è la stessa mia.

Dobbiamo solo ritardarla.

Nell'ingresso, una borsa che conosco bene.

Papà è tornato a casa! Ha fatto prima del previsto.

M'illumino e gli vado incontro.

"Ho fatto giusto un salto, per vedere come state, poi devo ripartire" e il mio entusiasmo si smorza subito.

Mamma si è alzata dal letto, si è fatta una doccia e si è truccata. Sta preparando il pranzo ora, se ne sta lì, davanti ai fornelli, in silenzio, con lo sguardo fisso sulle fettine di carne in padella.

Vado in camera a posare lo zaino e il vocabolario.

Papà si avvicina al lettino di Camilla e la prende in braccio.

"Ehi, Camy, cominci a pesare, eh?"

Mamma spegne i fornelli e lo raggiunge in camera.

"È pronto!"

Ma lui non sente, tutto preso da sua figlia.

E Camilla ride, ride sdentata e non la smette di fare facce buffe.

Mamma allora si arrabbia: "Lasciala stare. Non vedi che la agiti?". Gli toglie la bambina e la rimette nel lettino.

"Non la agito affatto!" e la riprende in braccio.

E mamma non vuole che lui tocchi Camilla, non vuole che lui tocchi niente, come se questa casa non fosse più sua e neanche noi, le figlie, fossimo più sue.

Gliela toglie di nuovo, di nuovo nel lettino.

E Camilla scoppia a piangere, in quell'altalena, in quell'avanti e indietro di braccia. Lo capisce che non è un gioco.

Allora papà si arrende, afferra la borsa, ci dà un bacio e apre la porta di casa.

"Già te ne vai?" gli chiedo.

"Sì, Alice, me ne vado. Tua madre non vuole che resti."

Mamma lo raggiunge nell'ingresso e gli spiega le condizioni: "Se torni, devi chiuderti la porta alle spalle e basta! Non puoi fare avanti e indietro. Non puoi fare il padre a intermittenza!".

Urla e usa tante parole, perché non è capace di dire: "No, ti sbagli, io voglio che resti...".

Papà si chiude la porta alle spalle, torna in "Toscana". E mamma, be', mamma si rimette a letto.

Il giorno dopo c'è la versione e il giorno dopo ancora la terza prova, ma la paura per gli scritti è passata.

Si sa, alla versione è facile copiare.

Carlo e io ci mettiamo agli ultimi posti, uno di fianco all'altra. Collaboriamo a più non posso e in mezz'ora la versione è già tradotta. E in un'ora e mezzo è arrivata a tutti, anche a quelli del primo banco.

"Siamo una buona squadra io e te" dice Carlo. E ha proprio ragione.

Poi viene estratta la fatidica lettera.

"R!"

E Carlo esulta: se lo vuole togliere subito questo orale.

"Lei è la prima del secondo giorno" mi avvisa Malari. E sembra una sfida.

Il risultato degli scritti esce a mezzogiorno, dicono in segreteria.

Ma io non voglio fare a gomiti per vedere un voto e soprattutto voglio risparmiarmi Silvia Di Giosio e i suoi commenti: "Complimenti, Alice" o "Mi dispiace, Alice". Verso l'ora di pranzo sono lì.

Non c'è nessuno: gli altri ci sono già stati, già sanno come mi è andata. E penso che, se Carlo non mi ha mandato un messaggio per dirmi di stare tranquilla, allora non posso stare tanto tranquilla.

Sfoglio con calma quell'elenco di nomi, dalla A alla Z.

Silvia Di Giosio: 45/45esimi.

Carlo Rossi: 45/45esimi.

Alice Saricca: 42/45esimi.

Merda!

Però, posso ancora avere il mio 100, ci sono i cinque punti bonus, che i professori danno a chi ha avuto una brillante carriera scolastica. E io, be', ce l'ho avuta...

Non lo so: questo diploma te lo regalano coi punti, come al supermercato o dal benzinaio.

Poi mi faccio un conto: devo aver perso tre punti al tema. E non mi è difficile capire il perché...

Carlo ha già dato.

È andato bene, strabene: ha ricevuto complimenti e strette di mano e persino il "bacio accademico". Al telefono mi racconta i dettagli.

"Malari mi ha fatto una domanda stupidissima: pensa, mi ha chiesto che fine fa Jacopo Ortis!"

"Che stronzata!"

Sorrido nervosa, perché le domande degli altri sono sempre facili e io non lo so domani cosa mi aspetta.

Poi Carlo dice: "Ehi, tranquilla: domani li massacri... te lo ricordi il tuo soprannome?".

Certo, me lo ha attaccato Paolo in quarta ginnasio e quanto ho faticato per farmelo togliere; lo odiavo, perché mi faceva sentire diversa, lontana.

"No, Carlo, non lo dire! Non lo sopporto!"

"La fuoriclasse. Te lo sei mai chiesto il perché?"

"Certo! Perché sono una strana..."

"Alice, dammi retta, tu non ci hai capito niente."

"Lo sai che ho il motore lento."

"Sì, un diesel... La fuoriclasse perché sei al di fuori della nostra portata, perché tu non riesci a stare tra le righe."

E adesso mi piace quel soprannome.

"Ora ti lascio... deve venire Carolina. Sì, domani ha l'aereo per Barcellona. Stasera passa a salutarmi. Ha detto che devo assolutamente ascoltare una canzone."

"Immagino quale... La stanno ascoltando un po' tutti. Andrea dice che porta sfiga."

"Lo sai, non credo a certe cose."

A domani.

Riattacco il telefono.

Carolina entra in camera.

"Oh, ma che ha fatto tua madre? C'ha una faccia!"

"Niente... è stanca."

"Vuoi che ti faccio una magia? Ti dico con chi parlavi al telefono?" comincia ad agitare le mani in aria da grande indovina.

"Guarda che non ci vuole la palla di vetro... era Carlo!"
Carolina l'ha conosciuto Carlo. Sabato scorso, Al 19.

Lei tira fuori due cornetti Algida, accende lo stereo e mette la cassetta che ha portato da casa: "Questa è un classico, un rito... devi ascoltarla!".

Notte prima degli esami.

Perché questa vita ti mette delle tappe obbligate, non puoi non passarci.

Scarto il mio cornetto, do un morso alla punta del cono e comincio ad aspirare la panna.

"Ma non riesci a mangiare il gelato come un essere umano?" mi sgrida Carolina. "Hai diciotto anni, Alice! Devi smetterla di far finta di fumare il gelato! Lo fanno le bambine!"

Sorrido e continuo a succhiare la panna, a me il cornetto piace mangiarlo così...

Il cellulare vibra. Un messaggio.

CARLO
Buonanotte. La mia sarà bellissima: mi addormenterò nel magico mondo di Alice.

Sorrido mentre Venditti canta una *Notte* troppo diversa dalla mia: niente mamma e papà col biberon in mano, niente polizia, niente lacrime e preghiere, niente peccato originale... però una cosa è sicura: *Alice, non tremare, non ti può far male, se l'amore è amore.*

Sono le sei di mattina. Ho già i vestiti addosso e sono pronta. Mancano le scarpe, le prendo dall'armadio e richiudo lo sportello.

"Alice, fai piano!" urla mia madre dalla sua stanza.

"Scusa" vado in cucina e mi prendo un caffè.

Ho fame, una fame nervosa. Apro il pacchetto di Abbracci e comincio: uno, due, tre... alla fine perdo il conto.

Poi i dubbi si risvegliano: che fine fa Jacopo Ortis? E se mi chiede Dante? Chi se lo ricorda!

Tiro fuori il Bignami e comincio a ripassare. E più ripasso più mi vengono i dubbi... Ho ancora due ore per studiare tutto! E sfoglio, sfoglio il più veloce possibile.

"Alice, fai piano!"

Metto il Bignami nello zaino e vado a prendere l'autobus.

"Mamma, io vado!"

"A quest'ora!? Esci con Carolina?"

E io mi sono stancata di ripetere sempre le stesse cose!

Vado a fare la maturità, mamma!

Togliti quella tuta, vestiti e accompagnami!

Vieni a vedere Malari che massacra tua figlia!

"Sì, sì mamma, vado a fare un giro con Carolina!"

"Così presto? Vuoi che ti preparo la colazione?"

E io mi sono proprio stancata di ripetere le stesse cose.

"No, non ti preoccupare... già fatto."

Allora lei si tranquillizza e si volta dall'altra parte.

Però non me la sento di uscire così, con un saluto distante.

"Non me lo dai un bacio?"

Lei si solleva dal letto e mi guarda strano, appoggia le sue labbra sulla mia guancia e si stacca subito.

Poi sorride e non capisce. "Ma che ti succede?"

Anche a me viene da ridere, è strano tornare piccoli nel giorno della maturità.

"Non esco con Carolina... Ho gli orali oggi!"

E lei si sveglia di colpo: cazzo! La maturità di sua figlia!

Quante volte gliel'ha ricordato la figlia...

Quante volte non l'ha ascoltata...

Però continua a stare distante, severa.

"Gli scritti? Tutto bene, sì?"

"Sì."

"Insomma, 100 assicurato? Come previsto..."

Sorrido imbarazzata, non si può mai prevedere...

"Certo!"

"In bocca al lupo."

In bocca al Malari.

"Crepi."

Do un bacio a Camilla e vado a prendere l'autobus.

Sono le sette. Solo Carlo è davanti alla scuola, neanche lui ha dormito bene.

Ci mettiamo seduti sui gradini.

"Ma possibile che devo sempre preoccuparmi per quello che ti succede? Mi hai sconvolto la vita" dice e sorride.

"Pensa che monotonia senza di me..."

E lui lo sa che, anche se scherzo, adesso mi sto facendo mille domande.

"Preoccupata?"

"Un po'."

"Un po' tanto?"

"Un po' tanto."

Dopo mezz'ora anche Silvia Di Giosio ci raggiunge. Ma proprio il mio esame doveva venire a vedere?

"È venuta a gufare!" dico a Carlo.

"Non ci pensare... Tanto Silvia resta una merda, pure se prende 100... 200... 300."

Anche i professori arrivano.

"Saricca, se mi segue cominciamo" dice Ricci e io lo seguo, mi lascio inghiottire dai corridoi di questa scuola. Una sedia sperduta nell'aula si trova di fronte alla cattedra. "Si sieda."

Le gambe tremano: hanno già voglia di alzarsi e correre via.

Malari si è messo una camicia giallo limone con le mezze maniche. Due penne nel taschino. Ne tira fuori una e comincia a girarla e rigirarla tra le dita.

"Allora, Saricca, cominciamo?" mi chiede.

Faccio cenno di sì con la testa.

"Si rilassi, vedrà che non è poi così traumatico, anzi, lo troverà persino divertente."

"Speriamo" rispondo e tiro fuori dallo zaino la mia tesina. Ne consegno una copia alla commissione.

Ho le mani incerte, le incastro una nell'altra, per farle stare buone.

Si comincia.

"Che argomento ha portato?"

"L'alienazione e l'importanza di ascoltare se stessi."

"Interessante!" commentano gli altri professori.

Malari frena subito quell'entusiasmo: "Ci vuole molta presunzione per affrontare un argomento così difficile...".

E gli altri professori fanno cenno di sì con la testa, effettivamente l'argomento è difficile, ci vuole presunzione.

Malari non la smette un attimo di interrompermi.

"Interpretazioni, interpretazioni..." ripete.

"Mancano i fatti!" sentenzia.

"C'è bisogno di oggettività..."

E io vorrei rispondergli che nella filosofia c'è ben poca oggettività. E poi come si può essere oggettivi? I miei occhi non vedono come gli altri, la mia pelle sente diverso.

Non rispondo, incasso le sue critiche e cerco di difendermi come posso, di non andare al tappeto.

Poi cominciano le domande: gli anni di piombo, le leggi di Maxwell, il teorema di Carnot, Shakespeare, un pezzo degli *Annales* di Tacito.

Il tempo mi sta tirando un brutto scherzo: accelera sulle domande degli altri professori e rallenta su quelle di Malari.

Malari tira fuori gli scritti e commenta.

E il tempo rallenta ancora di più.

"La versione di latino era perfetta e anche la terza prova. L'ha buttata giù il tema."

Ma che sorpresa!

"Un tema un po' scialbo..."

"In che senso?" chiedo.

"Troppe interpretazioni e pochi fatti... Insomma, per lei è tutto grigio. E in un tema bisogna dare certezze: bianco o nero. Questo almeno è il nostro modo di giudicare. Sei d'accordo con me, Ricci?"

E Ricci è sempre d'accordo con chi è più forte e furbo di lui.

"Che poi è un peccato, Saricca, perché lei in cinque anni ha sempre fatto i temi più belli della classe. Stavolta non le deve aver detto molto il titolo, giusto?"

Basta, mi arrendo! Perché dopo un po' che resisti e vedi che la corrente va in una direzione opposta alla tua, i muscoli si lasciano andare e ti fai portare dalle onde.

Faccio anch'io di sì con la testa, ho capito l'andazzo.

Intanto il tempo va sempre più piano.

E si ferma di colpo.

"Legga la prima strofa di *Amai* di Saba e la commenti."

Sorrido: l'ho scritta sulle mie pareti quella poesia. La so.

Apro il libro. Pagina 649. Leggo la strofa a voce alta.

> *Amai trite parole che non uno*
> *osava. M'incantò la rima fiore*
> *amore,*
> *la più antica difficile del mondo.*

"Fin dalla prima parola Saba si pone in contrapposizione con il futurismo, che a quell'epoca era di gran moda. *Amai*, dice Saba, mentre una delle regole del futurismo era 'distruggere nella letteratura l'io'. *Amai*, dice, e già si capisce che non parlerà di motori e moka, che avrà la presunzione di parlare d'amore. Non di un amore finto. La poesia di Saba è poesia onesta: allontana l'ambiguità dell'apparenza e arriva al succo dei sentimenti. Inutile correre senza una direzione, alla ricerca di parole e rime nuove... Saba ne riprende una antica: fiore-amore. In quella rima, più volte sciupata, si nasconde un significato onesto che pochi riescono a darle. E forse l'uomo dovrebbe impegnarsi in questo: nel cercare i significati, non le parole."

Malari mi guarda con aria sognante, poi torna in sé e riparte l'attacco. "Se la ricorda la vita di Saba?"

È così stupido ricordarsi la vita degli scrittori... E forse, loro stessi, gli scrittori, non ne sono contenti. Perché preferirebbero vedere il loro nome legato all'opera, non alla vita, perché preferirebbero che le loro parole fossero di tutti, di chi le raccoglie.

"Sì, un po' me la ricordo... Saba nasce a Trieste nel 1883. La madre è ebrea e il padre cattolico e la loro unione finisce prima che il poeta nasca. Così, Saba, che in realtà si chiama Umberto Poli, viene cresciuto da una balia..."

"Se lo ricorda come si chiama la balia?"

Cerco di fare mente locale, rispondo esitante, perché il nome fa un po' ridere. Speriamo bene...

"Peppa, mi pare."

E Malari si arrabbia: "Peppa?!? Saricca, non scherziamo... Se lo ricorda di che nazionalità era?".

"Slovena, mi pare."

E lui si arrabbia ancora di più.

"E secondo lei una slovena si può chiamare Peppa?"

I professori ridono e si guardano tra loro.

Allora mi metto a sfogliare... Eccolo! Pagina 629.

Metto il libro sotto al naso di Malari e gli indico il passo: *L'amatissima Peppa*.

E Malari si arrabbia tanto che esplode.

"Basta Saricca, lei mi fa perdere la pazienza. Peppa è un soprannome: il nome vero è Gioseffa Schebar."

E io già lo so che quel nome mi resterà stampato a vita, che me lo ritroverò in qualche incubo...

L'orale è finito, posso andarmene.

Ho le ossa abbastanza rotte. Poi, il colpo di grazia: "Dovrebbe stare più attenta quando studia, Saricca: la letteratura non si regge sui soprannomi...".

"Neanche sulle balie" rispondo a bassa voce.

Raccatto i miei stupidi libri da questa stupida cattedra e li rimetto nel mio stupido zaino.

Quante volte l'ho immaginata questa scena, col "bacio accademico", con i migliori auguri per il futuro... Ora nessuno mi stringe la mano. Sono sempre io: Alice Saricca!, quella bravissima, quella sopra le righe... No, ora non mi riconoscono.

Esco di corsa dall'aula per non dare l'ultima, vera, soddisfazione a Malari: gli nascondo i miei occhi liquidi.

Vado in cortile e mi siedo sui gradini, Carlo mi segue e si siede con me. Non c'è nessuno, solo noi. Non ce la faccio più a trattenermi. Lancio lontano lo zaino, mi metto il viso tra le ginocchia e piango, piango senza suono.

"Sei stata bravissima. Io sarei caduto al primo colpo!" e mi tira su il viso. "È così bello che è un peccato nasconderlo! Su, a testa alta..." e mi stringe forte.

"Voglio andarmene da questo posto" gli dico.

E Carlo mi riaccompagna a casa.

"Voglio restare sola..."
E lui mi fa un sorriso triste e se ne va.

Suono il campanello.
"Alice, com'è andata?"
"Tutto a posto, mamma. Ha chiamato papà?"
"Sì, ha detto che tra un po' finiscono i lavori, chiude il cantiere e torna..."
Me ne vado svelta in camera mia e lei si rifugia nella sua. Ci chiudiamo la bocca e la porta, altrimenti i segreti scappano.

Mi siedo di fronte alla commissione.
Tra poco si comincia.
Ci stanno proprio tutti: i professori, Ludovica, Carlo, Carolina... papà è tornato dalla "Toscana" e mamma si è alzata dal letto, non potevano perdersi il mio esame.
Malari si alza, fa il giro della cattedra e mi si posiziona alle spalle. Incolla il suo ventre alla mia schiena.
Avverto l'ingombro della sua eccitazione.
Lì, davanti a tutti.
Si porta al naso le punte dei miei capelli, mi fiuta.
"Odori d'innocente."
Aspetto la sua mossa: l'agnello aspetta il morso del lupo. Fisso lo sguardo sul pavimento: gli occhi della terra sono gli unici che in questo momento non mi fanno paura.
"Alzati!"
Mi alzo.
"Guardami!"
Mi giro, lo guardo.
I miei occhi sono di marmo, i suoi di sangue.
Mi spinge sulla cattedra, m'immobilizza i polsi.
"Adesso ti faccio diventare grande io..." mi soffia nell'orecchio, con il ghigno di un ragno che ha finito di tessere la tela. E le mani di un ragno sono tante, non ce la fai a scansarle tutte.
Mi slaccia la camicetta bianca, mi tocca i seni facendo una leggera pressione. Sposto come posso i suoi attacchi.
Mi abbassa la lampo dei jeans.
"Brava, così, zitta..." e comincia ad allentarsi la cintura.
Chiedo aiuto, ma i professori continuano a parlare tra loro.
"Carlo!" ma Carlo parla con Ludovica, sorridendo le sistema i capelli dietro l'orecchio.

"Carolina!" ma Carolina sta in fondo alla palestra; piega le magliette e le mette in valigia.

"Mamma! Papà!" ma loro sono lì e si tengono il muso.

Niente.

Nessuno può sentirmi.

Nessuno vuole salvarmi.

Soffoco un urlo nel cuscino.

I muscoli contratti. La pelle d'oca.

Accendo la luce sul comodino… l'armadio, la scrivania, i vestiti appoggiati sulla sedia… è un attimo per capire: sono sopravvissuta.

I risultati, quelli definitivi, escono stasera.

"Te la senti di andare?" mi chiede Carlo al telefono.

"Ancora!? Ti ho detto che non ci metto più piede in quella scuola. Mandami un messaggio da lì."

"No, Alice, non mi va di mandartelo."

"Guarda che tanto lo so che è andata male."

"No, Alice, non voglio essere io a darti la notizia, io non ti darò mai brutte notizie."

Sorrido, perché Carlo è come un bambino che disegna il mondo e vorrebbe cancellare con la gomma tutto quello che mi fa soffrire, ma non esistono gomme tanto grandi.

"Andrai lì e mi manderai un messaggio con quello stupido voto... Se io non ho la forza, devi averla tu per me."

Lui sospira, "Se la metti così...".

Il messaggio arriva puntuale, senza commento: *99/100*.

Che presa per il culo!

Agli altri come è andata?

Lui e Silvia Di Giosio hanno preso 100, Andrea e Ludovica hanno rubato lui un 60, lei un 80, non si sa come.

Cerco di parlare di Silvia, di far vedere che, in fondo, del mio 99 non m'importa.

E brava Silvia... A forza di leccare il culo ce l'ha fatta, la prossima volta che la incontro al cinema non le tiro i pop-corn, i sassi!

Carlo capisce che sto bluffando. Vuole parlare di me, prima o poi arriva il punto in cui uno deve parlarne, affrontare il discorso, senza scappare.

Avevi ragione tu, il mondo degli adulti è un mondo di compromessi. E basta un po' di potere per azzerare i meriti.

Io cerco di tagliare il discorso, di farlo morire lì.

No, Carlo, doveva andare così e basta.
Non ho mai creduto al destino, ogni uomo si fa il suo.

Però stavolta mi piace pensare questo, che era destino, che non mi è stato tolto niente, mi raschia un po' di rabbia dal corpo, mi calma.

Non è vero e lo sai. Scusami se sono rimasto seduto quel giorno, se non ho avuto sospetti e non sono salito, se non ho capito che volevi salvarmi, se sono stato zitto e tu combattevi.

Basta, sono stanca. Mi sento come una che ha cercato di tenere in equilibrio troppe cose e poi le sono cascate tutte: l'amore, la famiglia, l'amicizia, gli esami...

Un altro messaggio arriva in leggero ritardo.

Ti do il mio cuore...

Trattalo bene, è roba tua!

È lui, Milla!

Ne sono sicura!

Una telefonata senza preavviso.

"Alice, rispondi tu!" urla mia madre dal salone.

Corro verso la cornetta. "Pronto?"

"Buonasera, potrei parlare con Alice Saricca?"

"Sono io."

"Ciao, Alice, sono la professoressa di fisica."

Mi metto dritta sulla schiena, "Ah, buongiorno."

"Senti, io immagino che tu sia già andata a vedere i quadri."

"No, ma lo so, me l'ha detto Carlo."

"Alice, io ci tenevo a spiegarti che non è dipeso da noi. È Malari che si è opposto con una forza che ci siamo arresi. Quel 99 era una questione di vita o di morte per lui."

"Professoressa, mi spieghi una cosa... perché non mi ha difeso mentre Malari mi massacrava all'orale?"

"Alice, dopo cinque anni lo sai com'è fatto lui, no? Che potevo fare io?"

E io mi sono stancata di queste persone che non credono a niente, non hanno neanche il coraggio di respirare.

"Sa qual è la verità? Che la gente combatte solo per sé... Eppure le guerre migliori sono quelle che si combattono per gli altri, perché c'è la forza di un ideale, puro, e non di un interesse. Per me non ha combattuto nessuno."

"Scusami" dice.

"Arrivederci."

Riattacco la cornetta, già so che non la rivedrò più.

È il ventotto giugno, il giorno della consegna dei diplomi.

Infilo nello zaino occhiali da sole, asciugamano, costume, crema prima-sole e quella dopo-sole.

Mi guardo attorno e sfilo una chiave dal mazzo.

Speriamo che non se ne accorga!

"Sto fuori con Carolina tutta la giornata, torno stasera, dopocena, sul tardi."

Stavolta non mi pento di questa bugia.

Mia madre non sa niente, di Malari, del 99, di Carlo...

Già, perché Carlo mi aspetta all'angolo della strada: ha preso la Golf di sua madre.

Dopo pochi minuti parcheggiamo davanti alla scuola.

"Forza, scendi!"

Non mi muovo, resto incollata al sedile.

L'ho giurato! Non metterò più piede dentro questa scuola.

E Carlo si arrende.

"Ok, allora facciamo così: io scendo, prendo il mio diploma e pure il tuo. L'hai presa la chiave?"

Tiro fuori dalla tasca la mia chiave e gliela passo davanti agli occhi. Carlo scende ed entra.

Sono passati dieci minuti e ancora non torna, questa scuola deve avere inghiottito anche lui.

Accendo l'autoradio e mi metto a fare zapping tra le varie stazioni: e non riesco a trovare una canzone che mi piaccia, anche se, in realtà, non so cosa sto cercando.

Sono nervosa e basta.

Carlo ancora non torna.

Apro lo zaino e controllo se ho preso tutto: manca una bottiglietta d'acqua. E io lo so che durante il viaggio mi verrà sete. Scendo dalla Golf, compro una bottiglietta al bar e mi rimetto in macchina.

Carlo arriva sventolando da lontano i due diplomi.

Ce l'ha fatta: ha preso anche il mio.

Siamo liberi adesso: possiamo dire quello che ci pare, insultare questa scuola e chi ci sta dentro, mandare a fanculo tutti... a partire da Malari.

In un'ora e tre quarti siamo lì.

Uso la chiave magica per aprire la porta di casa.

Lasciamo gli zaini nell'ingresso, ci mettiamo i costumi e ci precipitiamo in spiaggia.

Eccolo! Il MIO mare.

È bella quest'acqua che ti balla davanti, che sbatte la testa, però trova sempre la forza di rialzarsi e di rimettersi a camminare e cerca, cerca, cerca.

Ma perché non la smette di cercare?

Cosa cerca di così importante?

La spiaggia è quasi deserta, giusto qualche bambino accompagnato da una baby-sitter dall'accento straniero.

Carlo si è dimenticato l'asciugamano, così mi tocca dividere con lui il mio. Ci mettiamo sdraiati in quel fazzoletto di spugna e mi rendo conto che anche la matematica è un'opinione, perché sto con lui nella mia metà di asciugamano e mi sembra di averne il doppio. Strana equazione: metà = doppio.

Mi metto la crema protettiva sulle spalle e non ci arrivo tanto bene.

"Ti aiuto?" chiede Carlo e si versa subito un po' di crema in mano.

"No!" gli rispondo decisa. Nervosa. Limito i contatti.

Facciamo il bagno e ce ne torniamo a casa.

Io vado a farmi la doccia, Carlo si aggira in salone con i piedi e i capelli sporchi di sabbia, la pelle leggermente dorata.

Sale le scale, è nella mia stanza.

E io con lui.

Ci studiamo da lontano ancora un po', comincia con gli occhi il contatto.

Poi lui chiude la persiana e si avvicina.

La sua mano mi cammina lungo la schiena e i fianchi, scioglie i lacci del costume, scende verso i miei abissi e inciampa; anche lei ha paura.

Schiaccio il mio corpo contro di lui, mi rifugio nella sua carne. E non c'è nessuna parte di me, non una sola cellula a dirmi "Scappa!"

Resto.

Ci mettiamo sul mio letto, un po' impolverato forse, ma che importa? Mi sdraio su di lui, nuda, e sento il suo corpo accendersi, stuzzicato da un'idea, la stessa mia.

Mi fermo. Ho ancora i suoi occhi attenti addosso. Lui mi bacia e mi accarezza i capelli, non mi mette fretta.

"Se ti faccio male, dimmelo, smettiamo subito…" ripete.

Faccio segno di sì con la testa, risparmio parole: voglio regalare a lui ogni mio respiro.

Gli sfilo un po' maldestra il costume e mi vergogno di quel gesto imbranato. E non so cosa fare con quel corpo così diverso dal mio.

Carlo si fa spazio tra le mie gambe, mi scivola dentro piano. Chiudo gli occhi e stringo i denti per controllare il dolore.

I muscoli del collo tirati, la schiena tesa come la corda di un violino. Il pugno chiuso intorno a un angolo di lenzuolo.

Il mio respiro diventa il suo, la nostra carne un bene comune. E non distingui più se è la tua gamba o la sua, si diventa un corpo solo.

I nostri piaceri si bagnano insieme.

Ce ne stiamo così, abbandonati, in quelle lenzuola sporche d'amore, che non sanno tenere un segreto.

Mi tengo alle sue spalle e lui poggia il suo orecchio stanco sui miei seni.

Non ci sono canzoni da sottofondo, solo quel mare che inciampa e continua a cercare.

E forse, quello che lui cerca, io l'ho già trovato.

"Sono qui" dice Carlo e mi guarda, mi guarda come se non ci credesse.

Carlo si riveste, scende le scale e va in cucina a mettere su l'acqua per la pasta.

Io sto ancora un po' nella mia stanza.

Sulle lenzuola una traccia di sangue.

Dove le nasconderò? Come farò a lavarle?

Ma chissenefrega!

Le infilo in una busta di plastica e faccio un nodo strettissimo, chiudo la busta nello zaino. Poi mi sistemo i capelli e mi guardo allo specchio. È cambiato qualcosa? No, non è cambiato niente.

Sono sempre io, con il mio sorriso di ceramica e la mia pelle trasparente, con la mia costellazione di nei sulla schiena e i fianchi morbidi. Però mi sento più mia, che è strano perché adesso sono anche sua, di Carlo. E più sono sua e più mi sento mia.

Bah, è complicata l'appartenenza.

Scendo le scale di corsa, gli do un bacio sonoro sulla guancia.

"È pronto?" gli chiedo.

"Non lo so."

Tiro su uno spaghetto, ci soffio forte, lo assaggio.

"Ma, Carlo, questa pasta non è cotta, è lessa!"

Allora lui raggiunge la pizzeria più vicina, Il Merendero, ordina due margherite e le porta a casa.

Ce le mangiamo in spiaggia, con la sabbia che si arrampica sulla mozzarella e scricchiola tra i denti.

Sono le nove di sera.

"Stai bene?"

"Sì!"

La mia testa s'incastra a perfezione sulla sua spalla, è quello il suo posto. I corpi non sono fatti per stare da soli, l'amore è un gioco a incastro. Devi trovare il pezzo giusto, devi inciampare e continuare a cercare, come il mare, che abbraccia la sua spiaggia, perché senza di lei, non ci sarebbe lui.

Ce ne stiamo in silenzio sotto quel cielo che ci guarda e chissà che pensa di noi.

Ci sono sere in cui si vede a malapena una stella ma, se t'innamori, ne vedi tantissime, è come quando sei ubriaco e vedi doppio... stasera se ne vedono a grappoli.

"Carlo, ma le stelle quante sono?"

Mi prende il dito e lo punta verso il cielo.

"Una, due, tre, quattro..."

Quando trovi l'amore puoi fare tutto, puoi anche contare le stelle. E quel cielo non è poi tanto distante e tanto nemico...

Sono 351.

Milla dorme nel suo lettino accanto al mio.

Mi avvicino e le sfioro il viso con un dito, solo un dito, perché una mano è troppo grande per lei, perché la sua carne è talmente tenera che si ha paura di sciuparla con una carezza intera. E allora è meglio usare un dito, una carezza a metà.

Quanto sei bella, Milla!, hai avuto la tua favola e ti sei messa a dormire. Dormi tranquilla.

Nelle tue favole le principesse non scappano, le streghe vengono sempre messe a posto, i cavalieri ti invitano al ballo e i castelli sono enormi...

E io vorrei stare nei tuoi sogni stanotte, dormire insieme a te, in quel lettino che non regge più il mio peso. Dormi...

E se il mondo, un giorno, ti dirà che l'amore va di fretta, si

fa nei motel, che i castelli non esistono, che le streghe sono bel-
le e vincono, che i cavalieri non sanno amare davanti agli altri,
tu non credergli. Dormi tranquilla.
   Quel mondo vuole solo metterti paura.
   Le tue favole sono vere, Milla!
   Fammi un po' di spazio nei tuoi sogni.
   Stasera sono piccola come te.

È mezzogiorno.

Prendo la scatola di biscotti dalla credenza e l'appoggio sul tavolo. Tiro fuori il cartone di latte dal frigorifero.

"Non saranno troppe quelle calorie?" mi chiede mia madre e si siede anche lei a tavola.

Non sono troppe, ieri ne ho smaltite parecchie.

"Una volta ogni tanto..." rispondo e verso il latte nella tazza blu con i pesci rossi disegnati e la scritta Maldive.

L'abbiamo comprata tre anni fa, quando papà si era impuntato che dovevamo passare il Natale alle Maldive. E a mamma non andava giù l'idea, perché il Natale non è fatto di sole, surf e costumi da bagno. Allora papà le aveva comprato un albero di Natale tascabile, così lei poteva metterlo nella valigia e portarselo appresso.

Dov'è finita quella famiglia?

Non lo so, però la tazza è ancora qui, integra.

È brutto quando gli oggetti durano più delle persone.

Apro la scatola dei biscotti, faccio la selezione di quelli con più gocce di cioccolato. Alla fine decido per i Baiocchi, un classico.

Il cellulare squilla: *Carolina*.

E io vorrei raccontarle tutto e dirle "Avevi ragione, Caro, il corpo sa cosa fare".

Mia madre mi guarda. "Che fai, non rispondi?" chiede.

Ha gli occhi lucidi, l'allergia al mascara non le è ancora passata... Poi afferra il cartone del latte e ne rovescia un po' anche nel suo bicchiere, prende i biscotti integrali, lei non ha smaltito molte calorie ieri...

Sarebbe bello smetterla con questi segreti, diventare deboli, l'una per l'altra, raccontarsi e riderci, insieme. Smettere di chiudere porte e cuori, di nascondere uno sguardo liquido e un'emozione.

Intanto *Carolina* lampeggia sul display.

"Non rispondi?" chiede di nuovo mia madre.

"No!" Rifiuto la chiamata, spengo il cellulare.

Ci ritroviamo allo stesso tavolo, a mangiare dalla stessa scatola di biscotti, e non siamo mai state così vicine.

"Ieri ho fatto l'amore con un ragazzo."

Lei mi stampa cinque dita sulla guancia.

Poi mi abbraccia e me lo chiede: "Com'è stato?".

E io mi racconto e le restituisco la chiave che ho rubato.

Cominciano le preoccupazioni.

"Ti ha fatto male?"

"No, mamma, tranquilla. Lui ha fatto tutto pianissimo."

Poi cominciano le curiosità.

"Lui chi? Lui Giorgio?"

Quanto c'è ancora da raccontarsi...

Quanti segreti si sono stratificati e ci hanno divise.

"No, non è stato Giorgio il primo. È stato Carlo..."

E ritrovarsi a parlare di Giorgio, del suo tenermi nascosta, della sua ambiguità, dei messaggi di Ludovica, della sua ex, Sara, la ragazza con gli occhi in superficie, della festa d'Istituto, del Fastlove Motel, del Tevere, che da lontano ti sembra pulito, ma da vicino è proprio sporco, di Malari, della sua perversione e vendetta.

E mia madre mi guarda e non capisce.

"Come hai fatto a tenerti dentro tutto questo? Dove l'hai nascosto?"

Sollevo le spalle. Non lo so, a volte dentro di te hai più spazio di quello che credi. Più spazio e più forza.

"Perché non me ne hai parlato?"

Dormivi...

"Avevi cose più importanti da fare" le rispondo.

"Non c'è niente di più importante di mia figlia. A che dovevo pensare?"

Ingoio un nodo alla gola e glielo dico, niente più segreti.

"Dovevi pensare a questa famiglia... perché la salveremo questa famiglia, vero?"

E lei scoppia a piangere, un pianto che fa rumore, perché è stato zitto a lungo.

"Dio, quanto mi manca!" ripete.

Già, mio padre...

"Tornerà, mamma, vedrai che torna..." le accarezzo il viso. E lo so che non tornerà più, perché quando stai lontano per tanto tempo, ti dimentichi i sapori della tua casa.

Poi va in camera da letto, prende un foglio e me lo mette in mano. Un atto di separazione.

"Me l'ha mandato il suo avvocato."
Basta una firma di lei ed è fatta.
A questo punto viene da piangere anche a me.
Un abbraccio bagnato.
"Siamo comunque una famiglia, mutilata, però una famiglia. Pochi ma buoni..." le dico e sorrido.
Anche a lei viene da sorridere. Perché sua figlia è così fragile e forte insieme che ci è voluto tempo per capirla.
La ricorderò sempre così, con quel sorriso bagnato.

Quante volte quella chiave si è allontanata dal mazzo...
Quanti oggetti ci hanno spiato imbarazzati mentre facevamo l'amore: il letto dei miei, il letto dei suoi, il mio soffitto, le frasi scritte sulle mie pareti: Saba, Hikmèt, Merini...
Poesia morta, mentre due vite cercavano di completarsi.
"Ma non ti vergogni?" mi chiedeva.
"Di cosa?"
"Di fare l'amore davanti a tutta questa gente famosa."
E saliva ancora di più la voglia di dare una dimostrazione pratica di quell'amore scritto.
Tutto è rimasto com'era su quelle pareti, tranne una frase.

> *Ma le stelle quante sono?*
> ~~*Tante, troppe...*~~
> *351.*

Quante volte abbiamo litigato per una canzone.
"Non è possibile, Carlo, non abbiamo una musica nostra..."
Ma a lui non interessava.
"A me piace ascoltare il tuo respiro."
"Ma tutti hanno una canzone! Anch'io la voglio!"
"E chissenefrega! Si vede che noi non siamo tutti..."
Quanto tempo passato a sceglierne una, decidersi, *In the air tonight*, mettere su il cd e scoprire che è difficile amare con la musica sotto, perché ti distrae dal tuo corpo e da quello di lui.
E poi provare a farlo in spiaggia, che Carolina in una lettera mi ha scritto che *"è bellissimo!"* e scoprire che è la cosa più scomoda del mondo, perché la sabbia ti si infila dappertutto e poi c'è la paura che qualcuno ti scopra.
"Scema, è proprio la paura di essere scoperti che insaporisce tutto!" mi scrive Carolina da Barcellona. Io continuo a preferire il letto.
Com'è passata in fretta quest'estate...
Abbiamo resistito una settimana senza vederci. Io a Porto Ercole, lui a Sperlonga.

Poi, l'incontro di due bugie.

"Mamma, io vado a Santa Severa con i miei compagni di classe" e prendere il treno per Roma.

"Mamma, io vado a Roma, che la Sapienza organizza dei corsi di preparazione per i test d'ingresso di Medicina" perché lui vuole fare Medicina, ci ha preso gusto a curarmi... ma la preparazione ai test, dov'è che la fanno?

Abbiamo passato l'estate così, sotto lo stesso tetto, il suo.

Sapeva di buono quella quotidianità.

Fare la spesa in due, che è difficile perché il carrello prende direzioni diverse, perché lui vuole mangiare le porcherie e tu vuoi solo un po' di insalata. Togli, rimetti, togli, rimetti. Una guerra fare la spesa.

Poi le telefonate di controllo, i sospetti dei suoi.

"Carlo, come vanno gli studi?"

"Benissimo, stavo ripassando proprio adesso..." riattaccare più in fretta possibile e riprendere.

"Dove eravamo rimasti?" mi chiedeva lui.

"Capitolo 8" e stampavo un bacio sul suo sorriso.

Poi i sospetti di mia madre.

"Alice, ti stai abbronzando?"

"Eh, qui il tempo non è proprio il massimo..." come se il tempo stesse alle mie dipendenze e non esistesse il meteo. Non c'è mai stata un'estate così pallida.

E poi l'università e gli orari diversi.

Quante corse per passare il quarto d'ora accademico insieme, per fare colazione in due, ingoiando in fretta un cornetto, per non sprecare quel poco tempo a masticare. Accompagnarlo a comprare il camice e lo stetoscopio e passare la notte a giocare al dottore e all'ammalata, che non so se è deontologicamente corretto, però è divertente. E leggergli una poesia che ci hanno letto a lezione e vederlo scappare e dire "Io con quella roba ho chiuso...", come se fosse droga. E un po', per me, lo è. Perché se non mi scrivo, come posso leggermi?

È il ventotto giugno, un altro ventotto giugno.

Un anno esatto. Carolina è tornata da qualche mese. L'aria di Barcellona non l'ha guarita da Marco.

E ogni tanto viene da me a dirmi: "È uno stronzo!".

Siamo alle solite: è uno stronzo, ma lo ama!

Marco è sempre quello. E Carolina, ormai si sa, ascolta gli ordini del suo cuore e obbedisce.

Io e Carlo siamo ancora qui, ancora insieme.

Se il tempo corre, noi puntiamo i piedi.

Sono le sette di mattina.

La lezione comincia alle otto e mezzo, ma l'università è lontana e almeno mi ci vogliono tre quarti d'ora per arrivare.

Salgo sull'autobus e mi metto seduta: non lascio il mio sedile a nessuno, ognuno ha diritto a un posto in questo mondo, tanto più se l'ha conquistato...

Mi infilo le cuffie e accendo il Discman.

Che cd è rimasto dentro?

Vasco Rossi, *Senza Parole*.

E guardando la televisione... mi è venuta come l'impressione... che mi stessero rubando il tempo e che tu... che tu mi rubi l'amore... ma poi ho camminato tanto e fuori...c'era un grande sole... che non ho più pensato a tutte queste cose.

I ricordi si mischiano e, anche se non lo merita, lancio un pensiero a Giorgio.

E vorrei negargli anche il mio ricordo, il mio rancore... Non posso, ai ricordi puoi solo arrenderti.

Intanto Roma scivola sotto i miei occhi: gli Archi, San Giovanni, Termini. Mi tolgo le cuffie, spengo il Discman e lo rimetto nello zaino. Scendo al capolinea, faccio l'ultimo tratto a piedi.

Oggi Carlo ha l'esame di Anatomia dell'apparato locomotore e del sistema sanguigno, insomma, ossa, muscoli, vertebre, cuore... Io solita lezione di Antropologia.

I miei compagni di corso sono già lì, davanti al bar, pronti per il caffè. Oggi è il mio turno, tocca a me offrire. Pago alla cassa e ci mettiamo al bancone.

Un ragazzo sgomita e mi passa avanti.

"Ehi! Che modi!" lo rincorro con la voce.

"Quattro caffè!" dico al barista e gli mostro lo scontrino.

"Un cappuccino!" chiede il ragazzo maleducato.

Un tuffo al cuore.

La conosco quella voce, l'ho odiata tante volte.

Mi giro dall'altra parte.

"Alice!"

E il sangue mi si gela, fa i grumi.

Mi giro piano piano.

"Giorgio!"

Gli faccio un sorriso di plastica.

Lui mi racconta il suo entusiasmo.

"Sai, all'inizio non ero sicuro che eri tu... Sarà stato il taglio dei capelli... il vestito..."

Già, i miei capelli. Li ho lasciati crescere fino alle spalle e li tengo raccolti sulla nuca. A Carlo piace scioglierli...

Ho una minigonna jeans e una giacca nera corta e un po' aderente, scarpe scollate col tacco.

Giorgio mi guarda dalla testa ai piedi.

"Sei cambiata."

Sorrido, contenta della mia metamorfosi: il bruco è diventato farfalla, aveva bisogno di qualcuno che le mostrasse le ali, però la farfalla era già lì, nel bruco. E lui, Giorgio, non l'aveva vista, non se n'era accorto.

"Anche tu sei cambiato."

"Sì, sono cresciuto."

Ha i capelli più corti, più ordinati, il corpo più muscoloso e maturo. Ma i suoi occhi di pece sono ancora lì.

Giorgio mi parla della sua università.

E penso che Legge è proprio la facoltà che fa per lui, che le parole le sa manipolare bene, come un giocoliere.

Parliamo di tutto e di niente.

E facciamo finta di esserci dimenticati di quel primo bacio in piazza di Trevi, del secondo al Colosseo Quadrato, del terzo, del quarto, del quinto...

Facciamo finta, in realtà i ricordi dormono dentro di noi. Preferiamo non svegliarli: i ricordi sono come i bambini, bisogna fare piano... quando si svegliano è difficile farli riaddormentare. Shh... meglio far piano.

Poi i suoi sorrisi e la sua domanda.

"Stai con qualcuno adesso?"

Guardo i suoi occhi color pece.

"No!" rispondo e mi vergogno di quella bugia. "Tu?"

"Io no, ho avuto una storia ma è finita da poco."

Già, le sue storie finiscono sempre da poco...

"Però stavamo bene, insieme, eh?" chiede.

E io faccio una smorfia.

"Non mi ricordo neanche perché è finita" ripete.

Io sì, io ce l'ho vivo in mente.

"Sono stato proprio uno stupido a lasciarti andare via."

"Già, sei stato proprio uno stupido..."

La lezione sta per cominciare.

"Adesso devo andare" gli dico.

Mi lascia un bacio all'angolo della bocca.

Scrive il suo numero di telefono su un tovagliolo del bar.

"Se ti va, mi chiami, ci vediamo... Ti dimostrerò che non sono più quel cretino che hai conosciuto."

Lui resta lì, davanti al suo cappuccino.

Io esco dal bar e vado in aula.

Prendo il suo numero e lo faccio in mille pezzetti.

Non mi guardo indietro.

"Non voltarti, non voltarti..." ripeto tra me e me.

Perché vivere è come scalare le montagne: non devi guardarti alle spalle, altrimenti rischi le vertigini.

Devi andare avanti, avanti, avanti... senza rimpiangere quello che ti sei lasciato dietro, perché, se è rimasto dietro, significa che non voleva accompagnarti nel tuo viaggio.

Però ti è servito anche quel pezzo di roccia che non riesci più a vedere, ti ha fatto capire, ti ha dato slancio.

È servito anche Giorgio ad arrivare in cima, a capire Carlo.

Il telefonino mi squilla nella borsa, rispondo senza esitare.

"Carlo! Com'è andata?"

"28!" e la sua voce saltella al telefono.

Sorrido.

"Allora sono servite le ripetizioni di anatomia che ti ho dato..." scherzo a bassa voce.

"Sono state molto utili, però stasera avrò bisogno di un ripasso... Non mi è tanto chiaro il cuore..." dice ammiccando.

"Ok, allora stasera te lo rispiego."

Passerà a prendermi alle otto.

Ma non potrò spiegargli nulla, neanche a me il cuore è tanto chiaro oggi. Perché, per un attimo, il mio cuore si voleva voltare e riabbracciare il passato.

"Ti amo!" gli dico tutto d'un fiato.

E mi aggrappo ancora di più alla roccia e mi do slancio, per non guardarmi indietro, per continuare a scalare.

Voglio arrivare in cima, Carlo.

Sei tu il mio sentiero, la strada da seguire.

"Anch'io," risponde subito e sorride, "ma perché me lo dici ora?" chiede.

Non lo so, Carlo.

Il mio cuore, ogni tanto, si ammala: è la malattia dei ricordi. E solo tu puoi aiutarmi a guarire.

È una terapia lunga e difficile... Si cura vivendo.

L'ho scritta per te questa storia, Milla.

Perché, quando tu avrai i tuoi diciotto anni, io avrò già dimenticato i miei e non potrò aiutarti a viverli. Perché il mio cuore avrà già rallentato e ti guarderò distante: soffrirai di un amore che mi sembrerà troppo giovane per piangerci, ti dirò "Dai, Milla, sono sciocchezze...", come se non avessi pianto anch'io per un amore simile... Ti guarderò sorridere senza un motivo, quando avrai fatto l'amore per la prima volta e penserai di poterti mettere il mondo in tasca, perché è piccolo in confronto a quello che hai dentro. E io avrò già dimenticato cosa significa sorridere senza un motivo.

"Perché ridi?" Te lo chiederò, perché essere grandi è un po' come tornare bambini: si chiedono sempre i "perché". Tu, invece, non te ne chiederai tanti, amerai e basta, così, senza un perché.

Non sarò onesta, perché è difficile essere onesti coi propri ricordi. Però, sono stata previdente: ho rinchiuso quei ricordi nella carta, nei margini di un foglio, quando erano ancora vivi, lucidi d'inchiostro. Così, potrai leggere di una sorella più vicina a te e ti sentirai meno sola.

È per te questa storia, Milla.

Forse, all'inizio, non ti piacerà.

Forse ti sembrerà assurda e non vorrai crederle: come si possono vivere tante emozioni in così poco tempo?

Lo scoprirai, Milla, lo scoprirai.

E capirai che, a diciotto anni, il cuore scatta e corre più veloce dei minuti, più veloce dei secondi.

Bussa, bussa, bussa... e tu non guarderai allo spioncino, perché a diciotto anni si ha tanta fretta e poco sospetto. Non chiederai "Chi è?", aprirai la porta e lo lascerai entrare. E ogni volta chiederai al tuo cuore "Che vuoi?"; la risposta sarà sempre la stessa: "Un po' d'Amore".

E qualche volta, lo caccerai dal petto, gli darai dello stupido, gli dirai di andarlo a cercare da qualche altra parte. Ma, il più delle volte, lo farai accomodare e gli darai quello di cui ha bisogno.

E anche quando qualcuno te lo farà a pezzi, e ti sembreranno troppo piccoli per essere rimessi insieme, basterà un nuovo incontro per guarire. Perché, a diciotto anni, la carne cicatrizza subito.

Lo scoprirai, Milla, lo scoprirai.

E capirai che il tempo, questo tempo che corre, che ci cronometra la vita, che ci dà il ritmo, non è poi così veloce... Superalo, Milla, taglia il traguardo prima di lui!

Io ti guarderò vincere e sarò fiera di te.

E forse, anche di me.

Ma senti, parlo come mia madre...

È assurdo, non esiste il destino e questo oggetto va buttato.

Non posso buttarlo così, non ce la faccio.

Per buttare qualcosa devi poterla chiamare, devi sapere che non ne avrai bisogno.

Chissà, forse questo aggeggio di latta doveva essere la mia scoperta, il mio segreto, la mia bacchetta magica, la mia lampada di Aladino.

Magari, se esprimo un desiderio... Magari!

E io un desiderio ce l'avrei.

È sempre lo stesso, da qualche anno: vorrei essere come i miei compagni di scuola, duro e strafottente.

Vorrei essere più giusto, perché così mi sento proprio sbagliato. Mi sento sbagliato come quelle risposte stupide, che non c'azzeccano niente con la domanda.

Guardo questo pezzo di latta e non so se credergli.

Finora ho affidato i miei desideri a stelle troppo distanti per sentirmi, a un Dio indaffarato. E i risultati sono stati abbastanza deludenti.

Mi sono messo nelle mani di altri, le mie no, sono piccole e scivolose.

Meglio le mani di altri. Ma di altri chi?

Le mani degli uomini sono instabili, raccolgono e buttano.

Ora posso provare con questa lampada di Aladino, sfregarle la pancia e dire: "Voglio essere come loro".

"Tentar non nuoce" diceva mia nonna.

Sì, ma quando ci provi e non riesci, rosichi.

Vabbe', fa niente. Pulisco con la manica il bordo di questa ferraglia e ci appoggio le labbra.

Soffio forte, con tutti e due i polmoni.

Uno strano odore comincia a correre per la stanza.

Odore di foglie secche e nebbia.

Lo caccio dalla bocca e lo catturo di nuovo col naso.

Mi culla per tutta la notte e divento di ovatta.

Leggero.

Quanto avrò dormito?

Ore e ore, giorni, mesi...

Mi sono svegliato con uno strano sapore in bocca, la voglia di non fare niente e l'impressione di sapere tutto di quel mondo.

Rubo una maglia pulita all'armadio, appoggio le lenti a contatto sull'iride, incastro due fette biscottate tra le mandibole, zaino in spalla e... via!

Scatta il gioco di squadra. In campo: braccia, gambe, polmoni.

Intanto il tempo sgomita, fa lo sgambetto: anche lui vuole arrivare primo. Ma io sono liquido: se l'avversario si allarga con prepotenza, io sguscio, mi adatto ai volumi.

Otto e trentadue... trentatré... sei...

La porta si affaccia: mi sta aspettando.

L'ultimo allungo...

"Carlo Rossi?"

"Preeeeeeeeeeeette" i polmoni succhiano aria e grammatica.

"Presente."

Grande! È andata.

Mi piazzo vicino a Paolo, il Formica.

"Bella, Formica."

Non risponde, la mattina per lui è tirchia di parole.

Ma per scucire qualcosa, il Formica farebbe fare le capriole anche a quella cicciona di sua madre.

"Carlo, non è che c'hai venticinque centesimi, così mi prendo un caffè? Sono ridotto uno straccio."

"Niente tono d'elemosina. Basta guardarti per darti i soldi."

Lui si becca l'insulto e stira il braccio per prendere le monete.

"Bella."

Se ne va, si volta "Oh, poi te li riporto".

Lo rincorro con la voce "Tranquillo".

Tanto, più tranquillo di così... Se faccio il conto di tutti gli spiccioli che, giorno dopo giorno, anno dopo anno, gli ho prestato, a quest'ora andrei in giro col Mercedes.

Paolo si va a prendere un cappuccio tossico alla macchinetta, con la scusa che va a pisciare.

Entra Ludovica e mi si parcheggia davanti.

Hai presente quando si dice "C'è sempre qualcuno che arriva dopo di te"?, be', Ludovica è quel qualcuno.

"Mi scusi, professore, c'era un incidente e poi l'autobus non voleva arrivare."

Due scuse... troppe.

Quando uno spara due scuse è difettoso.

E poi che è tutto quel "Mi scusi... mi scusi..."?

Uno deve sbagliare da uomo, senza chiedere niente a nessuno.

Ludovica va al suo posto e mi guarda storto, ma tanto, anche se fa l'offesa, non me la pianto di chiamarla Spaghetti.

Ce lo siamo sudato questo paese democratico, e lei, il mio Spaghetti, lo deve subire.

"Ciao, Ludo." Paolo si sveglia di botto, si butta la felpa in avanti, le spalle sono più grandi così.

Prende i capelli tra le dita e li stira verso l'alto.

Si barrica la bocca con la mano e si soffia nel naso.

L'alito di caffè lo fa grande e interessante.

Io cerco di salvarlo: "Oh, Formica, che fai? È Spaghetti. Quella che alle medie si metteva il rossetto che pareva sporca di sugo".

Lui mi lancia uno sguardo da duro. E poi dice ad alta voce: "Basta, Carlo, sei monotono, la gente cambia, il mondo si evolve, solo tu resti il solito stronzo...".

Lei sta seduta, dritta come una palizzata e gonfia di soddisfazione.

Paolo mi fa l'occhiolino e accenna una risata muta.

"Dopo... a bassa voce si prende per il culo."

Mi mancava la perla di saggezza del Formica oggi.

Ogni tanto se ne esce, così, e ti spiega la vita.

Lui ci sta benissimo dentro questo mondo: è della taglia giusta.

Se lui ti dice che una cosa è così, tu ci credi e basta, perché te lo dice convinto.

Io, mentre parlo, mi dico, prima degli altri: "Ma che dici, Carlo?".

È per questo che non sono un mito come IL FORMICA.

Vuoi mettere Carlo Rossi, nome da pubblicità del metano e un classico dell'elenco telefonico, con IL FORMICA?

Tutt'altra storia.

Ma i miti ci stanno apposta per prendere spunto. E io voglio seguire ogni passo di Paolo, rubare un po' di vita sua. Non che la mia mi vada stretta, ma la sua sta meglio indosso.

La gente ti si appende alle labbra quando racconti che il Formica ha passato il sabato sera a cucinarsi una minestra di marija, a fare le corse col motorino tarocco all'Obelisco o a pomiciare con una nel cesso di un pub, una che due minuti prima neanche conosceva.

"E te dove sei stato?" me lo chiedono, per sentirsi, non dico un mito, ma almeno un po' più su di me.

Cerco di deluderli e mi do un'aria interessante.

"Alla manifestazione."

"Mmm... Che aria tirava?"

"Tira aria che questa guerra di merda tocca farla, pure se tre milioni di persone non la vogliono."

Per un attimo sento di poter addomesticare gli sguardi di chi mi ascolta. Ce la posso fare!

"Però valeva la pena d'andarci, pace o guerra che sia. Vi siete persi una Roma carnevalesca, col capo agitato da mille arcobaleni e i piedi tappezzati di gente..."

Mi fermo, controllo se ho ancora qualche sguardo addosso.

Si guardano tra loro, come dire "Chi lo spegne?".

Parte Andrea: "Ma guarda 'sto stronzo che ci vuole pure fa' crede' d'esse' 'n poeta!" e se ne vanno in branco.

Lo sapevo che non ce l'avrei fatta, ho dimenticato di dire "cazzo!".

Dire "cazzo" è fondamentale quando parli con gli altri: è uno di quei teoremi che manco sai che esiste, però lo rispetti.

Basta pensare alle assemblee: urli il nome di qualche politico, ci metti una parolaccia e ti prendi una catena d'applausi. E se qualche destroide s'azzarda a contraddirti gli tiri fuori la storia degli ebrei; per i sinistroidi c'è quella di Stalin, funziona sempre.

Se sei abile a usare gli insulti e i nomi dei politici puoi fare di tutto, puoi anche convincere il branco a occupare la scuola. Una volta abbiamo persino occupato contro una legge, una qualsiasi, che non si sa cosa diceva, però sembrava ingiusta, e poi abbiamo fatto l'autogestione per capire perché avevamo occupato. Insomma, la rivolta del secolo...

Il nostro braveheart era un ragazzo della III A, pantaloni colorati e magliette coi buchi, "prese d'aria" li chiamava lui, ma buchi restano. Quando finiva di parlare al microfono buttava la cicca per terra, la strozzava col piede e diceva "Cazzo!". Lui sì che era un leader.

Non come me che fuori da scuola me ne esco con "Roma... il capo... i piedi...".

Ludovica però è rimasta. Mi guarda risucchiata, mentre stringe il fiato per trattenere qualche grammo di carne in più.

È una di quelle persone imbarazzanti, che non capisci se ci sono o ci fanno.

"Vabbe', ho detto la solita cazzata" mi gratto la testa e sorrido.

"No, mi piace. Continua."

Ma allora parla!

Sugli occhi le scorrono tutte le voglie, meno quella di ascoltarmi.

Provo a fare il grande pure io.

"Che ti frega? Sei mai stata a una manifestazione?"

"No, però ho visto parecchi film... E tu, li hai visti?"

"Ho vissuto la diretta, con tanto di fuori onda, non le registrazioni."

"Ma dai!" e lancia un nitrito. "Non hai mai visto?... che ne so..."

Gli occhi le fanno un girotondo, cercano di acchiappare un pensiero nascosto chissà dove.

"...*Come te nessuno mai?*"

"No, non l'ho visto. Perché?"

"Ma dai! Non ci credo," squittisce, "il film di Muccino!"

Lei segue una strada sua.

"Ti giuro che non l'ho visto. Perché?"

"Lo devi vedere. Assolutamente."

Adesso è lei a dettare le regole del gioco.

"Sabato. Otto e mezzo. A casa mia, i miei non ci stanno. Puntuale."

"Ok."

Mi dico subito: Carlo, ma che dici? È Spaghetti...

"Ah, mettiti qualcosa di carino."

"Ok."

Carlo, ma che dici? Mi è uscito così! Che potevo farci?

Se ne va, piena di mosse. Lascia una scia di profumo.

Profumo di sesso.

Ludovica non è poi tanto male.

Andrea e gli altri si avvicinano urlando.

"Oh, Carlo, che t'ha detto Spaghetti?"

Lei li sente e si gira dall'altro lato della strada.

"Basta, raga" rispondo ad alta voce.

Lei mi guarda e sorride.

"Shh... Dopo, a bassa voce si prende per il culo" dico poi io.

Mi vesto dei loro sguardi per qualche minuto.

Qualche minuto infinito di gloria.

Sono tornato a casa con la fretta nei piedi.

Non riesco a scollare gli occhi dallo specchio: faccia arrogante, sguardo d'ombra, broncio... Sono io?

Non credo a me stesso.

La mia diversità è andata a farsi fottere, si è nascosta dentro, ma dentro dentro, dove nessuno può vederla, neanche io. L'ha succhiata e sputata il mio corpo, come si succhia e si sputa il veleno da una ferita. Sono guarito da me stesso, sono sano, sano come tutti gli altri.

Il mio primo desiderio si è avverato.

E se fosse l'ultimo? Se ci fosse qualche controindicazione?

Cosa devo fare per restare così? Se solo lo sapessi... potrei smettere di usare il balsamo, di mangiare dolci, di fumare...

Sì, adesso m'è presa anche di fumare.

E come lo faccio bene! Aggrappo la sigaretta tra l'indice e il medio e poi me la metto penzoloni tra le labbra.

M'è presa anche di fumare, ma non morirò di cancro ai polmoni o di cose del genere. Uno deve essere consapevole di morire, mica si può morire così, senza accorgersene.

E io fumo senza rendermene conto.

È un modo di occupare le mani. Non sapevano cosa fare, qual era il loro posto. Ora le ho addomesticate: sinistra in tasca e destra abbracciata alla sigaretta, disinvolte e sciatte.

La testa non s'è ancora adattata al nuovo: ogni tanto partorisce qualche frase con pochi avverbi e pochi "cioè", troppi aggettivi e carambole letterarie.

Potrei esprimere il secondo desiderio: la metamorfosi totale.

Ma forse di soffio magico non ce n'è più e anche se c'è, ho sogni e bisogni più urgenti.

"La vita è fatta di priorità" diceva la pubblicità di un gelato.

La mia priorità adesso?

Il sesso.

Con Ludovica.

Certo, il massimo sarebbe Alice.

Ma alla vita si possono chiedere le magie, non i miracoli.

Alice legge quello che ha scritto, lo legge a bassa voce, solo per sé, lo accompagna all'orecchio, per sentire se suona bene, se gli accenti sono calibrati.

Per lei la poesia è una chitarra da accordare e io la farei volentieri la corda, solo per essere stuzzicato da lei.

Mi piacerebbe vederla sorridere, non un attimo e basta, vedere brillare un po' di malizia in quegli occhi seri seri, che ti prendono per mano e ti portano via. E ti spaventano, sì, ti spaventano, perché ti caricano di responsabilità, perché ti dicono che c'è qualcosa in cui credere.

Vorrei dirglielo...

...ma Alice viaggia in mondi lontani e io non ho voglia di spostarmi da qui.

Mi metto a guardare Ludovica.

Ha gli occhi pesanti. Ride a bocca larga, mentre parla con Giada di un ragazzo della III B che, scherzando scherzando, le ha proposto "Dai, io e te, facciamo un film vietato ai minori di cinquant'anni" e le ha dato appuntamento in un posticino isolato, un po' distante da qui.

"E tu?" chiede Giada.

"Be', la tentazione c'era... però gli ho detto di no, figurati! È pure fidanzato."

"Con chi?"

"Non so se te lo posso dire..." le risponde Ludovica e già abbassa la voce e si guarda intorno, pronta a parlare.

"Che ti frega! Tanto non ho nessuno a cui dirlo."

Se dici qualcosa a Giada puoi stare sicuro che la voce farà il giro del mondo in tre giorni.

Ludovica lo sa e le resta amica, perché può sempre far comodo un servizio stampa pronto a raccogliere e a smistare le notizie.

"Giura che non lo dici!"

Giuramenti di voce, promesse di cartapesta che si romperanno con poco. Basterà incontrare a ricreazione quella ragazza che sta in quella classe o quel ragazzo che fuma nel cortile. E un segreto sarà venduto per una sigaretta.

"È il ragazzo di Alice."

"Alice Alice?"

"Sì, terzo banco a destra. Là."

"Quindi anche a lei piacciono i ragazzi? Passa tutte le mattine a scrivere... Pensavo le interessasse la carta, non la carne."

"E ha pure buon gusto!" sghignazza Ludovica e commenta: "Il ragazzo è ve-ra-men-te carino. Deve essere uno pieno di fantasie poi. Ma con una così, molto mano nella mano e chilometri di passeggio".

"Già," infierisce Giada, "mi sa che lo fa stare a stecchetto, povero..."

Altre grasse risate.

Mi metto a guardare Alice.

Lo sa?

No, non lo sa.

E se lo sapesse?

Ah, che importa?

Non lo sa. Basta!

Mi viene in mente quella canzone di De Gregori che fa *Alice guarda i gatti*. E il mondo è complicato intorno a lei: un ragazzo che aspetta sotto la pioggia il suo amore e continua a bagnarsi e ad aspettare qualcuno che forse non arriverà mai; un uomo che vorrebbe abbandonare l'altare e non può perché la sposa è incinta...

Ma tutto questo Alice non lo sa.

Lei ha i suoi gatti da guardare.

E Alice è bella proprio per questo, perché ha gli occhi pieni di qualcosa che non è di questa terra, qualcosa di incontaminato.

Però le magliette bianche, pulite, sono faticose da portare, devi starci bene attento, basta un niente e si sporcano.

È più facile con Ludovica, già sai che non ti dirà "No!", che non farà differenza se con te o con un altro.

Già sai che ti darà tutto quello che vuoi e farà tutto lei.

È quello che si dice "sesso sicuro", nel senso che sei sicuro di fare sesso.

La legge di natura vale anche in classe, nella disposizione dei banchi: i cacciatori stanno in agguato, perlustrano il territorio, e le prede si lasciano puntare.

Le ragazze occupano i banchi vicini alla finestra. Ludovica guarda fuori con aria innocente, fa la distratta, si arrotola i capelli. È il suo posto, guai a chi glielo tocca! Toccatele tutto ma non il suo posto!

Io e il Formica ce ne stiamo all'ultimo banco, quello vicino alla parete che comunica col bagno, quello da cui vedi tutti e non ti vede nessuno.

È il posto più ambito tra i ragazzi, il più scansato dalle ragazze: loro odiano stare attaccate alla parete, sentire il rumore di tutti quelli che pisciano nel bagno accanto.

Peggio per loro...

Io ci trovo un non so che di poetico in questo fru fru di liquidi e sciacquoni. Ci ritrovo la vita, che fa piroette e salti mortali, che scorre senza che la puoi trattenere, che a volte non la puoi respirare perché puzza d'acido e ti fa schifo metterci le mani. Eppure ci stai dentro, ci stai dentro fino al collo.

"Rossi!" Ricci mi guarda dietro i suoi trenta centimetri di lenti con tanto di montatura di tartaruga. Non gli ha detto nessuno che esistono gli occhiali al titanio o le lenti a contatto?

Il registro aperto.

Andrea sta seduto alla cattedra, il libro delle versioni in bella vista e i foglietti con la traduzione tra le gambe.

Il professore mi guarda. E io pure me lo guardo.

"Allora, Rossi, viene?"

"In che senso?"

La classe esplode in un applauso.

Stavolta sono io a guidare la risata, ho smesso di subirla.

Ricci si aggiusta gli occhiali sul naso.

"In senso fisico, Rossi, in senso fisico. Ha fatto la versio-

ne? E se l'ha fatta, e dico se, vuole degnarmi della sua presenza alla cattedra?"

Non gli viene bene fare l'ironico. E meno male che ha fatto il professore, perché come comico avrebbe fatto la fame. Vabbe' che, pure come professore, di questi tempi, si sta a digiuno.

"Certo, se le fa piacere, vengo."

Raccatto un libro di versioni e mi siedo accanto ad Andrea.

Mi mostra il foglietto tra le gambe e alza gli occhi al cielo, della serie "Che Dio me la mandi buona...".

Ricci alza gli occhiali e si appiccica al registro.

Fa su e giù con la testa per decidere chi altro gli fa piacere avere alla cattedra: Paolo.

E il Formica si toglie la felpa, resta in canotta e si unisce a noi, trascinandosi dietro la sedia.

Si gira e lancia alla classe un sorriso di sfida.

La pelle di Paolo è chiazzata di formule in greco: ha la mano scritta, il polso scritto, il braccio scritto. È un paradigma seduto.

"Ma sei matto?" gli dico. "Ti becca!"

Lui solleva le spalle: "Tanto Ricci non sa neanche di avere i piedi, non ci arriva a vederli".

Paolo sa che per vincere non serve forza e neanche intelligenza. Basta conoscere le debolezze dell'avversario.

E se uno non sa di avere i piedi, non ti può dare un calcio in culo.

Paolo ruba un bel 7.

Ad Andrea Dio non la manda buona... 5.

Io porto a casa un 6. Onesto.

"Glielo do sulla fiducia, ma deve ammettere che in questo periodo si dà poco da fare."

Ricci continua all'infinito.

"Dalle stelle alle stalle, Rossi, dall'eccellenza alla sufficienza... ci sono problemi?"

"Nessun problema!"

Sono solo guarito.

Ora sono sano, sano come tutti gli altri, non vede?

Niente più occhiali, niente più ansia, niente più scuola, niente più capello sconvolto, niente ritardi... Niente.

Ho capito come funziona questo gioco.

Se sai le regole, la vita non ti spaventa più.

E io fino a poco fa me la facevo così complicata...

Davo retta a tutto. Rincorrevo la luce, come una falena.

La vita mi metteva al buio e accendeva tanti valori. Ma i valori sono scintille: un attimo e si spengono. E io bruciavo ossigeno per rincorrerli. Adesso ho il fiato grosso e il cuore stanco. Mi faccio forza e resto al buio.

La mia regola era "Tutto".

Ora credo al "Niente".

"Be', vorrà dire che si è scordato il greco... Io sono più propenso a credere che ci sia qualcosa a distrarla."

"Ho un po' di pensieri in questo periodo" e lancio uno sguardo furbo a Ludovica.

Lei lo raccoglie, soddisfatta, ha addomesticato anche me.

"Preoccupazioni famigliari?"

Ricci dice "famigliari" e si sente figo.

Vorrebbe che qualcuno gli dicesse che si dice "familiari", così potrebbe ribattere che lui ha letto *Lessico famigliare* della Ginzburg. E se lo dice la Ginzburg...

Io non credo che ha avuto lo stomaco di leggere quel libro, di berlo fino all'ultima riga. Avrà lanciato uno sguardo al titolo e all'autore e gli sarà bastato per sentirsi fiero di dire "famigliare". Perché essere colti è come stare con una bella ragazza che non esce mai: la cultura non ha senso se non la mostri a qualcuno.

Ma a nessuno gliene frega niente, di Ricci, di "famigliare", della Ginzburg...

Gli dico che non mi va di parlarne e me ne torno al banco.

Paolo mi fa i complimenti per il 6: "È andata, mo' per tre mesi facciamo i pensionati, almeno tre mesi ce li mette per interrogare gli altri...".

Un tempo mi avrebbe dato fastidio essere "sufficiente", mi suonava come una parolaccia, come dire, sei uno dei tanti.

Adesso non mi va più di stare in cima da solo.

Meglio a terra con gli altri.

Mi piace confondermi con "gli altri".

Sono un buono scudo. E una buona scusa.

"Oggi non ti si caga proprio Ludovica, eh?" dice Paolo dandomi una pacca di solidarietà.

"Ma che ne so! Beato chi la capisce... L'altro giorno mi ha chiesto se andavo a casa sua a vedere un film, poi però la cosa è morta lì, non mi ha fatto più sapere nulla. Stamattina ha una faccia!"

"Chissà che ha fatto stanotte..." Paolo la butta subito sul sesso.

"Tu dici?"

"Ehh! Ora che ha la casa libera può fare follie... Il padre è partito per lavoro e pure la madre ha fatto la valigia per accompagnarlo, perché lui la tradisce. Ha trovato un perizoma nella giacca del marito."

"E il marito che ha fatto?"

"Ha fatto quello che avrebbe fatto ogni uomo con un briciolo di cervello: le ha detto 'Cara, ma l'ho comprato per te, per riaccendere la passione e bla, bla, bla...'. Ma tu ce la vedi la madre di Ludovica con un filo interdentale tra le chiappe?"

"Ti prego, non mi ci far pensare, mi si rivolta lo stomaco..." e m'infilo due dita in gola per rendere meglio l'idea.

Poi mi viene un dubbio. Due dubbi.

"Ma a te chi te l'ha detto?"

"Ludovica."

"E come te l'ha detto?"

"Con la bocca, scemo!"

"No, intendo, con che tono? Come l'ha presa?"

"Ah! Ha litigato con la madre, le ha detto che non sa come si tiene un uomo. Ha detto che certe donne meritano di essere tradite" risponde Paolo.

"E te che ne pensi, Pa'?"

"Be', io penso che se mi sposo con una e poi questa tizia comincia a mangiare, mangiare, mangiare... e s'ingrassa a tal

punto che non la lascerei da sola con mia figlia, per paura che si mangi pure la bambina, be', penso che, perdio, ho tutto il diritto di scoparmi un'altra. Pensa a una che me la vedo a letto con i bigodini in testa e il gambaletto sceso, come faccio a farmela? Ho di fronte l'antisesso!"

"Ok, afferrato il concetto. Certo che se uno la mette così, be', insomma, non si può dargli torto!" ribatto io.

Poi penso al ragazzo di Alice, che ci prova con Ludovica e chissà quante altre... come può non bastargli lei?

"Ma se quella donna non ha i bigodini in testa, il gambaletto sceso e non mangia quasi nulla?" chiedo.

"Cioè, se quella donna non è la madre di Ludovica?"

Risponde con una domanda, ma io la mia risposta la voglio. Non mollo.

"Metti che stai con una che non può non piacerti, insomma, se non hai scuse, ti faresti un'altra?"

"Be', può essere fantastica quanto ti pare, ma se fa la preziosa è logico che devo rivolgermi a una più generosa... mi capisci?"

"Credo di sì."

E lui chiarisce meglio il concetto: "Guarda Alice! Può essere fantastica quanto ti pare, ma se la tiene troppo stretta! E quando le andrà di darla sarà ammuffita e piena di ragnatele".

Ma, allora, anche lui sa di Alice, di quello della III B, di Ludovica e di Giada?

E lei? Anche lei lo sa?

Ma tutto questo Alice non lo sa.

"No, dai! Sul serio?" dico subito.

"Oh, non ti azzardare a tornare serio. Eri veramente uno sfigato quando facevi il serio!"

"Be', dai, non ero uno..." cerco di camuffare quello che ero, perché dovrebbe essere facile coprire il passato, buttarci un po' di vernice sopra.

"Sì, eri proprio uno sfigato!" insiste Paolo e io mi arrendo.

"Be', è vero" mi passo la mano tra i capelli e sorrido.

Quello che è giusto è giusto.

"E meno male che ti sei convertito al mondo e sei diventato dei nostri!"

"Già..." butto un pensiero a quel ragazzo con gli occhiali storti e il capello sconvolto, che non aveva una porta aperta ad aspettarlo e doveva chiedere scusa. Quel ragazzo che tornava a casa con un bel voto in tasca, ma tornava solo. Quel ragazzo che ho cacciato dal mio corpo, perché pesava troppo, era scomodo da portarsi dentro.

"Che fine ha fatto lo sfigato che abitava in te?" chiede Paolo.

"Me lo chiedo pure io..."

"E come hai fatto a cacciarlo?"

Carlo, non fare passi falsi! Non te ne uscire con la storia della lampada di Aladino... nessuno ti crederebbe, nessuno!

"Ho chiamato l'esorcista. Sai, acquasanta e crocifissi, quella roba là."

"Non dire stronzate!" fa Paolo spaventato.

Il punto debole del Formica è la religione.

Perché quando bestemmi dalla mattina alla sera, be', un po' la paura sale. Perché se quel Qualcuno ti ascolta, non troverà carino quello che dici di Lui, di Sua Madre e di Suo Padre.

Tra qualche minuto la campanella strillerà la fine della ricreazione.

È l'ultima occasione della giornata, mi faccio forza e vado a parlare con Ludovica. Lei sta con Giada.

Quando sono vicine, i loro due cervelli fanno contatto. Tilt.

Ludovica parla di questo, di quello, di quell'altro; sa tutto di tutti, manco avesse la palla di vetro.

La prendo per un braccio e la porto lontano da Giada.

"Non so se ci hai fatto caso, ma stavamo parlando" dice Giada e mi guarda come se mi stesse lanciando il malocchio.

"Come potevo non farci caso? Sono tre ore che state inciuciando!" e mi metto a farle il verso.

"Che cafone!" strilla Giada e torna in classe, sballottando il suo culone qua e là, è difficile manovrare parti del corpo di quelle dimensioni.

"Meno male che se n'è andata!" dico a Ludovica, a voce talmente alta che non può fare a meno di sentirmi neppure il bidello del piano di sotto. Le tolgo la mano dal braccio.

Sorride, però ha ancora quella faccia là.

"Oh, Ludo, che c'hai?"

"Niente, che devo averci?" e butta lo sguardo a terra.

"Devi ammettere che stamattina sei strana, hai certe occhiaie..."

"Già, ma, insomma, sì, cioè, come faccio a non avere le occhiaie se stanotte non ho chiuso occhio?"

"E perché?" Mi scorre in mente qualche ipotesi interessante.

"Dovevo studiare. Non vedo l'ora che finisca questo anno del cazzo e questa cazzo di maturità!"

Be', in fin dei conti, è una brava ragazza, studia pure...

Potrei quasi presentarla a mia madre... magari in un'altra vita. Per ora le metto una mano sulla spalla.

"Cerca di prenderla con più calma" le dico.

"La fai facile tu."

"Perché dovrebbe essere difficile? Ci passano tutti, non muore nessuno per gli esami di maturità. E poi, pensa che morte stupida... Sopravvivi pure tu, tranquilla."

"No, io no" scuote la testa e sorride.

Allora mi faccio avanti. Ci provo.

"Ma stasera? Non dovevamo vederci il film insieme?"

"Purtroppo ho una cena con i miei e con alcuni loro colleghi."

Ma i suoi genitori non erano partiti? E la storia che mi ha raccontato Paolo? E il perizoma, la madre, il padre...?

"Capisco" e guardo per terra.

Non che sia disperato, però mi sento come uno a cui hanno tolto un cioccolatino dalle mani. C'avevo fatto la bocca.

Lei mi mette l'indice sotto al mento e mi alza il viso fino a farmi incontrare i suoi occhi.

"Domani sera, però, si può fare. Cento per cento. Ci stai, Carlo?"

Faccio finta di pensarci, giusto per tirarmela un pochino, non troppo, altrimenti si spezza l'elastico. "Si può fare."

"Il film lo metto io. Tu porta qualcosa da sgranocchiare."

"Cercherò di ricordarmelo" e mi passo la mano tra i capelli.

Ha detto "Domani. Cento per cento".

Mi viene voglia di esultare e affondo la mano in tasca, per essere sicuro di non agitarla in aria, come fanno i pugili dopo aver vinto un match.

"Vedi di ricordartelo, altrimenti mi toccherà mangiare te" e sorride di malizia. "Comunque, se puoi, porta l'Häagen Dazs, quello al cioccolato mi fa impazzire, sennò fai tu."

"Quello al cioccolato..." ripeto subito, come un pappagallo addestrato bene. Bravo, Cocorito.

La campanella urla, esulta con me.

"A domani allora!" dico a Ludo e mi spingo in avanti per darle un bacio sulla guancia.

Lei mi sfugge, dice "Domani" e rientra in classe, mi tratta da sconosciuto per il resto della mattinata.

Ma "domani" non sarà così.

"Domani."

"Oh! Paolo!" lo rincorro all'uscita di scuola.

"Che c'è?" e sbuffa.

"Ti devo chiedere una cosa."

"Parla, sbrigati! Ho tanta fame che mi si sta corrodendo lo stomaco. Voglio andare a casa" e incrocia le braccia sul petto.

So dove arrivare, ma non so cominciare.

Lui si rimette in marcia verso la fermata dell'autobus.

"Oh, dammi tempo!" gli urlo da dietro.

"E va bene!" Si ferma e riaggancia le braccia al petto. "Ma se perdo l'autobus ti salgo sulle spalle e mi porti fino a casa. Al galoppo però..."

So dove arrivare, ma non so cominciare.

Il problema è l'inizio.

Basta!

Comincio e arrivo insieme.

"Perché mi hai detto quelle menate sui genitori di Ludovica?" sputo tutto e già mi sento più libero.

"Oh, ma che ti è andato in ferie il cervello?" urla. "Guarda che il Formica non dice stronzate! Ti ho solo detto quello che mi ha detto lei. Niente di più, niente di meno. E poi, lo sai che abito al piano sopra il suo, quindi la litigata l'ho sentita e i genitori li ho visti coi miei occhi prendere il taxi con le valigie."

Gli credo.

"Non ti fidi?" s'indica gli occhi e li mette a due millimetri dai miei. Sono fermi, non hanno intenzione di spostarsi da lì.

"No no, ti credo" e faccio un sorrisino idiota, come dire "Grazie", ma non lo dico, non è da uomini dirlo.

"Corri, sta passando il tuo autobus."

Mi stacca gli occhi di dosso e scatta. E mentre corre le sue braccia fanno remate veloci, spostando l'aria ne vincono l'attrito. Vola e come un bravo leone raggiunge la sua gazzella. È sull'autobus.

"Avete l'Asen Dash?"

"Il detersivo?"

"No, dev'essere qualcosa al cioccolato..."

"Allora no."

Passo il mio sabato pomeriggio a cercare questo benedetto Asen Dash al cioccolato, del quale nessuno ha mai sentito parlare, o forse sono io che sono rimasto troppo tempo fuori dal giro.

Patatine e pop-corn non vanno più di moda.

Entro ed esco da alimentari, pasticcerie, supermercati.

Ogni tanto mi viene voglia di tornare a casa: fa freddo, sono le sette di sera. Poi mi tornano in mente le parole di Ludo-

vica, "quello al cioccolato mi fa impazzire..." e mi rimetto in marcia.

"Avete l'Asen Dash?"

"Che!?"

"L'Asen Dash, al cioccolato. Qualcosa del genere."

"Vuoi dire l'Häagen Dazs!" mi risponde un ragazzo col cappellino degli Yankees in testa, mentre toglie le bottiglie da uno scatolone e le sistema nello scaffale.

"Appunto, quello, e che ho detto io? Ce l'avete?"

"Noi no. Ce l'ha Blockbuster qui davanti."

Mi manda in un negozio enorme che affitta videocassette e non capisco cosa ci fa lì un gelato al cioccolato.

Se ognuno vendesse quello che gli spetta, sarebbe più facile trovare quello di cui hai bisogno.

Affitti videocassette? Affitta videocassette!

Sei un alimentari? Vendi gli alimenti!

Sei un gelataio? Vendi pure gli Häagen Dazs!

E invece no!

È un mondo confuso e comincio a essere confuso anch'io.

Che deve fare stasera Ludovica? Perché mi ha detto una bugia? Perché mi ha dato buca? Con chi doveva vedersi?

Forse sta con un altro ragazzo, forse ridono di me, t'immagini?

Ah! Basta! Non le andava di vedermi e basta!

Sì, vuole solo stare un po' da sola, cercare di capire cos'è successo tra i suoi genitori; perché si rischia di mandare a puttane una storia lunga una vita? Forse per noia, perché dopo un po' ti stufi di mangiare la solita minestra, cambi piatto, meglio o peggio che importa?, sa di nuovo, è questo che conta.

Sì, Ludovica sta sola e pensa.

Cerco di far addormentare la gelosia che mi si sveglia nel sangue. E mi sento uno che va a comprare una maglietta usata in via Sannio: Ludovica è una di terza, quarta mano. E per quanto tu possa lavarla e disinfettarla, quella maglietta non sarà mai nuova, mai tua tua.

Ah, che importa? Comincio anch'io a ballare al ritmo del mondo.

Un ritmo ambiguo, un rock che se ne frega, che dice "Stica".

Stringo i due barattoli di Häagen Dazs tra le mani.

Sarò puntuale "Domani". "Cento per cento."

Mio padre russa e mi spezza il sogno.
Peccato, era un bel sogno.

Mi giro a pancia in su e mi metto a pensare a domani.

Già, domani è DOMANI.

E se una ragazza ti invita a casa sua e i suoi non ci stanno...
Tu che faresti al posto mio? Ci andresti?

Paolo dice che qualsiasi ragazza, qualsiasi, va bene.

Alta, bassa, bionda, bruna, magra, grassa... quello che serve
ce l'hanno tutte. E poi, a luce spenta, non t'accorgi di niente.

Lui pensa sempre a Naomi Campbell, è una fissazione la sua,
l'idea di due gambe scure, sottili e sode, lo ubriaca.

Io non ho il problema di pensare a un'altra: Ludovica va più
che bene, merita. Però ho il problema del piacere.

Sai, non ne ho parlato con nessuno: con gli amici si fa gli
spacconi, non ci si raccontano le incertezze; con mio padre, poi,
non se ne parla proprio di sesso... come se si nascesse così, per
caso, come se fossimo nati da sempre.

Allora, già che ci sei, le racconto a te le mie paure.

A te che sei un ragazzo come gli altri e che forse sai già cosa
significa fare sesso, forse no. A te, che anche tu, magari, hai una
lampada di Aladino sotto il materasso e hai bisogno di una ma-
gia per sentirti giusto. A te, a cui forse suonano banali le mie
preoccupazioni, forse sono uguali alle tue.

Sai che ti dico? Io metto un preservativo nel portafoglio.

Insomma, che ne so di quelli con cui è stata?

Leggo la scatola dei condom.

Una scritta in miniatura sul lato destro:

FUNZIONA NEL 97% DEI CASI.

Della serie, se stai nel 3% ti ha detto proprio male, amico.

Paolo dice che non c'è da preoccuparsi, basta rispettare la
legge dei grandi numeri: se scopi con 100 donne, con 97 ti andrà
bene, le altre 3 ti metteranno una scatola di pannolini e un bi-
beron davanti alla porta di casa. Il segreto sta nel fermarsi pri-
ma: te ne scopi 97 e hai fatto.

Ma è statistica fai da te.

"Io!" rispondo alla voce che scivola attraverso lo spioncino.

"Io chi?"

"Io Carlo."

"Ah, Carlo" e la voce si fa persona e mi apre la porta.

Le consegno il gelato.

Ludovica ha i capelli ammanettati da un elastico nero. Sta in un bustino viola strettissimo, che le spreme il seno e glielo fa schizzare fuori. E sotto ha qualcosa di nero, che non capisco se è una sciarpa o un fazzoletto, ma se sta lì, dev'essere una gonna.

Le calze sono cerchi di tutti i colori e si fermano a metà coscia. Se mi metto a fissarle resto ipnotizzato.

Guardo Ludovica e la assaggio con gli occhi.

"Bella casa" le dico, anche se non potrei dire neppure di che colore sono le pareti, non le ho ancora viste.

"Seguimi." Il videoregistratore sta in camera sua.

Mi tolgo la giacca.

"Che figo! Dovresti vestire sempre così."

Ho comprato dei jeans sdruciti col cavallo a terra, con la scritta RICH sul didietro. Il boxer giusto, con scritto Calvin Klein sull'elastico e una cintura verde militare di tessuto della Fucking Criminal.

"Ma, con tutte queste scritte?" ieri mi era venuto un dubbio.

"Questa è moda, amico. Se non ti sta bene ti metti il maglione di tuo nonno e ti condanni all'esilio volontario!" il commesso aveva chiarito ogni dubbio. E così ho appunto una maglietta bianca con la faccia di Lupin e una collana a pallettoni di metallo, che se non me la tolgo tra un'ora finisce con una scoliosi.

Sono anche entrato da un barbiere, mi ha tosato il cespuglio che avevo in testa e sono uscito col capello nuovo di zecca: ho una frangetta liscia davanti agli occhi e ringrazio Dio di avermi aiutato a guidare fin qui.

Conclusivo, due o tre vasche nel profumo D&G, meglio non rischiare...

"Non c'ho messo nulla a prepararmi" e mi passo la mano tra i capelli. Fra una cosa e l'altra, una giornata bruciata e 300, 400 euro.

"Piuttosto tu. Sei bellissima STASERA."

Mai dire a una donna STASERA, una donna pretende il SEMPRE E SEMPRE DI PIÙ.

E Ludovica, stasera, è più donna di tutte.

"Mi piace questo tuo STASERA..." risponde pronta e gioca a tenermi il broncio.

"Su, era un modo per dire che stai bene."

"Be', mica so' raffreddata" sistema la cassetta nel videoregistratore e la spinge dentro.

Io mi siedo sul letto, mentre lei litiga con i canali e i tasti della televisione. E vorrei dirle di usare il telecomando, che l'hanno inventato apposta, ma me lo risparmio, mi piace il suo sedere che si agita di fronte a me.

Dopo qualche minuto Ludovica ha la meglio sulla tecnologia.

"Ma che film è?" chiedo tanto per scaldare il ghiaccio.

"Il film di Muccino non l'ho trovato, l'avrò perso per casa. Io finisco sempre col perdere tutto!" e ride.

Io penso che quando si perde qualcosa non ci si è badato abbastanza, perché se ci tieni veramente ci stai attento, te la leghi stretta.

E un giorno Ludovica perderà anche me, mi abbandonerà in qualche cassetto della memoria.

E forse io farò lo stesso con lei.

"Però mi hanno detto che questo è carino" e si siede accanto a me.

"Chi te l'ha detto?"

"Giada."

"Allora stiamo a posto..." e faccio una smorfia.

Ride di gusto, mi fa l'occhiolino.

Ha i brillantini sulle palpebre.

Cominciamo a vedere questo film: *The Ring*.

E, sarà che a me l'horror non piace, sarà che non sono molto concentrato, sarà che ce l'ha consigliato Giada, il film fa proprio schifo.

C'è una ragazza che se ne va in montagna col fidanzato senza dire nulla ai genitori. Nella baita, dopo aver fatto sesso, si mettono a guardare una videocassetta. E già mi chiedo: perché questo tizio fa prima sesso e poi vede la videocassetta e a me tocca prima la cassetta? Ma fin qui, a parte la rosicata, è tutto ok.

Il brutto comincia quando i due ricevono una telefonata anonima: "Morirete tra sette giorni!".

Quelli pensano: ma guarda che scherzi idioti!

E invece gli idioti sono loro, perché muoiono sul serio. La zia della ragazza morta, che fa la giornalista, dice che non le tornano i conti, si mette a chiedere alle amiche della nipote e alla fine scopre del fidanzato, della baita, della videocassetta. Si mette alla ricerca del film maledetto, lo trova e se lo guarda.

E pure alla giornalista arriva la telefonata: "Morirai tra sette giorni"; lei ci crede e si spaventa, visti i precedenti...

A questo punto Ludovica non ne può più.

Prende il telecomando e mette "pausa".

"Questo film è una fatica..." e va in cucina.

Tira fuori dal freezer il barattolo del gelato, ci infila due cucchiaini e lo porta in camera: un cucchiaino a me, uno a te.

Si risiede e toglie "pausa".

La pellicola riprende a correre, ma non ho voglia di inseguirla.

"I tuoi?"

"Sono partiti. Papà per lavoro, mamma per controllo."

"Non si fida?"

"No!"

Affonda il cucchiaino nel barattolo, se lo avvicina, apre la bocca. Un po' di cioccolato le resta sulle labbra, lo raccoglie con la lingua.

Fa tutto al rallentatore, potrebbe sembrare una bambina distratta e smaliziata, che si impiastriccia le mani e la bocca di gelato... ma non lo è, giuro che non lo è.

E io pendo dalle sue labbra sporche e dalla sua lingua precisa.

Rimette il cucchiaino nel barattolo e lo lascia affondare.

Ingoio il groppo in gola e parlo. "E tu che ne pensi?"

Ripesca il cucchiaino e se lo porta alla bocca.

"Secondo me, una donna, una vera, sa tenersi un uomo."

"Per me è più complicato" rispondo pronto.

Lei si pone il problema del tenere, io lancio un pensiero a mio padre e a mia madre: quando tra due persone si spegne l'amore e non c'è più combustibile, tanto vale andarsene.

A che serve trattenere, stare insieme a tutti i costi?

È come quando tieni in frigo un cibo scaduto. Fai meglio a buttarlo, ti risparmi la puzza.

Ti risparmi il silenzio di due che non hanno più niente da dirsi.

"Guarda, ti assicuro che le Donne, quelle con la D maiuscola, conoscono certi trucchetti coi quali non scappa nessuno."

Continua a leccare la guancia del cucchiaino e anch'io vorrei essere di acciaio inox.

"Be', mica possono incatenare un uomo a una sedia e costringerlo a restare" dico serio e guardo lo schermo. Siamo al punto nevralgico del film: la protagonista ha un'intuizione, forse ha capito come sfuggire alla maledizione della videocassetta.

Ludovica continua a giocare col gelato.

"Può essere un'idea..." dice.

"Cosa?" mi sono perso, giusto un attimo.

Che deve fare la giornalista per non morire?

"Dicevo, è una buona idea incatenare qualcuno..." ripete Ludovica.

Chissenestrafrega della giornalista.

Ludovica si toglie il cucchiaino di bocca e lo toglie pure a me, chiude il barattolo e lo posa sul tavolo.

Mi mette la mano dietro la nuca e afferra i capelli.

La sua lingua si spinge dentro la mia bocca, giù, fino in gola e io agito la mia a caso, ma è questione di secondi, dopo afferro anch'io il ritmo e tengo il tempo: s'impara subito a ballare una canzone orecchiabile.

Ludovica mette a dura prova le mie mani.

Le mie mani sono come quegli animali che vengono lasciati liberi dopo anni di zoo: in libertà faticano a muoversi.

La sinistra sfiora il viso e i capelli di Ludovica, la destra vuole fare per conto suo, punta al seno, ma non sa...

La mia destra è un po' come me: sa dove arrivare ma non sa cominciare. La prende alla larga, parte dal collo, scende sulle spalle... poi pensa che è meglio prenderla in salita, fa un salto e arriva ai fianchi, comincia a salire... ma si ferma là, alla vita, riprende fiato e giura di riprovarci.

Ludovica vede la mia mano indecisa e le dà slancio. "Che fai? Stai fermo?" mi soffia nell'orecchio.

Io non so come rispondere, la mia bocca non è più in grado di respirare da sola, resta incollata alla sua.

Ludovica si stacca: "Non ti eccito?".

Per la prima volta la vedo vulnerabile, come una che sta perdendo la sua D maiuscola.

"Ma certo. Ho la mano destra che non so per quanto riuscirò a farla stare ferma" rispondo col fiatone.

"Il fatto è che non so se tu vuoi..."

Allora Ludovica si sente più tranquilla, è ancora una Donna.

Mi afferra le dita e le mordicchia e poi giù, in discesa libera.

Stringe la mia mano e ci si accarezza il seno, attraversa tutto il corpo e se la passa tra le cosce.

E io comincio a sentirmi liquido.

Lancio sulla sedia la maglietta con la faccia di Lupin e lui continua a guardarmi da lì con quel suo sorrisino idiota.

Ludovica si sfila le autoreggenti. Mi afferra i polsi e me li lega con le calze alla testata del letto.

Gioca a fare la sentinella; a me non riesce bene il prigioniero: mi manca la voglia di liberarmi.

Lei si slaccia il corpetto, non è facile, la lampo non vuole scendere, ma basta un po' di forza per convincerla ad arrendersi.

Do un'occhiata ai polsi, "Mi hai preso alla lettera" e sorrido.

Ludovica resta con un reggiseno di pizzo e un tanga nero, quello che si dice un completo...

La guardo e penso che è proprio una di quelle che piacciono a suo padre. Poi penso che non sono uno psicologo e penso che sono disgustoso quando penso.

Come faccio a pensare anche ora?

Per fortuna c'è Ludovica a distrarmi: si toglie anche il sopra e si sdraia su di me.

Un brivido freddo mi corre lungo la schiena e mi sento contratto, sempre più contratto.

Lei vuole sentirmi, dice.

Mi slaccia i jeans e fa scendere la zip, la sua mano scivola sotto Calvin Klein.

Qualcosa è in rivolta là sotto, una rivoluzione bella, di quelle che non fanno morti.

E mille prigionieri cercano di scappare, bussano di prepotenza.

Nessuno apre.

Allora si spingono contro le inferriate della carne.

E io non posso fare altro che arrendermi, sto dalla parte dei ribelli.

Mi scappa un "Ahi" dalla bocca, non un "Ahi!" di dolore.

Ludovica stringe in mano l'evaso: un liquido biancastro e denso le scivola tra le dita.

Mi bagna uno strano piacere.

Il piacere delle esplorazioni...

Devo tornare a casa.

Salgo sul motorino e giro la chiave nel quadro.

Il motore si risveglia appena lo stuzzico.

Lancio un sospiro e do gas.

Sono più uomo.

Ho programmato male la macchinetta, ci ho messo quattro dosi di zucchero e il cappuccino è dolce, troppo dolce, stomachevole. Me lo bevo lo stesso e faccio pure la scarpetta con il dito per raccogliere la schiuma sopravvissuta.

NIENTE PUÒ DISTRUGGERE IL MIO BUONUMORE, SONO INVINCIBILE.

Lancio il bicchiere nel cestino, mi pulisco la bocca col dorso della mano e me ne torno in classe.

Ludovica non è ancora arrivata, Paolo c'è, ma è come se non ci fosse. Così me ne sto da solo con i miei pensieri, ma stavolta non mi fa paura, sono bei pensieri.

Sono leggero: leggeri i piedi, leggera la testa e penso che, se non ci fosse la forza di gravità, potrei farmi una bella passeggiata nello spazio.

"Mamma mia, come sto..." ripete Paolo, chiude gli occhi e appoggia la testa sul banco.

"Vedo che ti sei riposato in questi giorni e oggi sei pronto per affrontare un'altra settimana!" dico con un tono che sprizza entusiasmo da tutti i pori.

E Paolo, che il mio tono lo conosce, apre gli occhi: qualcosa non torna.

"Che è tutto 'st'entusiasmo? Se hai voglia di chiacchiere alle nove di mattina, dev'essere successo qualcosa."

Io non dovrei dirgli nulla, questione di galanteria, però vorrei che sapesse... Farò in modo che ci arrivi da solo.

"Non indovineresti mai..." dico per incoraggiarlo.

Chiedi! Chiedi tutto quello che vuoi!

"Ci sono! Hai vinto al Superenalotto, così finalmente mandi a fanculo i tuoi, ti compri la Ferrari e passi il resto della tua vita a fare il fancazzista. Il fine settimana te ne vai a Ibiza sempre con una diversa, basta che c'ha uno stacco di cosce di un metro e sessanta e la quinta di reggiseno" e lancia uno sguar-

do lontanissimo, come se Ibiza fosse proprio lì, sulla parete che sta fissando.

"Sei proprio stupido," e scuoto la testa, "è successo molto di più!" e gli faccio l'occhiolino.

"Più dei soldi, della Ferrari, di Ibiza e delle fiche non c'è niente" richiude gli occhi e s'accascia sul banco.

"Be', una ragazza c'è di mezzo! Sei sulla strada giusta, non arrenderti" lo prendo per un braccio e lo scuoto forte.

"Oh!, non fare così, posso subire un trauma e non svegliarmi più!" urla incazzato.

"Certo che ne inventi di storie pur di dormire..." e continuo a scuoterlo.

"Basta! Ci rinuncio!" Si alza dal banco e si sveglia.

"Sei una piaga!"

"Lo so, ma se non dico questa cosa a qualcuno muoio!"

"E allora dimmela!" fa lui scocciato.

"No, non te la posso dire, non sarebbe giusto. Però, se ci arrivi tu, è un'altra cosa."

"Tu stai veramente male!" e fa una faccia spaventata.

Non ci arriverà mai...

"Be', visto che ci tieni tanto a saperlo, te lo dico! Ieri sera sono andato a casa di Ludovica. Avevi ragione tu: i suoi non c'erano."

Paolo dà un colpo di reni e si mette dritto sulla sedia.

"A casa di Ludovica!?"

"Sì..." e sono fiero di me.

"L'avete fatto?"

"Non proprio. Insomma, era la prima volta che stavamo insieme... Ci siamo andati vicino, molto vicino."

"E bravo Carlo!" mi dà una pacca sulla spalla e mi scompiglia i capelli. "E che giochi ha fatto STAVOLTA Ludovica?"

E mi rendo conto che agli uomini, a volte, dà fastidio sentirsi dire STAVOLTA. Allontano il ronzio di quel pensiero, NIENTE PUÒ DISTRUGGERE IL MIO BUONUMORE, SONO INVINCIBILE.

Gli racconto la rivoluzione: autoreggenti che diventano manette, bocche in apnea, la mia mano tra le sue cosce e la sua tra le mie, le carambole della sua lingua.

E, appena finisco di parlare, mi spiega la lezione del giorno.

"Che stronze! Le donne sanno come si fa... La danno a rate. Prima te la fanno assaggiare, così ci prendi gusto, ti si apre lo stomaco e ti sale la fame..."

"E quanto tempo ci vuole per averla intera?"

"Dipende. Ludovica una settimana, massimo due."

"Come fai a dirlo?"

"Ci si fa l'occhio. Ce lo farai pure tu, stai sulla buona strada" dice il mio maestro di vita, altra pacca sulla spalla e scompigliata di capelli.

"Facciamo qualche prova. Secondo te Giada dopo quanto la dà?"

"Boh, so solo che non la vorrei mai da lei, neanche gratis" e scaccio un pensiero raccapricciante.

"Esatto! Giada è una sempre pronta. E comunque non credere, tanti ragazzi le vanno appresso, le si legge in faccia che fa le porcate."

"E Alice?" rigiro la frittata e faccio io la domanda.

Paolo si sfiora il mento con il pollice e ci pensa su.

Con Alice sarebbe un'altra cosa, non starei qui a raccontare, neanche a Paolo, me lo terrei per me e non lo scorderei più, non mi lascerei legare perché la voglia di abbracciarla sarebbe troppo forte. E non tornerei a casa, resterei lì, fino al mattino, incastrato a lei, perché è lei il tassello mancante.

Paolo continua a consumarsi il mento col pollice e a fare il filosofo.

"Mah, secondo me, Alice non la fa assaggiare neanche tanto, di sicuro non gioca di lingua. Per me, si fa toccare e tocca, senza sicurezza, così, di sfuggita, e basta."

Può darsi...

La campanella segna la fine della prima ora.

Ludovica falsifica la firma del padre ed entra alla seconda, si mette al banco davanti a me.

"Passarella è assente?" chiede Ricci.

"No no, ci sono!" risponde Ludovica.

"Sono entrata ora perché dovevo fare delle analisi."

"Niente di grave, spero" dice il prof.

"Il solito esame del sangue. Comunque grazie per l'interessamento" sorride, si fa firmare il libretto e va a sedere.

"Oh, ma questa sta sempre a leccare!" dice Andrea al banco dietro di noi. "Prima o poi le si consuma la lingua."

Faccio finta di niente: se lei non ha sentito, perché dovrei litigare io per difenderla?

Mi spingo con la sedia in avanti per raggiungere il suo orecchio.

"Come va, malata?"

"Dici che l'ho sparata troppo grossa?" si gira, un po' preoccupata.

"No, c'è cascato."

"Stamattina me la sono presa con calma."

Cade un attimo di silenzio.

"Bello ieri sera..." le sussurro all'orecchio.

"Bello, vero?" mi risponde lei.

"Quante volte ti sei trovata in quella situazione?"

Lei inizia a piagnucolare.

"Io non mi sono mai spinta così avanti, ieri non lo so, mi sono fidata... forse sono stata goffa e non ti è piaciuto... si vede che non ho esperienza?"

Io sgrano gli occhi, li sgrano tanto che potrebbero cascarmi dalla faccia.

"Dai, non prendermi per il culo...".

"Te lo giuro!" si gira e mi guarda fisso.

Ci casco subito.

E penso che la gente si fa tante idee sbagliate solo perché ti metti una minigonna e giochi a provocare: questo mondo ti vuole sporcare a tutti i costi.

"Scherzi! Per me è stata una figata ieri sera!"

Ludovica sorride e dice "Meno male...".

"E io ho ancora voglia di te!" dico tutto d'un fiato.

Non mi piace essere vulnerabile, ma devo sapere: come siamo rimasti?

Sono arrivato a un punto di non ritorno, o la amo o la odio.

Non ci sono mezze misure, non dopo ieri sera.

Scatta l'ora del collettivo: Ricci se ne va dall'aula.

"Se avete bisogno sono in sala professori" ma nessuno se lo caga.

La legge concede agli studenti qualche ora al mese di collettivo: in teoria dovremmo parlare tra di noi di quello che non va, dei professori, della gita, delle interrogazioni programmate; in pratica sono ore di vacanza, in cui ognuno fa quello che vuole, basta che non si spacca la gamba o il braccio, sennò ai professori tocca prendersi la responsabilità.

Andrea solleva la sedia e ci si piazza a lato, spezzando il discorso tra me e Ludovica.

"Bella raga, che si dice? È morto il Formica?"

Silenzio.

"Oh, che, ho interrotto qualcosa?"

"Sì!" risponde Ludovica.

Io me la guardo per vedere dove arriva.

"Diretta la ragazza..." dice Andrea e aggiunge "Me ne devo andare?"

"Non serve. Stavo dicendo a Carlo che è impossibile che ci sia qualcosa tra me e lui..." parte lei.

"E mi mette in imbarazzo quando fa questi discorsi a scuola. Deve capire che il fatto che sono carina e simpatica coi miei

amici non significa che sono una puttana. Provaci tu a farglielo capire, Andrea, perché io non so più che lingua usare con lui..."

Potevi usare la stessa che usavi ieri sera, stronza!

Ma era impegnata in altro...

Andrea se ne sta zitto, lancia un'occhiata a me e una a lei.

Io, di pietra. Sono scaricato in diretta, anzi, non sono mai stato preso.

"Allora? Non dici niente?" fa Ludovica ad Andrea.

Lui alza le spalle "Mica è scemo Carlo, ha capito, più chiaro di così!" e se ne torna al banco: non si sta bene tra due persone che litigano.

Guardo Ludovica e non capisco e aspetto che qualcuno entri da quella porta con uno striscione e mi dica "Sei su *Scherzi a parte!*".

Ma telecamere in giro non ce ne sono.

E io mi sento una fitta in mezzo allo stomaco.

Si dice che l'amore colpisce al cuore, ma io devo essere fatto in modo strano perché a me prende qui, tra le budella.

Raccatto i libri sotto al banco e li butto nello zaino, prendo in mano il casco.

"Dove vai?" mi chiede Paolo.

"Mi sono rotto. Vado a farmi un giro."

Compilo il libretto delle giustificazioni.

Data: *4 aprile*; Ora di uscita: *10.50*.

Firma: *Carlo Rossi*.

"Sì, ma dove?" neanche a Paolo va di restare.

"Mi sa al Laghetto dell'Eur."

"Vengo con te" e si alza, pronto a evadere.

Gli metto una mano sulla spalla e lo freno.

"No, vado da solo. Devo fare una cosa."

"Non posso venire pure io? Che c'hai da fare?"

"Una cosa... una cosa, Paolo!" gli urlo.

"Ti posso dare del tu, Carlo? Vaffanculo!" china la testa sul banco e torna a dormire.

Mi metto lo zaino in spalla, firmo la cauzione sul registro. Libero.

Mi siedo in mezzo al prato. È bagnato.

Sul lago passa una canoa e qualcuno là dentro suda e si ripete "Uno, due... uno, due... uno, due", perché la forza non si trova nei grandi discorsi ma in poche parole, in un mantra.

E io continuo a ripetermi "Che stronzo! Che stronzo che sono!". E mentre me lo ripeto, sudo pure io.

Ma forse non è sudore, forse è qualche lacrima.

Per rabbia, mica per amore.

Per orgoglio, mica per altro.

È giusto una lacrima, che scende e risale, ma è sempre la stessa.

Un uomo non piange. Capito, Carlo?

Smettila, Carlo!

Ma quella continua a scendere e a salire, a riscendere e a risalire.

Non sto piangendo, sto sudando, mi sudano gli occhi.

E un uomo ha tutto il diritto di sudare!

È l'una. Ho fame. Cerco nelle tasche, nello zaino, nel portafoglio... Solo qualche centesimo sparso qua e là.

Prendo il motorino e me ne torno a casa.

Dico "Ciao" e mangio l'insalata di riso che sta sul tavolo.

Posso arrivare in anticipo, in orario, in ritardo, c'è sempre un piatto pronto per me.

Mia madre passa le sue giornate così: quando ci sono si perde dietro di me e quando non ci sono si tiene pronta per quando arrivo. Mia madre passa le sue giornate così, ad aspettarmi.

E se la mattina, uscendo da casa, dico "Oggi vado da Paolo, resto là a dormire" lei non sente, perché la sua giornata non avrebbe senso.

Niente da fare, nessuno da aspettare, nessuno a cui chiedere.

Sì, perché lei chiede e io rispondo, perché lei vuole sapere cosa fa la gioventù, in che verso continua a girare la terra.

E io vorrei dirle: "Esci! Esci e controlla da sola!".

Ma lei è come Penelope, quella che se ne sta per vent'anni ad aspettare che Ulisse torni e inganna il tempo con qualche lavoro di cucito. Aspetta e aspetta, ma il coraggio di mettersi pure lei su una nave e affrontare il mare non ce l'ha.

Glielo racconterà Ulisse il ballo delle onde.

E io sono come lui: porto dentro questa casa un po' di sale blu.

Mia madre mi chiede un po' di vita, ma oggi non so dargliela, la sto cercando anch'io.

Mi alzo da tavola e mi barrico nella mia stanza.

Giro la chiave nella toppa. Una. Due mandate.

Sollevo il materasso.

Lampada di Aladino, la fortuna mi sta abbandonando, ho bisogno di te.

Soffio con tutto il fiato che ho in gola, soffio e aspiro.

E il mio cervello trova pace, non si agita più.

Mi allontano da Ludovica, non penso.

Me ne sto così, abbandonato, aspettando che il mondo mi venga a bussare.

È martedì mattina, sono le 12. Niente alzate svelte dal letto, mi muovo con calma e faccio colazione.

Affogo una fetta biscottata nel caffellatte e la lascio a mollo per una manciata di secondi, poi cerco di farla risalire, ma quella niente, non ne vuole sapere e mi si spezza tra le dita.

Fette biscottate, ascensori, montacarichi, automobili... ogni cosa ha un limite di carico. Anche gli uomini, pure loro ce l'hanno.

"Non avevi scuola oggi?"

"No, ma', c'è assemblea. Inutile che vado" e lei si mette subito l'anima a posto.

Mia madre continua a fidarsi, io comincio a mentire.

Oggi non ce la facevo proprio ad andare a scuola: mi sento spezzato, come la fetta biscottata che nuota nel mio caffellatte. Ho assorbito troppo, non posso fare finta di niente.

Ho bisogno di un po' di tempo e di un cucchiaio per ritirarmi su.

Il cellulare trema sul comodino e una busta da lettere si accende sul display. Un sms.

Mi avvicino e allungo il braccio per leggere.

Sono tranquillo, senza spinte d'entusiasmo.

Sarà il solito credito esaurito, la solita offerta promozionale, sarà Paolo che deve ancora farmi scontare il mio atteggiamento di ieri mattina, che mi chiede che fine ho fatto, perché oggi non sto a scuola.

Leggo e mi accorgo che la magia ha funzionato di nuovo.

Stasera alle 20.

Davanti Al 19.

Né pubblicità, né Paolo, solo quell'sms firmato LUDO, che

non sai se è uno scherzo. Il gioco ti prende in contropiede e tu non puoi fare altro che starci, lasciarti dribblare e sorridere.

Sto qui, davanti Al 19. Le crêpe Al 19 non sono il massimo, però il posto sta vicino a casa e c'è sempre parcheggio.

Ludovica arriva sul suo SH blu, scavalca il sellino, mette il cavalletto, la catena, toglie la chiave dal quadro.

Io non faccio un passo verso di lei, se ti bruci col fuoco ti resta la paura di scottarti.

Allora si avvicina lei e mi bacia.

Cerco di fare il duro, resto in me stesso, anche se la bocca e le mani mi prudono: vorrei toccarla, baciarla, riprendere le esplorazioni... E invece mi tengo: penso a ieri mattina, alle sue parole davanti ad Andrea, al male di budella, al sudore degli occhi e mi dico che no, non devo fare finta di niente.

Mi ha rubato l'orgoglio, mi ha reso vulnerabile, meno uomo.

Perché un uomo non piange e non ha il male di budella, perché un uomo non ha emozioni. Me l'ha detto mio padre, è l'unica cosa che mi ha insegnato coi fatti, con la quotidianità. E forse, era meglio che se la teneva per sé.

"Be'?" fa Ludovica.

"Sta a te parlare" e serro le labbra d'istinto, per controllarle meglio.

"Giusto" fa lei, fissa gli occhi a terra: "Ho avuto paura".

"Di che?" chiedo subito.

"Di te e di me."

Apro le braccia e me la avvicino al petto: mi basta vedere la sua debolezza per tirare fuori la mia, ma la mia è vera, la sua non so.

"Mi fai così cattivo?"

Lei alza il viso e mi guarda.

"No, questo no. Ho paura di restarci fregata."

"In che senso?"

"Nel senso che stiamo in classe insieme!"

Ha ragione, non ci avevo pensato.

E se litighiamo? E se mi lascia?

Dovrò sopportare di vederla seduta a quel banco, che ride con Giada di me, che parla con qualche altro ragazzo della classe e lo invita a casa sua a vedere un film, magari lo stesso film, quello con la giornalista che scopre un trucco per non morire... E magari neanche lui, il nuovo ragazzo, farà in tempo a scoprire quel trucco, perché lei sarà già lì, distesa sul letto, aspettando che sia lui a toglierle le calze ora.

Sì, può essere pesante avere una relazione in classe.

Poi, però, penso che la maturità è vicina e tra due mesi saremo tutti alle prese col toto-tema e le versioni di latino. "Che uscirà quest'anno?"

L'Ottocento no, sarebbe proprio sfiga se uscisse l'Ottocento. Esce il tema sulla globalizzazione, la pace nel mondo, l'Iraq. Che lì, quattro parole riesci a imbastirle, basta che ti ricordi che il professore d'italiano è di destra spinta e pure quello di latino e greco non è affatto mancino.

Fai il vago: "La guerra non si dovrebbe, ma che altro si può fare?".

Fai un tema bugiardo, tanto nella vita non conta quello che scrivi, conta quello che fai.

Conta che qualche settimana fa stavamo lì in diecimila alla stazione Ostiense, pronti a sparare in alto le bandiere cariche e a stampare in cielo "Pace!".

E altri diecimila stavano a San Giovanni, e altri centomila a piazza del Popolo e altri, altri, altri...

Alla fine eravamo milioni e milioni di "gente".

Conta quello che fai, mica quello che scrivi.

Quello che scrivi conta per gli avvocati e i professori.

Quello che fai conta per la "gente".

Ludovica sta ancora tra le mie braccia, davanti Al 19.

"A che pensi?" mi chiede.

"Alla maturità."

"Cazzo! ma sempre a 'ste cose pensi?" e si divincola.

"La maturità ci può salvare."

"In che senso?"

"Nel senso che tra due mesi abbiamo finito gli esami e, se vediamo che non funziona, possiamo non rivederci, ti fai le storie che ti pare."

Lei ci pensa su.

Me la guardo, sorrido: "Dai, non ci pensare, che è una perdita di tempo. La vita mica la puoi spendere così, per un pensiero. È un pessimo investimento, no?".

L'ho convinta, mi avvicino e la bacio.

Comincio a capire come si fa con le donne: basta che fai finta di far decidere tutto a loro.

Sembra facile.

O, forse, non ci ho capito proprio niente.

Sono passati quindici giorni.

Io e Ludovica stiamo ancora insieme.

Ogni tanto ho voglia di prenderle la mano, così, davanti a tutti, ma non lo faccio: so che le dà fastidio.

Sto al banco dietro di lei e la guardo tutto il giorno: i suoi capelli lisci, la riga a destra, la frangia sul davanti, la nuca pallida, il collo sottile... studio le piccole parti del suo corpo e mi sento di conoscerla già meglio.

E lei, ogni tanto, si gira con la faccia indurita: "Carlo sbrigati!" e capisco che mi tocca scrivere il suo tema, tradurre la sua versione di greco, risolvere la sua equazione differenziale.

Non ha mai preso voti così buoni, quest'anno alla maturità fa il colpo grosso.

E tutto questo grazie a me, "grazie a te!" mi dice sulle labbra.

Il pomeriggio ce ne andiamo al Laghetto e la sera a cena alla Bruschetteria degli Angeli, vicino a Campo dei Fiori.

A casa sua no, non si può più: i suoi hanno fatto pace, preferiscono che esca lei di casa, così lascia il campo libero.

Paolo mi chiede: "Oh, ma mica è una cosa seria?".

E io sorrido "Certo che non lo è! Mica si può fare una cosa seria con Ludovica, lo sai com'è...".

"Già, oggi con te e domani con un altro. Ma a te che ti frega? Finché dura fai bene a passartela..." e mi dà una pacca. "L'importante è che non è una cosa seria!" ripete e mi guarda fisso negli occhi, cercando di trovare lì la risposta.

Io dribblo il suo sguardo e lo punto a terra.

"Mica so' scemo" rispondo.

Però qualcosa la sento.

Sarà affetto, sarà amore, sarà sesso, io qualcosa la sento.

Non lo so se questo è amore, se non hai mai conosciuto qualcosa fai fatica a riconoscerla.

"Avevo ragione sulla teoria che in una settimana, massimo due, te la facevi?"

"Dai, Paolo, non mi va di parlarne..." e ammicco.

"Della serie chi tace acconsente, giusto?"

"Fai te..." e ammicco di nuovo.

Anche se, a dirla tutta, io e Ludo non l'abbiamo ancora fatto.

Non gliel'ho mai chiesto.

Forse dovrei chiederglielo.

Mi sembra così brutto chiedere.

Ti sei chiesto che fine ha fatto Alice?

Allora sei un sognatore anche tu.

Be', in questo periodo scappa, pensa che tutti la vogliono fregare.

A ricreazione la vedo con quello della III B.

Strana coppia... non un bacio, non un abbraccio.

Stanno così, lei appoggiata al muretto del cortile e lui lì davanti, a parlarle fitto. Ogni tanto l'afferra per i polsi, le spara gli occhi negli occhi e le dice "Te lo giuro!".

Lei si spaventa, libera il polso dalla mano di lui e torna in classe.

Mai un bacio davanti agli altri.

Non si direbbe neanche che stanno insieme.

Un po' come me e Ludovica.

Solo che io non ho mani prepotenti.

Magari timide, piene di desiderio, ma prepotenti no.

È una giornata come un'altra.

Me ne sto seduto sul banco, con una gamba tirata verso il petto e l'altra penzoloni. Me ne sto tranquillo, tanto non verrà nessuno a dirmi "Rossi, si sieda come un essere umano!".

Oggi Ricci è assente: due ore di buco.

Siamo pochi: Paolo, Andrea, io, Lorenzo e Giada.

Nessuno di noi immagina che l'aula si trasformerà in un ring, sì, un ring vero, di quelli con le corde a segnare il perimetro e i pugili all'angolo ad aspettare il gong.

Ludovica entra in classe tranquilla.

Ieri notte doveva studiare. Ci siamo salutati subito dopo cena, ho pagato il conto e le ho dato la buonanotte.

È curiosa questa donna-bambina che potrebbe aver scritto il *Kamasutra* ma alle nove e mezzo deve tornare a casa.

Lei appoggia il suo Eastpak viola al lato del banco, mi restituisce il quaderno di latino e mi dà un bacio frettoloso sulla guancia.

"Come va, Ludo?"

"Bene, dovrei aver recuperato. Se esco con più di 60 mio padre prima non ci crede e poi mi compra la macchina, la Smart panna. Sono cinque anni che è abituato ai miei quattro fissi..." Mi saluta e va a parlare con Giada.

"L'hai copiata la versione?" le chiede Giada.

"Sì, stamattina alle otto, in cinque minuti, infatti non me la ricordo per niente... ora mi faccio ripetere i paradigmi da Carlo" risponde Ludovica.

Giada mi punge: "Servirebbe anche a me un Carlo; fa comodo un grillo parlante che ti spiffera le risposte giuste".

Tra me e lei le cose non funzioneranno mai, pure se è la "migliore" amica della mia ragazza.

Ludovica e Giada se ne vanno in bagno.

Alice entra ora; strano, molto strano, lei, che alle otto me-

no un quarto è già nel cortile di scuola, con la Smemo aperta e la penna in bocca... oggi è in ritardo.

Schianta il suo zaino blu su una sedia.

Ha la faccia di una che vuole dare un pugno ma le tremano le gambe.

Alice si avvicina di corsa: "Dove sta Ludovica?" mi chiede a denti stretti, pronti a mordere.

La guardo meglio cercando di ritrovare in lei la dolcezza di uno sguardo che conosco.

"E perché lo chiedi a me?" ribatto io, pronto a tirarmi fuori da qualsiasi grana.

"Come perché!? Sei diventato il suo amichetto, no?"

Tana per Carlo.

Per un attimo mi vergogno e vorrei riavvolgere il nastro e rimangiarmi tutto. Ma la vita è un film che si gira una volta e basta. E io posso solo metterci una toppa. "Sta in bagno con Giada" le rispondo.

"Ah, allora stiamo a posto..." sbuffa e intanto respira piano per prendere forza.

Ludovica e Giada tornano dal bagno, attraversano il corridoio, sorridenti, profumate, con i loro capelli tinti che svolazzano qua e là, con i jeans stretti e i fermagli colorati. La felicità trasuda dalla loro pelle, supera il fard, il rimmel, il correttore, il fondotinta della Maxfactor.

Alice le vede mentre camminano in corridoio.

Si passa la mano lungo il collo, si volta dall'altra parte e si chiede: "Ci parlo? No, non ci parlo... Dai Alice, forza, parlaci... Superiore, fai la superiore, Alice... Fredda e superiore... Non te ne frega niente. NIENTE!".

Si dà consigli da sola, anche lei è come l'uomo in canoa del Laghetto dell'Eur: ha bisogno di parlarsi per trovare la forza.

Ma la forza per cosa?

Giada e Ludovica si mettono sedute sul banco.

Alice si avvicina.

"Ludovica Passarella, ti devo parlare."

La chiama proprio così, nome e cognome, come farebbe un estraneo o un agente di polizia.

E il tono della sua voce è calmo, lontano, però si sente che è forzato, un cavallo selvaggio tra le briglie.

Ludovica scende dal banco e le mette il muso davanti: "Dimmi!".

Tutta la classe allunga occhi e orecchie.

"Se preferisci ne parliamo da un'altra parte..." propone Alice e indietreggia.

"Guarda, io non ho problemi. Per me puoi parlare qui, davanti a tutti."

Alice respira ancora più forte e stringe ancora di più i denti.

"Tu quindi non immagini neanche quello che sto per dirti?"

"No!" risponde subito Ludovica.

"Te lo richiedo, che, forse, nel frattempo ti si connette il cervello e ricordi qualcosa... tu non immagini quello che sto per dirti?"

"Noo!" risponde Ludovica seccata.

"Comunque se hai qualcosa da dirmi me la dici qua, di fronte agli altri, di fronte al MIO ragazzo!" spiega Ludovica e mi lancia uno sguardo complice.

Ecco, mi ha messo in mezzo. Sono fregato!

Alice mi guarda e poi torna su Ludovica.

"Ti dice niente il nome Giorgio?" le chiede tutto d'un fiato. "Ti dice niente: *è stato bello: ho ancora voglia di te...* oppure, ti dice niente *hai chiarito con Alice?*"

La mascella mi cade a terra. Possibile?

"Sono messaggi firmati *Ludovica* che ho trovato sul cellulare del mio ragazzo, ex ragazzo. È tutto tuo ora, puoi farne quello che vuoi."

Nell'aula c'è un'aria densa: basterebbe agitare un coltello in aria per farla a fette.

Alice torna al banco.

Ludovica non la lascia sedere.

"Guarda che io 'sto Giorgio lo conosco di vista, non ho neanche il suo numero di telefono."

"Non lo conosci? E perché ieri ha dormito a casa tua?"

Il male di budella torna. Possibile? Ieri? Dopo la buonanotte?

No, non è possibile.

Ludovica non è così, è il mondo, il mondo che la vuole sporcare perché si mette la minigonna ed è gentile con tutti. Come potrebbe negare con tanta forza?

"Senti, Alice, mi sa che il tuo uomo ti ha detto un mucchio di stronzate solo per mollarti. E per trovare una scusa ha messo in mezzo me. C'era il mio numero di telefono sul mittente?"

Alice s'infila la giacca jeans e si mette lo zaino in spalla. Vuole andare via.

Ludovica l'afferra per la spalla. "Eh no, cara, tu adesso mi rispondi! C'era il mio numero di telefono nei messaggi?"

Alice prende tempo.

"Rispondi!" la scuote Ludovica.

"No, il tuo numero non c'era, i messaggi li mandavi apposta da Internet per avere la scusa pronta."

"Addirittura ho fatto apposta... Be', mi fai intelligente allora!"

"Non intelligente, furba. E comunque l'ho visto con i miei occhi ieri il mio ex che suonava al tuo citofono e saliva a casa tua."

"Sei proprio una stupida. Ieri ho passato la notte col MIO ragazzo. Carlo, ti ricordi se abbiamo fatto una cosa a tre, anche con questo Giorgio? E comunque, Alice, se ti metti a pedinare un uomo ci credo che scappa, fa bene. Non sei una Donna."

Io non so che dire.

Basterebbe la verità: Ludovica e io ci siamo salutati alle nove e mezzo, poi sono tornato a casa mia.

Paolo mi si avvicina all'orecchio: "Lo sapevo che te la facevi...".

E io dovrei sentirmi fiero di qualcosa che non ho fatto. Ludovica mi guarda fisso e ripete "Diglielo, diglielo, Carlo!".

Anche Alice mi guarda fisso, con i suoi occhi che hanno visto. O forse non hanno visto un bel niente.

E come fai a dire da che parte sta il giusto?

Sarebbe più facile se ogni persona fosse schedata, se sulla fronte di ognuno ci fosse scritto quello che è. E invece questa scritta deve essere stampata all'interno, come le etichette dei maglioni.

E non sai chi ha detto la verità, non sai a chi credere.

"Diglielo, Carlo!"

Tutti mi guardano e aspettano la mia risposta.

Devo decidere: o faccio quello che se l'è scopata o quello che è stato tradito. E non è una scelta difficile...

"Già, ieri notte ero io lì. E questo Giorgio non c'era."

Tirano tutti un sospiro di sollievo: sono solo paranoie di Alice, non c'è niente di vero, solo paranoie di quella ragazza strana e bella, che nessuno sa cosa le passa per la testa, che vive dentro a un libro e non sa che la vita, a volte, è molto più facile.

Scusami Alice, non avevo scelta.

Stronzate, una scelta c'è sempre.

Scusami Alice, sono un coglione.

All'uscita di scuola Ludovica mi prende la mano.

Il sole è stampato in cielo e sarebbe un peccato tornare a casa in motorino. La riaccompagno a piedi oggi.

Ho tanti "perché", tanti "avrei dovuto" che mi ronzano in testa. Camminiamo uno di fianco all'altra.

"Grazie" fa lei. "Altrimenti sarebbe restato sempre un dubbio. Tu sei uno leale: a te la gente crede. Io faccio fatica a convincere."

Chissà perché...

Siamo arrivati al portone di casa sua.

Ludovica mi dà un bacio sulle labbra e io lo raccolgo.

"Sei sicura che non c'entri niente con questo Giorgio?"

"Sicura" e riprende a baciarmi.

Dovrebbe bastarmi e invece il male di budella sta ancora lì.

Manca un mese e mezzo alla maturità.

Ieri non si sa che è successo.

Domani c'è l'interrogazione di fisica.

E oggi, be', su oggi non servono commenti.

Ho la testa che mi scoppia.

Un secondo "ho fatto bene" e il secondo dopo "male".

E se penso che in una giornata ci sono ottantaseimila-quattrocento secondi, già mi sento impazzire.

"Ciao ma'."

"Ciao Carlo. Il pranzo è pronto in tavola."

"Non mi va di mangiare."

"Ho preparato le lasagne."

"Se mangio, vomito."

Me ne vado in camera, accosto la porta, mi stendo sul letto.

La porta si riapre subito dopo.

"Carlo, che hai?"

"Niente, solo mal di stomaco."

E mia madre lo sa che quando ho il mal di stomaco c'è qualcosa che non mi va giù, che non riesco a digerire.

"Che è successo?"

"Niente, mamma, niente. La solita giornata..."

"Sei preoccupato per la maturità?"

"Anche."

"È inutile che ti preoccupi: se non danno 100 a te, a chi lo danno?"

"Voglio stare da solo."

Lei se ne va e non capisce. Sono mesi che a suo figlio è successo qualcosa. E lei, la madre, lo rivorrebbe così com'era, senza il capello alla moda e il jeans sceso, senza la faccia furbetta e i muscoli scolpiti. Dov'è finito suo figlio? Una magia glielo ha rubato, ma la madre non ha una ricetta e ritrovare i figli scomparsi è più difficile che preparare le lasagne.

Mi alzo, giro la chiave nella toppa, sollevo il materasso e tiro fuori la mia lampada di Aladino.

"Ho bisogno di aiuto..." e la accarezzo.

Non faccio in tempo a soffiare che il campanello suona.

"Carlo!" mi chiama mia madre dall'ingresso.

"Che c'è?" urlo seccato.

"Una ragazza per te."

Una ragazza per me!?

Rimetto la mia magia sotto al materasso, vado a vedere.

E Alice sta lì, fa un sorriso imbarazzato a mia madre.

"Carlo sta poco bene: ha rifiutato le lasagne a pranzo!"

"Mamma!" non ho fatto in tempo a fermarla.

"Allora sta male sul serio..." commenta Alice, "comunque mi spiace, signora, non sono io la ragazza per cui Carlo non ha mangiato le lasagne."

"E chi è quest'altra?" chiede subito mia madre. "Carlo non racconta mai niente..."

E vorrei fermare il mio massacro davanti ai miei occhi; pure i fucilati hanno il diritto di girarsi di spalle e non vedere. Prendo Alice per un braccio e dico "Ne parliamo in camera mia", ma Alice ha voglia di scherzare oggi, ha voglia di dire tutto, senza pensarci due volte.

E, mentre la trascino nella mia stanza, dice a mia madre: "Non ha ancora avuto il piacere di conoscere una certa Ludovica, mora, capelli lunghi, trucco pesante, faccia da...?".

Chiudo la porta appena in tempo.

Alice mi guarda e dice "...puttana!".

"Oh, non parlarne così, è la mia ragazza!"

"Come se fosse veramente tua..."

Io me la prendo e le chiedo scocciato: "Che ci fai qui?".

"Devo capire perché l'hai coperta."

"Frena. Coperto chi e che cosa?"

"Perché hai coperto le bugie di Ludovica?"

Lo sapevo, ha sgamato tutto, ma non mi frega.

"Sei furba, eh?, ma io non ci casco perché ieri stavo davvero con Ludovica."

Lei risponde tranquilla. "Non sono furba, ma neanche cieca. Comunque sbagli a difenderla, se lei fosse innamorata di te non ti scaccerebbe la mano."

"Che c'entra? Quando siamo soli, sento che lei mi desidera e io la desidero. Perché devi fare tutto complicato, Alice?"

"Anche Giorgio mi teneva nascosta."

Ce ne stiamo in silenzio, ognuno a pensare ai fatti suoi, a mettere in dubbio e a credere a quello che l'altro dice.

"Io lo so che tu non c'eri ieri sera! E lo sai anche tu."

Torna il silenzio, poi lei mi guarda negli occhi.

"Sei cambiato, sei diventato come loro... dov'è finito il Carlo che arrivava in ritardo e mi fissava mentre scrivevo, quello

che pensava che per vincere non bisogna fregare qualcuno, quello che credeva in qualcosa?"

"È morto, Alice, morto! Adesso c'è un nuovo Carlo, che funziona, che piace, sì, piace alla gente!" le dico forte, un tono sopra il normale.

"Piacerà alla gente, a me no."

E non sa che sta seduta proprio lì, sul materasso che nasconde la mia magia. E vorrei liberarmi di questo segreto ma non so, non mi posso fidare.

Lei continua a guardarmi con quegli occhi che hanno riacquistato dolcezza.

"Dov'è il vecchio Carlo?"

No, non mi posso fidare. Ma ho quegli occhi ancora puntati addosso.

"Scansati!"

Lei si alza dal materasso, io lo sollevo e tiro fuori la mia lampada di Aladino.

"L'ho trovato per strada, poi, per scherzo, ho espresso un desiderio e si è avverato."

Alice mi guarda con sufficienza.

"Guarda, anch'io non ci credevo, poi ho provato, una, due, tre volte, e funziona."

E mi sento come Cassandra, che sapeva il destino degli uomini ma nessuno le credeva.

Alice sorride e io insisto.

"C'è dentro una sostanza magica che ti si arrampica dritta al cervello e rende tutto più chiaro e più lontano."

"È marijuana, Carlo, solo marijuana. E questo è un chilum, uno stupidissimo chilum."

"Sì, ok, però sto meglio, funziona."

"Funziona perché hai voluto allontanarti da te, dai tuoi problemi, l'hai voluto così forte che ci sei riuscito. Ma i problemi restano, Carlo, pure se ti allontani! E adesso sei più incasinato di prima! Il Carlo di prima sapeva dove stanno i sentimenti."

"Sì, ma questo Carlo qui sa cos'è il sesso" rispondo io.

"E per te vale lo scambio?" ribatte lei, veloce come in una partita di ping-pong tra cinesi.

"Non lo so. Ci devo pensare. Che altro vuoi?" le chiedo.

"La tua conferma, Carlo."

"Confermato. Ieri ho salutato Ludovica alle nove e mezzo, dopo non so che ha fatto, se è andata con 'sto Giorgio oppure no."

"Hai fatto sesso con Ludovica?" mi chiede poi lei.

"Non tutto, ma praticamente..."

"La ami?" adesso evita di guardarmi negli occhi.

"Non lo so. Ci devo pensare."

Alice se n'è andata da mezz'ora.
Mia madre entra in camera.
"Bella quella ragazza! E poi che caratterino..." commenta.
"Sì... ma è una che mette dubbi."

Me ne sto spalmato sul pavimento della mia stanza a cercare di risolvere le facce del cubo di Rubik e penso che non ce la farò mai a mettere le caselle colorate ognuna al posto giusto.
Poi penso a giochi altrettanto tosti, al mio.
Si può uscire dal gioco? Si può fare manovra?
Sono ancora in tempo, siamo tutti in tempo, anche tu, amico, tu che ogni tanto usi una magia per staccare la spina dei pensieri.
Sì, basta fare un bel salto fuori da questo gioco, che rischia di sfuggirci di mano, che ci riempie la testa di fumo e ci addormenta l'anima.
E il branco? E il Formica? E Ludovica?
Sarà difficile tenerli in equilibrio senza un trucco, tutti i grandi prestigiatori ce l'hanno.
Non saranno più miei amici.
Ma poi, lo sono mai stati?

LUDO, ore 17.31
Finalmente, stasera i miei escono.
Alle 20.30, a casa mia.
Festeggiamo!
CARLO, ore 18.10
Che si festeggia?
LUDO, ore 18.46
Il nostro annuncio alla classe.
Siamo una coppia ora.
Non è più una tresca.
È diverso, no?
Io questa diversità non l'avevo notata: stavamo insieme anche prima.
CARLO, ore 19.23
Certo! A dopo.
Ma i dubbi restano.
Ceniamo in balcone, su un tavolino rotondo di legno bianco.
Anche le sedie sono bianche, di plastica.
Una candela celeste dentro un bicchiere di vetro illumina l'ambiente.

"Ho preparato io!" dice Ludovica e porta in tavola riso alla cantonese e involtini primavera che può aver fatto solo un ristorante cinese, Eur China, quello che sta sotto casa sua.

Io, anche se lo so, non la pianto di farle i complimenti, che non ho mai visto in vita mia una cuoca così sexy e che stasera sì, stasera è tutto perfetto.

Tutto, tranne me.

Perché dentro una vocina mi dice "Fermati!" ma io cerco di non ascoltarla.

Ludovica porta la macedonia con il gelato.

Un po' le casca sulla tovaglia.

La madre la ucciderà, dice.

Anche se non penso che la madre stia molto attenta a quello che fa la figlia.

Altrimenti non sarei qui, neanche quel Giorgio sarebbe stato qui.

La bacio e la ribacio, e poi un altro complimento e poi ancora un bacio, perché è meglio non parlarsi.

Ma, anche se il discorso non lo prendo io, non posso impedire a lei di prenderlo.

"Stamattina sei stato il ragazzo migliore che una donna può desiderare" mi si siede in braccio e io non lo so se questa sedia di plastica bianca ce la farà a sopportarci in due.

Comincia a muoversi sulle mie ginocchia e a baciarmi.

"Sei stato fortissimo" mi spiffera all'orecchio.

"Sono stato un coglione."

Lei sente, non ascolta e continua ad agitarsi su di me e a ricordarmi la sua eccitazione all'orecchio.

"Sono solo un pupazzo..." continuo.

Allora capisce che deve cambiare tattica e formazione, spendere due parole per convincermi.

"Mi hai difeso, è giusto, sono la tua donna."

"E tu? Avresti fatto lo stesso per me?"

"Certo!" risponde subito, anche se ho qualche ricordo non proprio felice di quando lei mi "difendeva"...

Infila la mano nei miei pantaloni.

E il mio corpo si eccita e la sente e la vuole, perché il corpo e la testa si parlano poco e non si mettono quasi mai d'accordo.

"Andiamo in camera mia. Così sto scomoda."

Mi prende per mano e mi porta in quella stanza che ho visitato spesso. La sopraccoperta a righe rosa e bianche, i peluche sul letto, le Barbie che si affacciano dalla libreria, una rivista da ragazze sul comodino, "Cosmopolitan", e tante foto

appese alle pareti, foto di lei e Giada, foto delle vacanze in Inghilterra, dei ragazzi conosciuti lì, foto con cappelli colorati che non le ho mai visto indosso, foto dell'Irlanda e dell'America, delle feste di diciott'anni, delle serate sulla spiaggia, a Santa Severa. Sere passate con uno sguardo perso e un Bacardi Breezer in mano o qualcosa di più forte, uno spinello magari, che così è più facile divertirsi e lasciarsi andare. Così è più facile far scappare l'anima dal corpo. Sere in discoteca, con la musica che ti pulsa nelle orecchie, che ti ricorda che DEVI divertirti, che ti dà una pasticca e scaccia la paura del mondo. Del mondo vero, quello che sta al di là del bancone, quello dove la musica sono solo parole e il ritmo te lo dà il cuore, che batte, e ribatte, per ricordarti che lui c'è, sta lì sotto, dentro di te, e vuole che tu lo ascolti. Tu niente, te ne freghi del tuo cuore, parlasse da solo se ne ha voglia... Ingoi una pasticca e ti rimetti a ballare.

È pieno di foto qui, foto di una bambina col corpo cresciuto di corsa o di una donna che fa la bambina per essere più eccitante.

Un cd già inserito nello stereo: *Here with me* di Dido.

Basta premere play e la musica gira. Una musica fatta di pause dense, che sanno di abbandono.

La bambina comincia a spogliarmi: slaccia i bottoni della camicia e poi giù, a sfilarmi i jeans.

Anch'io faccio lo stesso con lei, ma per me è più facile perché non ci sono bottoni da convincere: un top nero e una mini militare.

Niente calze, manca un mese e mezzo alla maturità.

La bambina ha ancora caldo, si toglie il tanga e il push-up.

Resta col suo corpo nudo davanti a me, un corpo di cera, che non conosce brividi, non ha freddo e non chiede protezione. Un corpo che sta bene da solo.

Si stende sul letto, "Vieni!", e io la raggiungo.

Poi la bambina pensa che anch'io ho caldo e mi sfila i boxer.

Ma il mio corpo è diverso dal suo, non sta bene da solo.

Ludovica mi bacia il collo e poi il petto e poi mi sfiora e cerca di farmi capire che è il momento.

E io voglio starmene ancora qui a baciarla, ancora un po'.

"Ma tu mi ami?" le chiedo col fiato corto.

"Sì" risponde col fiato più corto del mio.

Non mi chiede se la amo, per lei non fa differenza.

"Perché?"

"Perché sì!"

Troppo facile...

"Dimmi perché!" insisto e continuo a morderle il collo.

Allora lei ci pensa un attimo: "Mi fai sentire pulita".

Ludovica ha ragione: amare ha a che fare con il pulito.

"Ce l'hai?"

"Sì, sta nella tasca dei pantaloni. Vuoi che...?"

"Sì, prendilo e scartalo."

Me ne sto lì, a guardarla in viso: ha le labbra sottili e le guance dure, non le avevo mai notate. È quasi brutta.

"Dai, sbrigati."

Mi stacco dal suo corpo e vado a prendere il preservativo nei pantaloni.

Infilo la mano nelle tasche.

Nella sinistra: niente.

"Perché mi fai sentire pulita" ha detto.

Ma io con lei non mi sento così.

Infilo la mano nella tasca destra: un rettangolo di plastica lucida mi sfiora i polpastrelli.

"Li ho dimenticati a casa..." le dico senza guardarla.

"Stai scherzando?"

"No!"

"Vabbe', facciamo senza."

"Senza!? E poi come fai?" le chiedo con le spalle al muro.

"Prendo la pillola. Non preoccuparti, non ti metto nei casini."

E io ho le spalle ancora più attaccate a quel maledetto muro.

"No, Ludo, di farlo così non me la sento."

Infilo i pantaloni e la camicia, mi rimetto le scarpe e "Adesso devo proprio tornare a casa... mi dispiace che è andata a finire così, sono stato proprio uno stupido a dimenticarli."

Le do un bacio sulla bocca, un bacio semplice, senza lingua e senza morsi, e scappo.

Tolgo la catena al motorino.

Mi metto il casco e salgo a cavallo.

Infilo una mano nella tasca destra dei pantaloni: il preservativo non si è mai mosso da lì.

Forse sto sbagliando ancora una volta.

Ludovica domani dirà a Giada, storcendo la bocca, "Mi sa che è gay!" o forse penserà che ha perso un po' della sua D maiuscola, non è più tanto Donna, e non dirà niente a nessuno.

Giro la chiave nel quadro.

Il motore tossisce, si è ingolfato.

Provo a dare gas, non sia mai si risvegli qualcosa... Niente, il mio motorino non ne vuole sapere.

Torno a casa a piedi.

Meglio così... ho ancora l'eccitazione addosso e mi ci vuole un po' di tempo per sbollire.

Il motorino lo porto via. Sarebbe una scocciatura lasciarlo sotto casa di Ludovica e tornare a prenderlo domani.

Quell'ammasso di ferro cammina con me e intanto gli racconto una storia, la storia di un ragazzo che è tornato.

Tra meno di un mese ci sarà la maturità.

Ludovica non mi parla più. E io mi adeguo.

Non ci sono state spiegazioni, solo quella fuga dal suo corpo.

"L'avevo detto che non era una cosa seria..." ripete Paolo e scuote la testa. Già, lui indovina sempre tutto, anche se l'avrebbe detto chiunque che non era una cosa seria.

Poi mi chiede "Non ti dispiace se ci provo, vero?" e io gli dico di no, non mi fa né caldo né freddo.

"Ma com'è lei?"

"In che senso?"

"A letto, scemo!"

Be', questo non glielo so dire, so solo che non fa per me.

"Trattala bene comunque" dico più per formalità che altro.

La storia di Giorgio e Ludovica non salterà fuori, Alice e io abbiamo deciso di tenerla per noi, non l'abbiamo usata per distruggere la reputazione di qualcun altro, ci è servita solo per ricordarci chi siamo e cosa vogliamo.

E io adesso lo so, l'ho sempre saputo che voglio lei, Alice.

E lei sa che non vuole uno come Giorgio, ma non sa se vuole me.

In questo periodo usciamo spesso da soli.

Andiamo a comprare vestiti e scarpe in via Cola di Rienzo e dopo ce ne andiamo al cinema lì vicino, all'Adriano.

Abbiamo visto *Cruel Intention*, in videocassetta, e abbiamo stabilito che anche le puttane hanno un cuore, "anche Ludovica" aggiunge Alice e sorride. E poi *Notting Hill*, ma non c'è piaciuto, troppo finto: la favola di un libraio che si mette con l'attrice più famosa, più bella e più pagata del mondo... e la scena in cui scavalcano per entrare in quel giardino con la panchina... impossibile no?

Eppure anch'io sto qui, seduto accanto a lei, impossibile no?

Poi, una sera, siamo andati a cena insieme, a festeggiare la mia patente.

L'ho portata al Messicano, La Cucaracha, un locale lontano anni luce da casa nostra. Meglio stare distanti fisicamente dai brutti ricordi, dalla Bruschetteria degli Angeli, da Giorgio.

"L'importante è che non è una cosa seria!" dicono quelli che si dimenticano di quando avevano diciotto anni e prendevano tutto sul serio.

Io e Alice abbiamo ancora qualche ferita addosso.

I nostri cuori sono reduci di guerra e allora io accarezzo il suo e lei accarezza il mio.

Il passato ci fa ancora qualche pernacchia, ci tira i calci a distanza. Eppure alla Cucaracha, per un attimo, ci dimentichiamo di tutto: il cibo è piccantissimo e l'unica cosa che ci danno da bere è sangria.

"Ma non esiste l'acqua in Messico?" chiede Alice al cameriere, quello le sorride, alza le spalle e le versa altra sangria.

Intingiamo i tacos nella salsa rossa e ce li mettiamo in bocca, con le mani pronte sui bicchieri.

Mandiamo giù, ci guardiamo e scoppiamo a ridere.

Alla fine ci gira la testa.

Prendo la macchina e la riaccompagno a casa.

Ho la patente da un giorno e già rischio il ritiro.

"Speriamo che non ci becca la polizia. Se ci fanno il test del palloncino siamo fregati..."

Le allaccio la cintura, apro il finestrino e la aiuto a prendere una boccata d'aria.

"Non sono abituata a bere" ripete.

"Me ne sono accorto!"

Ha le guance di fuoco e lo sguardo liquido dell'alcol.

Accendo il motore e sollevo lenta la frizione.

"Fermo!" e mi mette una mano sul braccio.

"Che c'è?"

"Se ti muovi vomito."

"Oddio! Ma proprio a me doveva capitare una che non regge un goccio d'alcol?"

Le tolgo la cintura, almeno può respirare meglio.

"Ognuno ha la sua croce..." mi guarda e ride.

L'alcol la rende più bella e pungente.

Adesso sì, adesso potrei baciarla.

Adesso che è debole, che ha le gambe che tremano.

Però non lo faccio.

Non voglio rubarle niente, un suo bacio deve essere un regalo, non uno scippo.

Me ne sto in questa macchina, a guardare la mia croce che prende aria dal finestrino, che respira a pieni polmoni, cercando di sbollentare il rossore delle guance, che ogni tanto mi guarda, si vergogna e ride di sé.

"L'importante è che non è una cosa seria!" adesso Paolo non lo direbbe più, perché lo vedrebbe nei miei occhi che è così, è una cosa seria.

La guardo ancora. E ancora. E ancora.

Ha i capelli raccolti, un po' umidi sulla fronte.

Non c'è stato niente tra noi.

Niente baci, niente sesso, niente di niente.

Però mi sento pieno.

Mi sento pieno, riempito di lei.

Sazio.

Ci siamo rivisti la mattina dopo, a scuola.

Malari, il prof di italiano, ci dà qualche dritta sulla prima prova. "State tranquilli, i temi li correggiamo io e il professore di latino" e non sa che proprio questo ci preoccupa. "Ricordatevi di non essere troppo decisi, della serie è tutto bianco o tutto nero! Meglio essere grigi."

Alice è in banco con me, alza la mano e commenta.

"Professore, uno scrive quello che pensa, se vede bianco scrive bianco, se è nero scrive nero. Basta col grigio!"

Io me la guardo e penso che deve circolare ancora un po' di alcol nelle sue vene. Oppure è impazzita, impazzita del tutto!

"Saricca, lei può scrivere quello che le pare, non stiamo in un regime."

E Alice si alza in piedi.

"Sì, vabbe', il regime non si vede, ma c'è."

Si sente presa in giro: ci stanno privatizzando tutto, pure la libertà di parola ora?, pure quella?

Alice non ci sta.

Ce l'ha con gli adulti, che non vedono più i colori, che restano grigi, che fanno finta che tutto va bene.

Alice cerca di far entrare il vento della rivoluzione in aula.

E, se ascolti bene, riesci a sentire in sottofondo il ritornello di una musica disubbidiente, alla Manu Chao.

Io, almeno, la sento.

Alice si guarda intorno, sbuffa.

Forse vorrebbe un po' di solidarietà.

Vorrebbe che qualcuno si alzasse insieme a lei, un gesto simbolico, per far capire che siamo stanchi di stare seduti, che vogliamo alzarci in piedi, essere attivi.

Che noi non siamo adulti, noi i colori li vediamo ancora benissimo!

Ma gli altri stanno bene così, col culo al caldo sulla sedia.

In compenso si rimette seduta lei.

Si becca una nota sul registro, prevedibile, e sta zitta per il resto della mattinata.

Una nota prima della maturità non è il massimo.

Soprattutto per una che ha sempre tenuto alla disciplina e ai voti buoni. Alice e io ce la siamo sempre battuta: un ex aequo che dà soddisfazione. Siamo noi i primi della classe.

Noi e Silvia Di Giosio.

Ma Silvia è una che s'impara tutto a memoria, una che prima di farti copiare la versione ti chiede "Perché non l'hai fatta? Che hai fatto ieri?" e se le dici che sei andato al cinema con una fata oppure che hai passato il pomeriggio al Laghetto dell'Eur a pomiciare con una ragazza, be', te la puoi scordare la versione. Ma se le imbastisci che sei stato male, hai accompagnato tuo zio all'ospedale (tua madre o tuo padre no, con loro non si scherza), è morto il cane che avevi da quando eri piccolo, be', anche se non sei stato male, anche se non hai uno zio e neanche un cane, la tua versione l'avrai.

Silvia è una a cui piace sentire le storie brutte, la felicità degli altri le dà fastidio, perché pensa che a lei è negato essere felice. E così, oltre a essere brutta fuori, è brutta pure dentro. E poi è una lecchina, una che sta sempre a fare complimenti ai professori, che trova belli persino gli occhiali di Ricci, che ride alle sue battute demenziali. Una che sa solo quelle quattro frasi che trova sul libro e te le spara all'interrogazione a una velocità impressionante: TÀ-TÀ-TÀ-TÀ-TÀ.

Alice dice che Silvia parla "a mitraglia", e un po', un po' tanto, ha ragione.

Inutile dirlo, siamo io e Alice i primi.

Ma quella nota, quella nota proprio non ci voleva.

Alice alza la mano di nuovo.

"Se deve dire altre eresie, Saricca, può anche abbassarla."

Perché i professori non sanno dire "cazzate", dicono "eresie", che è più offensivo, perché sa di grigio.

"Posso andare in bagno?"

"Vada."

Alice se ne va in bagno, non a piangere, non è da lei.

Va in bagno a pregare qualche Dio di toglierle la nota, perché sa che la madre non la prenderà bene, che le dirà che non è possibile, è uno scherzo, non ha senso a un passo dalla maturità, non bisogna dire sempre la propria, a volte è meglio ascoltare quella degli altri, dire sì e fare come ci pare.

La madre di Alice è una che ha fatto il Sessantotto da dentro. Figlia di un imprenditore romano, si era stancata di avere tutto e, nelle aule di Architettura a Valle Giulia, si era messa a fare la rivoluzione con lui, Mario Saricca, bel ragazzo, studente brillante ma polemico, troppo polemico. Lui faceva guerra alla borghesia, ma da fuori, dal proletariato, e la sua alleata gli passava le munizioni da dentro.

Quell'alleanza si era risolta con la nascita di Alice e il matrimonio tra i due: Saricca era diventato un alto borghese pure lui e si era dimenticato la rivoluzione.

Alice è figlia di due "guerrieri".

Ma lei non glielo perdona al padre di avere tradito un ideale per una manciata di potere.

"Potevi vivere con lei rinunciando ai suoi soldi, se ci tenevi tanto! Comodo... Finché stai male lotti, poi, quando stai bene tu, chissenefrega di quelli che stanno ancora male, giusto?"

Per lei la storia doveva finire così: la ricca borghese diventa proletaria per amore, rinuncia all'eredità e scappa di casa.

Questo sì che era un finale coraggioso.

Sì, il finale migliore.

Il proletario che diventa borghese è scontato. Ma, sotto sotto, stava bene a tutti, pure ad Alice, quel finale scontato. Solo che le era rimasto addosso quel sangue, quel sangue che bolle.

E infatti la madre di Alice non la prende bene: parleranno dopo, quando me ne sarò andato io.

Alice sul pianerottolo di casa mi ha detto "Oh, mi raccomando, difendimi davanti a lei".

Ma pure io sono arrabbiato con la figlia: "Che ti dice la testa? Te la potevi risparmiare..." e ripeto "Malari te la fa pagare, immagina quando lo viene a sapere Ricci..."

Cammino, mi passo le mani tra i capelli e sbuffo e poi cammino di nuovo, di nuovo le mani nei capelli, di nuovo sbuffo.

Alice mi guarda e ride.

E mi fa arrabbiare ancora di più.

"Che ti ridi? Guarda che sei proprio nella merda!"

"Appunto, IO sto nella merda, mica TU! Perché ti agiti?"

Lo vuoi sapere, Alice, perché mi agito così?

Perché cerco una soluzione che non c'è.

Perché è come se ci fossi pure io con te nella merda.

"Perché vivo di te."

No, non lo dico per davvero, non è il momento giusto per dirlo.

A lei do un'altra risposta.

"Lo sai come sono fatto, mi agito per tutto!"

"Sì, ma così agiti pure me. Mi metti ansia, Carlo."

"Allora me ne vado." Prendo le chiavi della macchina e me ne torno a casa.

Le cose non vanno meglio la mattina dopo.

A cominciare dall'appello.

"Silvia Di Giosio?"

"Presente!", immancabile, al suo primo banco centrale.

"Carlo Rossi?"

Alzo il braccio destro "Presente!".

"Ludovica Passarella?"

Nessuna voce di ritorno.

"Passarella è assente?" chiede Malari.

Sì, pare di sì.

"Qualcuno sa cos'ha Passarella?"

"Credo sia andata a fare gli esami del sangue" risponde Giada. In realtà Ludovica e Paolo hanno bigiato scuola insieme, si sono trovati, si sanno prendere, nessuno dei due fa sul serio.

"Saricca?"

Alice alza la mano destra. "Eccomi!"

"Pensavo alzasse la sinistra, Saricca!"

E lei è come un fiammifero: basta stuzzicarla e prende fuoco. Vorrebbe rispondere, ma Malari gliel'ha promesso: un'altra nota e si gioca la maturità.

E lei le prende, incassa senza tirare.

Come dicevo, le cose non vanno meglio la mattina dopo.

E questo nessuno di noi due se lo aspettava.

Ieri Alice, mentre me ne andavo da casa sua, ha detto: "Dai, tanto, come dicono in *Via col vento*, 'Domani è un altro giorno'".

Ma Rossella O'Hara non ha frequentato la terza liceo da noi. E non ha conosciuto il nostro professore di latino e greco, Ricci, tanto meno quello di italiano, Malari.

Lo sa tutto il liceo: "Se vai contro il Malari, sono proprio cazzi amari...".

E con chi doveva beccarsi Alice?

Oggi Malari interroga sulla poesia nel ventennio fascista.

Giada, Andrea e Silvia Di Giosio.

"Volevo Saricca, ma penserebbe che è una ritorsione."

Malari non molla e continua a fare ironia: "Mi faceva piacere sentire una versione, non di parte, del ventennio fascista. Perché lei non è di parte, Saricca, vero?".

I più bambocci ridono con Malari, altri si guardano con gli occhi spalancati, altri ancora commentano a voce bassissima.

Alice sta accanto a me, immobile.

E lui la sente parlare lo stesso, pure se sta zitta.

"Saricca, la smette di infastidirmi Rossi? Sono sicuro che Rossi farebbe volentieri a meno delle stupidaggini che gli sta dicendo... e ne faremmo volentieri a meno tutti."

Eh, no, questo no.

Mi alzo in piedi di scatto.

"Ma, veramente, professore, Saricca non stava dicendo niente..."

Malari mi rimette seduto con lo sguardo.

"Senta, Rossi, lei non c'entra in questa storia... stia al posto suo. È una cosa tra me e Saricca."

E io non lo so più, non so più se è bene rispondere a Malari e mettersi in guerra con lui o lasciarlo parlare.

Certo è che Malari troverà in Ricci un alleato, mentre Alice è sola. Sola, perché io posso solo passarle le munizioni, non posso schierarmi con lei. Posso fare la guerra da fuori, come faceva suo padre, ma la questione è sua e può risolverla solo lei.

È l'ultimo giorno di scuola, siamo tutti presenti.

L'ultimo giorno di liceo della nostra vita.

Le ragazze hanno il costume sotto la maglietta e i jeans, già sanno che dovranno subire parecchi gavettoni all'uscita di scuola. Noi ragazzi ci barrichiamo in bagno nell'ora di religione, cercando di riempire d'acqua quanti più palloncini e bottiglie si può.

Anche noi ci siamo vestiti leggeri, già sappiamo che ci sarà una reazione, una rivincita da parte delle ragazze, che anche loro ci inseguiranno con una bottiglia carica e ci bagneranno dalla testa ai piedi.

Il bersaglio principale è lei: Silvia Di Giosio.

"Deve tornare a casa piangendo, chiedendo pietà" ha detto Paolo mentre apriva il rubinetto.

"Uno per quando ho preso quattro perché lei non mi ha passato la versione..." Paolo riempie il palloncino, gira il laccio e lo stringe con rabbia, da vero guerriero.

"...uno per quella sua faccia malefica." E prepara un'altra bomba ad acqua. I gavettoni sono pronti.

E tutta la classe è con Paolo, tutti contro Silvia Di Giosio.

La campanella suona: non l'ultima campanella: manca un'ora di italiano.

Torniamo in classe con le braccia bagnate dagli schizzi del rubinetto e le facce furbe di chi è pronto per la guerra.

Alice apre il suo zaino blu, ha la maglietta bianca tutta bagnata sul davanti, è sexy. Scopre due bottiglie piene e mi dice "Una per te e una per Di Giosio".

Allora le faccio vedere i miei dieci gavettoni: "Nove per te e uno per Di Giosio".

"Addirittura merito più gavettoni della Di Giosio?"

"Assolutamente sì."

Lei fa finta di arrabbiarsi e gioca a non rivolgermi più la parola. Poi sorride.

"Tanto lo so, mi fai la guerra solo per avvicinarti e rubarmi qualche abbraccio..."

"Proprio così. Che ci posso fare?" sorrido anch'io.

"Lo so, sono irresistibile, non ci puoi fare niente."

Lei si prende sempre in giro, lei scherza, io no.

"Tornando a discorsi seri: io propongo prima un attacco a sandwich per la Di Giosio e poi ci facciamo guerra io e te, ok?"

"Che sarebbe un attacco a sandwich?" le chiedo.

"Sarebbe che tu la chiudi da una parte e io dall'altra, così non scappa. Come una fetta di salame in mezzo a un panino."

"Ok, prima la Di Giosio, poi noi! Ma ti avviso che non sarò affatto buono con te..."

"Bravo, mi piaci quando fai il cattivo."

Malari entra in classe.

E se l'anima è già lì, a fare la guerra d'acqua, i nostri corpi sono imprigionati in questa stanza, ad ascoltare le ultime parole di questo pupo.

Pupo, sì, perché prende tutto sul serio, perché pensa che la vita è tutta teoria e niente pratica, perché si mette a competere politicamente con una ragazza di diciotto anni, lui che ne ha più di cinquanta.

Passa un'ora a dirci che ci rivedremo la settimana prossima per gli scritti e tra quindici giorni per l'orale. "All'orale faremo i conti..." minaccia, "all'orale si vedrà chi ha studiato, e chi ha bluffato. Arrivare in terza liceo non assicura il diploma, anzi, per noi professori c'è più gusto a fermarvi proprio lì, a un passo dal traguardo."

"Per i pazzi sadici come lui, sì, c'è più gusto..." borbotta Alice al mio fianco.

La campanella suona.

E tutti scattano fuori, in quella pioggia artificiale.

Io aspetto Alice: dobbiamo fare il sandwich alla Di Giosio.

"Sbrigati, sennò non ce la facciamo a massacrarla..."

Lei finisce di preparare lo zaino. È pronta a uscire.

Malari la chiama: "Saricca, vorrei scambiare due parole con lei".

Alice lo guarda sorpresa. "Certo."

"Lo sapevo che rientrava nei suoi principi democratici..." le dice Malari con voce tranquilla. Strano, molto strano.

Io resto sulla porta, ad aspettare che Alice esca.

Allora lei mi si avvicina.

"Aspettami, torniamo insieme a casa. Mi sa che Malari vuole chiedermi scusa per come s'è comportato in questi giorni. Pensa che vittoria!" e torna in aula, fiera.

"Può aspettare fuori e chiudere la porta, Rossi?"

Lo saluto, chiudo la porta e scendo nell'atrio ad aspettare Alice.

Le lancette si rincorrono nell'orologio, si superano, si doppiano. Perché ci mette tanto? Sono scuse lunghe... Dopo un po' mi stanco di stare in piedi e mi siedo sui gradini della rampa di scale.

Ma lei ci sta ancora tanto e io mi stanco anche di stare seduto e mi metto a camminare nell'androne.

E poi mi ritrovo seduto e poi in piedi e poi seduto.

Alice scende dalle scale con la faccia spaventata.

Mi afferra per un braccio: "Andiamo!".

Ha fretta, fretta di scappare da questa scuola.

Io ci metto un po' ad alzarmi, a forza di stare seduto sono anchilosato.

Allora lei mi strattona e urla "Andiamo!".

Anche Malari scende dalle scale, anche lui arrabbiato, ma di una rabbia sicura, che non lo fa fuggire.

Mi alzo e corro con Alice. Veloci verso casa.

"Ma che ti prende?"

"Sbrigati!"

"Che è successo?"

Si tiene la risposta per sé.

L'accompagno fino a casa sua e non capisco.

Mi chiude il portone in faccia e continuo a non capire.

"Sei proprio un cretino... sai esserci solo nei momenti sbagliati!" E mi lascia fuori dalla porta.

Me ne torno a casa, zitto e veloce.

La battaglia d'acqua è finita.

Era la nostra ultima battaglia.

E non l'abbiamo combattuta.

CARLO, ore 15.00
Questo "cretino", che sa "esserci
solo nei momenti sbagliati",
ti passa a prendere tra
dieci minuti; ve ne andrete
da qualche parte e gli racconterai
tutto. Non puoi dirgli di no!
ALICE, ore 15.01
No!
CARLO, ore 15.05
Allora lo fai apposta!

Basta, vengo lì e
ti costringo a parlare.
ALICE, ore 15.06
No!
È la ragazza più disarmante che abbia mai conosciuto.

Sto sotto al portone di casa sua.

Combattiamo attraverso un citofono: lei mi vuole convincere ad andar via, io la voglio convincere a farmi salire. Devo salire. A tutti i costi.

Lei cede per prima, mi apre.

Sta sola: la madre ha portato Camilla, la sorella piccola, dal pediatra, tornerà per l'ora di cena.

Ci mettiamo in camera sua.

Io mi siedo davanti alla scrivania e lei si mette seduta per terra, con le spalle appoggiate al letto.

La stanza ha il soffitto azzurro e le pareti sono piene di scritte: frasi trovate nei libri, aforismi, pensieri, poesie...

In una scrive che ha litigato con le stelle, non si fida più del cielo. Crede alla terra adesso, che è un credere brutto perché non ti fa guardare in su.

E poi ci sta un quadro di Porto Ercole, il SUO mare.

Solo quel quadro a spezzare le pareti d'inchiostro.

A lei basta guardare quell'immagine per sentirsi la sabbia sotto i piedi e il mare nelle orecchie.

Ce ne stiamo seduti in silenzio.

"Se non hai niente da dirmi me ne vado..." mi alzo dalla sedia e faccio finta di avviarmi verso la porta.

"Resta. Non voglio stare sola in silenzio, voglio stare in silenzio con te."

Allora mi siedo per terra anch'io, accanto a lei.

Le prendo la mano e lei me la stringe forte.

Ce ne stiamo così per un'ora, con le dita intrecciate, lei a sfidare il suo silenzio e io a cercare di capirlo.

"Alice, che è successo con Malari?"

Decide di raccontarsi, a voce bassa, come se non volesse sentirsi.

Malari le ha lasciato la sedia del potere, la sedia del potere non si lascia a nessuno.

"E poi?"

Le ha detto che le ha lasciato i voti intatti, nonostante la nota.

"E poi?" continuo a chiedere.

Già so che ci sarà un "poi" che mi disgusterà, lo sento.

Alice ha un nodo alla gola, lo ingoia.

La sua mano comincia a tremare nella mia, allora la stringo più forte, cercando di fermare quell'incertezza.

"E poi?" chiedo e non vorrei sentire la risposta.

Le ha lasciato intendere che vorrebbe avere con lei un rapporto che vada al di là del professore-alunna, capisci?

Capisco ed è molto, molto squallido.

"C'è dell'altro? Mi nascondi qualcosa?"

Alice guarda lontano e scuote la testa. "No."

"E ora che farai?"

"Bella domanda..."

Guardo i suoi occhi che pensano.

"Quello mi massacra alla maturità..." ripete.

"Ma no, non ti farà nulla: sei preparata, Alice! E poi ci stanno altri cinque membri in commissione. Ti difenderanno, lo sai. Non ce li leva nessuno i nostri 100!"

"Anche quella bandiera di Ricci mi difenderà?"

"Sì, dai, pure lui."

La rassicuro e la sua mano trema un po' meno.

"Non ci pensare, tanto non ci puoi fare niente. Ti passo a prendere all'ora di cena. Facciamo un giro."

"D'accordo" e mi toglie la mano.

Stringo il pugno che vorrei dare a Malari, lo stringo tanto forte che mi viene un crampo.

"Grazie" mi dice sulla porta.

"Di che?"

"Di non farmi tremare."

Dovrei essere contento. Invece me ne vado preoccupato.

Quello lì la massacra alla maturità...

Ogni tanto penso a come si sono innamorati i miei genitori.
*A volte ho la sensazione che si sono ritrovati sotto lo stesso
tetto senza scegliersi, così, per caso.*
E invece ci dev'essere un perché.
*Mi piace immaginare che si sono conosciuti a una festa di
liceo. Lui l'ha invitata a ballare. C'era una canzone lenta: Mina,
Patty Pravo, quella roba là; forse una canzone straniera, Barry
White.*
*Lui non ballava alle feste. Ci si nasce con il ritmo nei piedi e
lui era proprio negato, però quella sera ha alzato il culo dalla se-
dia e ha ballato con lei. Le ha detto all'orecchio che le voleva be-
ne, le ha pestato i piedi, le ha chiesto scusa.*
Perché mi interessa saperlo?
Sciocchezze, sciocchezze di un ragazzo strano.
*Per evitare quella stessa canzone, quello stesso ballo, per evi-
tare lo stesso errore.*
*Per capire se le storie sbagliate danno qualche sintomo o se
tutte le storie, tutte, all'inizio sembrano giuste.*
*Ci dev'essere una formula, una regola del 9 per capire se stai
facendo bene i conti, se è lei o no.*
Ci dev'essere... ma dov'è?

Stasera le porto un mazzo di rose rosse.

Lo so che non dovrei, non stiamo insieme, ma mi va di farlo e lo faccio lo stesso, senza pensarci troppo.

Lei esce dal portone: ha dei pantaloni neri, una maglietta nera a dolcevita, di quelle col colletto alto e senza maniche, un giub-
betto jeans. I capelli raccolti. Una fragranza francese, di frutta.

La vedo e mi sale un po' di paura, perché penso che non
posso volerla, chi sono io per volerla?, nessuno, e nascondo le
rose tra i sedili posteriori.

"Come stai?"

"Meglio."

"Dove vuoi andare stasera, baby?" e faccio l'aria da duro.

"Che domande... direttamente a casa tua, lo sai che sono una che va subito al sodo."

E già mi avvio verso una pizzeria.

Ci mangiamo una pizza di colla.

Lei si prende una capricciosa, ma non ce la fa a finirla.

"Non mi piace la capricciosa."

"Ma allora perché l'hai presa?"

"Perché volevo essere originale" e ride delle sciocchezze che dice e che fa.

"Pensa a quei poveri pizzaioli che devono preparare solo margherite: hanno bisogno di qualcuno che ogni tanto si prenda una capricciosa e non li faccia sentire degli automi."

Fa discorsi stranissimi, fuori dal mondo, però filano, perfettamente.

Lascia la pizza nel piatto, paghiamo il conto e ce ne andiamo. Dove? Poi vediamo...

Sale in macchina e si toglie il giacchetto.

Lo mette dietro, sul sedile posteriore.

E mentre lo posa, si accorge delle rose.

"Che belle!" dice come una che non ha mai visto una rosa. "Per chi sono?"

"Sono per te, scema!"

Lei mi dà un bacio sulla guancia e dice "Grazie!".

E ora vuole andare al Giardino delle Rose, così ne prendiamo altre, di tutti i colori: gialle, bianche, blu.

"A quest'ora è chiuso!" le ripeto.

Ti pare che il Giardino delle Rose è aperto alle dieci e mezzo di sera. Impossibile no?

"No, secondo me qualcuno c'è e ci apre. Non fare il pessimista!"

Ingrano la terza e prendo la Colombo.

Dopo venti minuti siamo lì. Ma il Giardino delle Rose è chiuso e nessun custode ci apre. Chissà perché...

Allora lei fa: "Scavalchiamo!"

"No! Tu sei andata!"

Poi, una battuta tira l'altra, mi ritrovo a scavalcare anch'io.

"Ahi!" urlo. Il filo spinato mi ha tagliato la camicia e mi ha graffiato il braccio.

"Shh! Che ti urli?"

La cerco con gli occhi ma il buio la nasconde e allora posso solo rispondere al vento.

"Urlo perché mi sono tagliato. Bell'idea quella di venire qua!"

"Fai vedere!" e avvicina gli occhi alla mia ferita.

Di sangue ne esce appena un goccio, però sento sottopelle quel bruciore da ferita di striscio.

"Tante storie per un graffietto..." è la diagnosi di Alice.

Sarebbe un pessimo medico: si pronuncia senza aver prescritto mille analisi e antibiotici.

"Ci metti un po' di saliva per disinfettarla ed è fatta", questo il rimedio.

Il bello è che lei gioca a improvvisare cure e io mi sento meglio sul serio.

Passeggiamo in quel giardino immenso, per ore e ore, sicuri che nessuno ci scoprirà. E tutto sembra incantato, sospeso in quell'attimo riservato a noi.

Quando ci siamo stancati di camminare ci mettiamo seduti sull'erba.

Quanto vorrei baciarla... Adesso. Mi avvicino e lo faccio.

Un bacio nascosto, perché io non riesco a vederla in tutto questo buio. Vedo solo i suoi occhi e il suo sorriso di ceramica.

Poi lei si stacca. "Una goccia."

Una scusa più scusa di questa non la poteva trovare per staccarsi.

"Sul serio, Carlo, piove."

"Buona questa!" e mi sento preso in giro, mi alzo per andarmene.

E la sento pure io una goccia.

L'irrigazione automatica del giardino ci sorprende mentre stiamo lì. Piove solo per noi, come se il cielo volesse farci un regalo, in esclusiva.

Lei ha i capelli bagnati. Apre le braccia e fa mille giravolte.

> E piove su i nostri vólti
> silvani,
> piove su le nostre mani
> ignude,
> su i nostri vestimenti
> leggieri,
> su i freschi pensieri
> che l'anima schiude
> novella,
> su la favola bella
> che ieri
> t'illuse, che oggi m'illude.

Lei ha l'incanto, lo ha nei vestiti, nei capelli, in ogni cellula del suo corpo. E se le stai vicino e riesci a respirare un po' del suo incanto, il mondo si rimpicciolisce, diventa piccolo come questo giardino, come queste gocce d'acqua, come noi.

Alice non vive nel mondo, Alice il mondo ce l'ha dentro. Sì, vabbe', però se continua così la broncopolmonite non gliela toglie nessuno.

La prendo in braccio e la trascino fino alla rete.

Scavalchiamo e ci rifugiamo in macchina.

Scoppiamo a ridere, perché quando siamo insieme capita di tutto.

Stavolta è lei a baciarmi.

E il mio cuore è una bomba a orologeria.

Tic-tic-tic-tic...

"Calmo! Stai andando in tachicardia..." e dà una carezza al mio cuore.

Accendo la radio.

Rampower, 102.7, uno lo ricordi, uno lo vivi.

C'è *E...* di Vasco Rossi.

E noi lo viviamo.

Alice non l'ho più sentita.

E non ho usato trucchi per ritrovarla: il mio chilum l'ho buttato, non credo più alle "magie".

Preferisco ascoltare il mio cuore che soffre, invece di farlo stare zitto con qualche droga.

CARLO
Sarò pure banale, ma mi manchi
un casino.

ALICE
Carlo, dammi retta,
è meglio così.
Io non sento niente.

CARLO
Non è vero. E lo sai.
Vediamoci, guardami negli occhi quando
dici che non senti niente.
E io sparisco all'istante.

La sua risposta è stata molto chiara: ha staccato il cellulare.

Nessun segno di vita, encefalogramma piatto.

Solo quella vocina odiosa: "Tim, informazione gratuita, il cliente da lei chiamato non è al momento raggiungibile".

Della serie "Guarda, non ti parla. Attaccati".

Dopodomani c'è la prima prova. E sicuramente lei è lì, su quei libri, a ripassare tutti i dettagli.

E io? E i miei libri?

Niente, non c'è niente da fare: apro il libro e vedo lei, allora leggo ad alta voce, per convincermi che sto studiando Quasimodo e non sto studiando Alice.

E poi, il ventennio fascista, ha detto Malari che non lo chiederà a nessuno, perché l'ha fatto di fretta, purtroppo.

Malari odia Quasimodo e Ungaretti, Calvino e Primo Levi, tutti quelli che sono contro la guerra.

Non li chiederà all'esame, l'ha promesso.

Io do una letta lo stesso, non sia mai gli venissero strane idee...

Leggo da un'ora le stesse due pagine del libro d'italiano, il Segre. E mi rendo conto che di Alice Quasimodo so tutto, ma di Salvatore non so nulla.

È il giorno della prima prova.

Mio padre è uscito come niente fosse.

Mia madre invece vuole accompagnarmi a tutti i costi a scuola. Dice che l'ha fatto anche agli esami di quinta elementare e in terza media. Cerco di farle capire che alle elementari e alle medie non avevo ancora la patente e non sapevo prendere l'autobus.

"È una questione di scaramanzia, Carlo!" e lo dice con tanta decisione, che sembrerebbe una questione di onore.

Alla fine, pure se non ci credo, mi lascio accompagnare.

Parcheggia davanti all'ingresso principale, mi dà un bacio sulla guancia e mi fa il segno della croce. "Mi raccomando."

Sbuffo e le dico che non serve chiamare Dio per cose così stupide come la maturità, anche se ho il cuore a mille.

Scendo dalla macchina e vado davanti al portone chiuso.

Paolo arriva di corsa: "Escono *I limoni* di Montale, l'ho trovato su Internet stamattina".

Andrea dice che è vero, gliel'ha spifferato un amico suo, uno che sta al Ministero.

"*I limoni* di Montale non l'abbiamo fatta!" e mi arrabbio e penso che il Ministero dovrebbe prima leggere i programmi di tutte le scuole d'Italia e poi scegliere la traccia.

"Io l'ho fatta lo stesso, stamattina" dice Paolo, e Andrea fa subito sì con la testa.

Allora capisco che sono io, sono io quello sbagliato.

Alice mi passa davanti.

"Ciao."

Si siede sul muretto del cortile. È nervosa.

Andrea lascia me e Paolo e la raggiunge, le offre una sigaretta: "Ti calma...".

"No, grazie." Lei non ha mai fumato in vita sua. Io, invece, avevo iniziato per "magia", per essere come gli altri, poi ho smesso.

La guardo seduta sul muretto e il cuore accelera, va a duemila adesso.

"E le altre prove?" chiedo a Paolo, cercando di cambiare discorso e dimenticarmi di Montale e Alice.

"Su Internet ho trovato la traccia sulla Sars, sai, la polmonite, quella che piglia ai cinesi."

"Ma porc..." e mi rendo conto che non saprei fare neanche il tema sulla Sars. Dico a Paolo che, comunque, la Sars non prende solo i cinesi, piglia gli uomini in generale, almeno non scriverà qualche "eresia" sul tema.

E me ne vado, sì, vado ad aspettare da solo perché se sto con gli altri mi cresce l'ansia, perché a sentire tutte quelle tracce mi gira la testa.

Basta.

Quello che esce, esce.

Mi rifaccio il segno della croce, così, d'istinto, di nascosto: servirà pure a qualcosa...

Aprono le porte e si comincia a sgomitare e ad accelerare il passo, cercando di raggiungere i banchi più lontani dalla cattedra, quelli in cui il temario si legge bene.

I professori entrano, tutti in tiro, mai così lucidati in cinque anni, mentre noi studenti siamo lì, pallidi, cenciosi, pieni di brufoli, alcuni addirittura con le bolle, gli sfoghi sulla pelle.

Entra la busta.

Non la porta una Velina o una soubrette, come nei programmi televisivi. Ce la porta la presidentessa della commissione, un donna cubica sulla cinquantina, accompagnata da due carabinieri.

Allora Paolo si mette a fare "Ohhhh..." per scherzare, ma nessuno ha voglia di seguirlo.

Alla fine esce Pirandello per analisi del testo, gli affetti familiari, la poesia nella società dei mezzi di comunicazione di massa, e un tema sui regimi politici.

Meno male che c'era Internet!

Tiro un sospiro di sollievo, prendo il foglio e comincio a scrivere e poi cancello e poi riscrivo e poi mi accorgo che voglio fare quello sugli affetti familiari.

Scrivo che in famiglia si instaurano rapporti complicati, parlo di me e di mio padre, di Kafka e del suo, di Pirandello.

E scopro che non voglio male a mio padre, anche se lui me ne fa, mi fa male con la sua invisibilità, coi suoi silenzi.

Il mio tema si chiude con una lettera:

Papà,
i fantasmi sono corpi sbiaditi, come te.
Non mi hai spiegato niente: come si nasce, come si muore, come si tiene caldo un amore, come si diventa stupidi quando si aspetta una telefonata, un messaggio, un segno; come si litiga con la vita, quando non ci rispetta.
Non mi hai detto niente di te e io non ti ho detto di me: ho ripagato il silenzio col silenzio, non volevo debiti.
Hai dato tutto per scontato e io ho imparato da solo.
Ho imparato da uomini che non sei tu, da case lontane dalla nostra.
Io sono figlio del mondo. E tu chi sei?
Ricordi quell'inverno? Sul lungomare di Ostia tirava la tramontana. Avevo la punta del naso anestetizzata dal freddo e i capelli seminati dal vento. Le mie mani cucciole di bambino cercavano di tenersi al tuo cappotto, mentre la corrente mi soffiava contro. Non vedevi i miei sforzi per raggiungerti e aggrapparmi: camminavi tranquillo, stretto nel tuo loden e attento che il tuo cappello non volasse via.
Sai, ancora oggi mi capita di stare controvento.
E, come quel giorno, non ho un cappotto al quale tenermi, non ho prese. E, come quel giorno, ho paura.
Eccoti la mia storia, senza la tua in cambio. Fa niente. Ti rispondo con la vita al silenzio.

Usiamo il tempo fino all'ultima goccia: dopo sei ore consegniamo.

Metto il mio foglio protocollo sulla pila di compiti e mi sento già più leggero. Una prova è andata.

Usciamo tutti insieme da scuola: ci vuole solidarietà, almeno agli esami.

Solo Silvia Di Giosio ha consegnato dopo due ore e se ne è andata a casa. Se l'aspettava che usciva Pirandello e se l'era preparato. Ci sono persone che riescono a calcolare proprio tutto.

Mi avvicino a Paolo.

"Paolo, quale hai fatto, quello sulla Sars?" e sorrido delle sue certezze.

Mi spiega che ha fatto l'analisi del testo su Pirandello e ha copiato un po' di "roba" che stava scritta sul Segre.

Siamo tutti nel cortile di scuola, chi a fumare, chi a respirare il fumo degli altri, chi a pensare, chi a non fare niente.

Anche i professori stanno tra noi.

Alice è seduta sul suo muretto.

Mi arrampico anch'io e mi siedo vicino a lei.

"Che tema hai fatto?" chiedo tanto per chiedere e spezzare un silenzio di giorni.

"Quello sulla poesia."

Le prendo la mano.

Lei ci pensa, si guarda intorno: è pieno di gente.

Mi nega la sua mano, si riprende lo zaino e va verso l'uscita.

"Devi lasciarmi stare, capito?"

Non la lascio stare.

La seguo per qualche metro fuori da scuola, la chiamo, col fiato grosso della corsa.

Si ferma, finalmente, e mi guarda.

E quello non è guardare, è un segnale, un messaggio in codice. Poi si mette a fissare lontano, verso il cortile di scuola, e continua a farmi cenno con gli occhi.

Che cosa vuole dirmi?

Sento che la sto perdendo, sta facendo retromarcia. Cerco di baciarla, di riprendere il controllo di una situazione che mi sfugge.

Lei si divincola e fa un passo indietro.

È questione di secondi e mi trovo le sue dita sul viso.

Uno schiaffo fortissimo.

Mi massaggio la guancia, reggo il dolore.

Mi giro e vedo Malari, i suoi occhi puntati su di noi.

Alice riprende a correre.

Stavolta non la seguo. Resto lì, impalato.

E capisco che mi sta proteggendo.

Se Malari scopre che stiamo insieme massacra pure me.

Il giorno dopo si fa la seconda prova, una versione di Seneca, un po' contorta, ma si sa che Seneca è contorto.

La terza prova non è un problema: i professori ci hanno dato qualche dritta sulle domande.

I risultati degli scritti escono fra tre giorni e tra cinque giorni cominciano gli orali.

È uscita la R e io penso che, be', mi è andata bene, almeno mi tolgo subito il pensiero.

Que sera sera diceva Doris Day in quella canzone.

Ma è meglio *Que sera* prima, invece *Que* dopo.

Il risultato degli scritti e il calendario degli orali escono a mezzogiorno, dicono in segreteria.

Alle otto e mezzo siamo già lì, puntuali come non siamo mai stati. E dopo tre ore e mezzo, eccoli!

Mi faccio spazio tra i miei compagni e cerco di buttare un occhio in mezzo a quell'elenco di nomi.

Mi trovo.

Carlo Rossi: 45/45esimi.

"Bella Carlo!" urla Paolo, "sei proprio tosto!"

Continuo a cercare con lo sguardo.

Alice Saricca: 42/45esimi.

Merda! Adesso sì che rischia di giocarsi il suo 100.

Qualcuno le ha tolto tre punti a una delle tre prove.

Però può ancora sperare nei cinque punti di bonus, se li merita.

Silvia Di Giosio: 45/45esimi.

Che culo.

Sono il primo interrogato del primo giorno.

Insomma, la cavia.

E sto lì, incollato alla scrivania, a ripassare fino alle quattro di mattina.

Poi me ne vado a letto, ma è inutile. Sarà il caldo, sarà l'agitazione, sarà questa zanzara che mi parla all'orecchio, sarà che penso ad Alice, a quanto voglio fare l'amore con lei, non riesco proprio a dormire.

Paolo mi ha consigliato di ascoltare quella di Venditti, *Notte prima degli esami*, ma poi Andrea ha detto che a suo fratello quella canzone ha portato sfiga.

E allora lascio perdere: meglio ascoltare la zanzara che, se non altro, non mi porta sfiga.

Alle otto di mattina sto lì, davanti al portone.

Sono venuti un po' di compagni a vedermi. Mi osservano come tanti scienziati preoccupati: vogliono sapere se la cavia sopravviverà.

I professori mi dicono di stare tranquillo.

Malari dice "Non è lei, Rossi, che deve avere paura", una frase che ha il suo doppiofondo di minaccia per qualcun altro.

Alice non viene a vedermi: la agita assistere a un esame prima del suo. È la prima di domani mattina, lei.

Gli orali si svolgono in palestra, in una cattedra sperduta in mezzo al campo da basket.

Mi siedo.

"Ha con sé un documento?"

Tiro fuori la carta d'identità e per la prima volta non mi vergogno di far vedere a tutti quella foto orribile; basta che facciamo presto.

La tesina sulle *Metamorfosi* piace a tutti.

Chi la poteva fare meglio di me? Nessuno, solo io mi ero trasformato da strano a figo e poi avevo deciso di ritornare strano.

Ricci mi fa tradurre un passo di Ovidio, Malari mi chiede che fine ha fatto Jacopo Ortis, gli rispondo che si è suicidato, mi dà una stretta di mano e dice che per lui può bastare.

È passata solo mezz'ora.

La professoressa d'inglese mi dà un bacio sulla guancia, il famoso "bacio accademico", e mi sembra strano che me lo dia proprio lei, che in cinque anni di liceo sarà stata presente sì e no dieci volte, perché ogni anno, puntualmente, rimaneva incinta. Ci sono donne che lo fanno per non andare in galera, lei lo fa per non venire a scuola.

Alla fine mi stringono tutti la mano e io esco da quell'aula con la consapevolezza che sì, ora sì, è tutto finito.

Il giorno dopo tocca ad Alice.

Sto qui, ad aspettare che facciano l'esperimento anche a lei.

Anche Silvia Di Giosio è venuta a vederla.

"È venuta a gufare" sostiene Alice e io le dico di stare tranquilla, che Silvia Di Giosio nella vita sarà sempre una merda, anche se prende 100 alla maturità, pure se prende 200 resta una merda."

Ricci viene a chiamarla e l'accompagna in palestra.

"Saricca, se mi segue cominciamo."

È tutto strano e serio, come in un ospedale, quando hai l'appendicite e i medici ti trattano con i guanti prima di aprirti la pancia.

"Documento?" chiede Ricci.

"Non so se l'ho portato..." e Alice si mette a cercare nello zaino.

"Cominciamo bene..." commenta Malari.

Alla fine salta fuori quella benedetta carta d'identità; stava nella tasca inferiore.

La tesina è sull'alienazione, parla della società e dell'importanza di ascoltare se stessi. E nessuno poteva farla meglio di lei, che mi ha insegnato a sentirmi e a vivermi, senza adattarmi agli altri.

Dopo cominciano le domande: gli anni di piombo, Shakespeare, un pezzo degli *Annales* di Tacito.

Alice risponde a puntino, ma Ricci le fa altre domande: "Traduca ancora un po'" e le chiede "con più precisione".

E lei gliela dà la precisione che vuole Ricci, ma quello è come se non ascoltasse. La blocca mentre ancora sta parlando.

"Io ho finito. Continui tu, Franco?"

"Volentieri" e Franco Malari continua.

Le fa vedere gli scritti: la versione di latino era perfetta e pure la terza prova; a buttarla giù è stato il tema.

"Un tema un po' scialbo" dice Malari e storce il naso.

"In che senso?" chiede Alice.

"Troppe interpretazioni e pochi fatti. Per lei è tutto grigio. E in un tema bisogna dare certezze: o bianco o nero. Sei d'accordo con me, Ricci?"

E Ricci fa sì con la testa.

"Che pupazzo..." dico a bassa voce a Paolo che mi siede accanto.

"Peccato, Saricca, perché lei in cinque anni ha fatto i temi più belli della classe. Stavolta non le deve aver detto molto il titolo, giusto?"

Alice, anche lei, fa sì con la testa, non perché la traccia non le ha detto molto, ma perché ha capito l'andazzo.

È già passata un'ora.

Dopo i commenti sugli scritti resta a Malari da fare una domanda: la prima strofa di *Amai* di Saba.

E lei ce l'ha scritta sulle pareti di camera sua quella poesia, è una delle sue preferite. La sa.

E forse è giusto riportarla anche qui per ricordare a qualcuno i tempi del liceo, i banchi su cui erano incise le iniziali di qualche amore passato, passato non scordato, le sedie scomode, con le gambe pericolanti...

Alice legge ad alta voce la strofa.

> *Amai trite parole che non uno*
> *osava. M'incantò la rima fiore*
> *amore,*
> *la più antica difficile del mondo.*

Parla della "poesia onesta" di Saba, dice che è un grande, uno che ha capito che non bisogna inventarsi parole nuove, ma bisogna concentrarsi sulle parole *trite*, come *fiore-amore*, parole che usano tutti e che sono le più difficili, proprio perché bisogna cercare di dare loro un significato non banale, nuovo.

È facile dire "amore", ma è difficile dargli un significato "onesto".

È proprio un bel commento e Saba sarebbe fiero di me e Alice, perché siamo riusciti a trovarlo quel significato.

Malari spara l'ultima cartuccia.

"Se la ricorda la vita di Saba, Saricca?"

Sì, un po' se la ricorda. Gli parla della nascita a Trieste, dei genitori che si separano prima che lui nasca e del poeta che è cresciuto da una balia.

E Malari inizia a rompere.

"Se lo ricorda come si chiama la balia?"

Alice cerca di resistere come un pugile in mezzo al ring, cerca di fissare i piedi per non andare ko.

"Peppa, mi pare."

"Peppa!? Saricca, non scherziamo..."

Tutti i professori ridacchiano.

Allora Alice tira fuori dallo zaino il suo libro e gli fa vedere che lì, proprio lì, sul Segre, c'è scritto: *L'amatissima Peppa*.

Malari accusa il colpo, ma si riprende subito e le spiega che quello era solo un soprannome: il nome vero era Gioseffa Schebar. E Alice, d'ora in poi, se lo ricorderà a vita quel nome: Gioseffa Schebar, uno stupido nome senza importanza.

Poi Malari distende i muscoli del viso: "Dovrebbe stare più attenta quando studia, Saricca: la letteratura non si regge sui soprannomi".

Malari e gli altri professori parlano tra di loro e lei si sente un'intrusa, lei, la protagonista.

"Può andare."

Alice raccatta i suoi libri dalla cattedra e se li mette nello zaino. Nessuno le stringe la mano, allora se la mette in tasca e si chiude la porta della palestra dietro le spalle.

Attraversa l'androne ed esce nel cortile.

Io la seguo, ho intravisto il suo sguardo liquido.

Ci sediamo sui gradini di scuola.

Lei si guarda in giro: non c'è nessuno, solo noi.

Allora si toglie lo zaino dalle spalle, lo butta lontano, si mette il viso tra le ginocchia e piange. E io glielo tiro su quel viso, che è un peccato tenerlo nascosto. La stringo forte.

"Hai cercato di resistere. Sei stata bravissima... Io sarei caduto al primo colpo."

"Andiamocene da questo posto, Carlo."

E vorrei fare il buffone e farla ridere, ma non ci riesco perché sono triste anch'io.

"Voglio andare a casa" dice e io l'accompagno.

"Voglio restare sola" e io la lascio sola.

Oggi sono usciti i quadri.

Tutti promossi, persino Ludovica e Andrea.

Andrea si è preso il suo 60 con spinta e Ludovica si è rubata un bell'80, lei che aveva quattro fisso da cinque anni.

Avrà la sua Smart color panna.

Carlo Rossi e Silvia Di Giosio: 100/100esimi.

Alice non viene a vedere i quadri, non ci mette più piede in questa scuola, l'ha giurato!

Toccherà a me darle la notizia.

Alice Saricca: 99/100esimi.

Sa di presa per il culo, però è così.

Non vuole nemmeno venire alla consegna dei diplomi.

Questa scuola l'ha rinnegata e la rinnega pure lei!

È giusto, ma devo inventarmi qualcosa.

È il ventotto giugno.
Mi alzo di buon'ora.
Prendo l'autoradio e il costume e li metto nello zaino.
Poi prendo le chiavi della Golf di mia madre.
"Passo alla consegna dei diplomi ed esco con Paolo. Ci vediamo stasera tardi. Non mi aspettare."
Mia madre mi guarda e sorride.
"Adesso si chiama Paolo quella ragazza che è venuta a trovarti?"
"No, quella si chiama Alice. Ma non c'entra..."
"Se lo dici tu che non c'entra..." e sorride di nuovo.
È di buonumore: ha ritrovato suo figlio.

Parcheggio proprio davanti a scuola: il modo migliore per non essere invisibili.
"Forza, scendi!"
Lei niente, resta incollata al sedile della macchina.
Glielo ripeto tre, quattrocento volte: "Alice, scendi!".
Niente.
"Ok, allora facciamo così: io scendo, prendo il mio diploma e pure il tuo. Tu mi aspetti qui. Cerco di fare il più in fretta possibile e poi partiamo. L'hai presa la chiave?"
Me la passa davanti agli occhi, un po' preoccupata.
"Speriamo che i miei non se ne accorgano..."
Scendo dalla macchina, "A dopo", ed entro nell'aula magna.
I diplomi li tiene tutti in mano Malari, è lui che li distribuisce.
Qualcuno ha portato tartine, pizzette e spumante per festeggiare. Ma per festeggiare cosa? La fine o l'inizio?
Prendo una tartina al salmone dal vassoio e me la metto in bocca. Pulisco una mano contro l'altra e vado da Malari.

"Professore, io sto in partenza e volevo chiederle se era possibile prendere il diploma senza aspettare tutta la cerimonia."

"Certo, Rossi, certo."

Cerca il mio nome in quel mucchio di carta e mi dà il mio diploma.

Allora gli chiedo anche quello di Alice.

"Non è voluta venire" gli spiego.

"Non se l'è sentita?" fa lui col tono soddisfatto.

"Semplicemente non gliene fregava nulla..." gli rispondo per fargli capire che Alice non è una debole, è lui che è un vigliacco.

"Comunque mi ha lasciato una delega" e gli faccio leggere un pezzo di carta che Alice mi ha firmato.

Ma lui dice di no, non si può fare.

"Deve venire Saricca in persona a ritirarlo."

Allora io me lo guardo. E mi fa schifo. E non mi va più di prendere le cose alla larga.

"Dove lo deve venire a ritirare il diploma? Nei suoi pantaloni, professor Malari?"

Lui sbianca.

E zitto mi dà il diploma di Alice.

Mi mangio un'altra tartina al salmone ed esco da scuola.

Sono fiero di me, dell'uomo che sono diventato.

Perché diventare uomini non significa aver fatto sesso; significa avere il coraggio di affrontare le proprie paure e di combattere per chi si ama.

Alice mi guarda dalla macchina.

Sventolo da lontano i due diplomi per dirle che ce l'ho fatta, ho preso pure il suo.

Fuori scuola ci stanno la madre di Silvia e Silvia Di Giosio che mi fa i complimenti e mi augura la vita migliore che si può augurare.

E non sa che io mi sono stancato di prendere le cose alla larga.

"Ma sta' zitta, porti sfiga!" le urlo e salgo in macchina.

Alice scoppia a ridere e dice che non è da me.

Ma ormai abbiamo i nostri due pezzi di carta e possiamo dire quello che ci pare.

Malari esce da scuola con Ricci: a loro non bastano le tartine, devono prendersi anche il caffè. E Malari ne ha proprio bisogno: lo vedo palliduccio.

Accendo il motore, metto la prima e abbasso il freno a mano.

Malari e Ricci stanno davanti al bar, dall'altra parte della strada.

Stacco la frizione ed esco dal parcheggio.
Alice mi guarda: "Lo faccio?".
Ci penso un attimo: è giusto, "Fallo!".
Allora lei si sporge dal finestrino, alza il dito medio della mano sinistra e glielo fa vedere a Malari.
"Bye Malari!" gli urla.
Poi si rimette seduta sul sedile.
È un po' bianca anche lei, dev'esserle costato quel gesto di liberazione.
Metto la seconda e scivoliamo lenti nel traffico della Colombo, fino all'Eur.
Ingrano la terza e poi la quarta e poi la quinta.
Siamo in autostrada.
Rampower 102.7: uno lo ricordi, uno lo vivi.
I Phantom Planet cantano *California*.
Apriamo i finestrini e gridiamo, il più forte possibile, fino a sentire la gola che brucia.
Raccontiamo al vento la nostra libertà.
Destinazione: Porto Ercole.

Tu sai che significa quando il cuore ti schizza fuori dal petto?
Io sì, l'ho scoperto poco dopo, quella mattina.
È come sentirsi morire, però poi rinasci e non nasci da solo stavolta, no, nasci insieme a lei.
Te la ritrovi accanto.
E forse lei non lo sa, ma siamo nati insieme.
Siamo nati insieme, quella mattina.

In un'ora e tre quarti siamo lì.
Accanto alla porta d'ingresso un fenicottero rosa di legno sembra di guardia.
Lasciamo gli zaini e i vestiti dentro casa, la casa dei suoi, e ci mettiamo in costume.
Dividiamo un asciugamano in due, perché il mio l'ho dimenticato a Roma. La spiaggia è quasi deserta: è giovedì, la gente sta ancora al lavoro.
L'acqua accompagna sul bagnasciuga qualche legnetto e persino un laccio di scarpe. Il mare vuole tenersi pulito, caccia tutto quello che lo ingombra. Alice non sa se togliersi la maglietta: tira il maestrale, il vento ti si aggrappa alle ossa. Io invece ho voglia di tuffarmi in acqua, godermi il primo bagno della stagione. Tanto il freddo passa, una volta che ti sei buttato.

Cerco di convincerla, ma lei se ne sta chiusa in se stessa. È nervosa. Si mordicchia il labbro inferiore, lo tortura con i denti. Si è messa la crema protettiva a chiazze pur di non farsela spalmare da me. Ferma ogni mia iniziativa di contatto. Forse è brutto segno, forse no.

Anche io sono nervoso. Però io, questo bagno, lo voglio proprio fare. La prendo in braccio e faccio qualche passo verso il mare.

"No, Carlo, dai, ti prego, fa freddo!"

Troppo tardi. La bacio e la lascio cadere in acqua.

E lei, che ha il sangue che bolle, me la fa pagare.

Immerge la mano, raccoglie un pugno di sabbia bagnata, si avvicina e me la spalma sui capelli.

La sabbia nei capelli è una tragedia: devi lavarti mille volte prima di essere veramente pulito.

Ci sarà sempre un granello che si è nascosto bene e ti dovrai lavare di nuovo.

"No, la sabbia nei capelli no!" mi lamento e mi strofino la testa.

Lei mi guarda e sorride, poi mi dà un bacio, così di sfuggita.

Quando i polpastrelli cominciano a fare le pieghe decidiamo di uscire dall'acqua. Alice trema, si avvolge l'asciugamano intorno alle spalle, come una coperta. Le accarezzo la schiena, cerco di scaldarla.

Infradito ai piedi e ce ne torniamo a casa.

Il mio stomaco sta facendo un monologo: ho fame, una fame tossica! È proprio vero che il mare stanca...

Alice si raccomanda di non sporcare e non spostare niente, che la madre è una maniaca dell'ordine e si accorge di tutto, peggio del commissario Rex.

E così me ne sto, fisso, in piedi, al centro del salone.

"Guarda che puoi anche muoverti..." mi spiega.

E io mi rilasso. Mi aggiro per casa, alla ricerca di altri indizi che appartengano al mondo di lei.

Cuscini color sabbia dormono su un divano bianco; quadri di barche e scene di vita di mare si tengono alle pareti.

Salgo una scala a chiocciola e mi ritrovo nella stanza di Alice. Il tetto è basso e mi tocca stare con la testa chinata per non sbattere contro il soffitto. Alice vive qui d'estate, in questo angolo di casa. La sua camera è molto diversa da quella di Roma. È una stanza semplice: un letto a una piazza e mezza con la coperta a righe bianche e blu, una sedia azzurra e una scrivania di legno bianco su cui poggiano grandi conchiglie color

carne, un tempo case sicure di qualche animale. Ora sono orecchie di mare, che rimandano un'eco di spiaggia e vento. Le pareti sono pulite, senza una scritta, e non ci sono quadri. Solo un finestra e sembra di averlo proprio lì il mare, di allungare la mano e bagnarsi.

Alice mi raggiunge in camera sua, si avvicina e mi abbraccia da dietro.

"Perché non ci sono scritte qui?" le chiedo.

"A che servono le parole quando hai questo spettacolo davanti agli occhi?" dice guardando al di là della finestra.

E viene facile sdraiarsi sul letto e spogliarsi, liberi di tutto.

"Hai paura?"

Fa cenno di sì con la testa.

"Anch'io." e sorrido.

Ho una paura fottuta di farle male, di deluderla.

Stavolta, però, so che la voglio, ne ho la certezza più assoluta.

La rassicuro, "Se ti fa male, dimmelo, smettiamo subito...", le accarezzo i capelli e mi sento imbranato e rischio di sciupare tutto.

Alice non vuole fare l'amore a metà, non vuole risparmiarsi per qualcun altro. È il momento: sono io, è lei.

E anche se è un po' complicato afferrare il ritmo e capire quali sono le coordinate del piacere, ci incastriamo uno nell'altra.

Ci scambiamo, anima e pelle, ossa e muscoli.

Sento qualcosa che si muove dentro di me e guardo lei, il suo corpo teso, contratto, però sorridente. E mi domando se anche in quel corpo si muove qualcosa. Sì. Ci bagniamo dello stesso piacere.

E sembra così strano averlo fatto, così naturale. E poi rifarlo, un'altra volta, con la pelle che sa di sale e bagnoschiuma, con i capelli pieni di sabbia.

E la seconda volta viene meglio, perché ci si conosce già di più, perché si ha meno paura.

Restiamo così, per ore, prigionieri di un abbraccio.

"Non credevo uscisse tanto sangue..." e già pensa a come nascondere nella lavatrice quelle lenzuola.

"Ti amo" dico.

E lei gioca a non credermi.

"Facile dirlo adesso..."

"Ma tu stai bene con me?" le chiedo.

"Sì" e mi bacia.

E mi riprende la paura.

Paura di me e di lei, paura che tutto finisca.
E mi sembra di abitare un mondo troppo lontano,
che non posso aver raggiunto.

Sono le undici di sera.
Lascio l'Aurelia e prendo la Roma-Civitavecchia.
Tre quarti d'ora e, se tutto va bene, siamo a Roma. Alice si
è addormentata contando le stelle. Ora sogna rannicchiata sul
sedile, col viso rivolto verso di me. Ogni tanto tolgo la mano
dal cambio e le accarezzo il viso. Ho acceso l'autoradio per tenermi sveglio, ma la tengo bassa, per non svegliare lei. Io non
so cos'è la felicità, ma deve essere qualcosa di simile.

Ho trovato un mondo della mia taglia, senza dover ricor-
rere a stupide "magie".

Stacco la mano dal cambio e accarezzo il viso del mio mondo. E poi i dubbi mi rincorrono, come al solito.

Tra qualche mese saremo già su strade diverse: lei a Lettere, io a Medicina.

Vuole fare la scrittrice lei, mettere il mondo in un pezzo di
carta, nero su bianco. Io no, io non ne ho il coraggio. Non ci
vedremo più tutte le mattine, non ci sarà più tanto tempo per
comprare i vestiti e le scarpe in Cola di Rienzo, per andare al-
l'Adriano.

E lei conoscerà altra gente, altri mondi.

Forse anch'io conoscerò altri mondi, adesso no, adesso è
impossibile solo immaginarlo.

Quanto dureremo? Un mese? Un anno? Una vita?

Però vale la pena. Io e lei, pure un'ora.

Quanto dureremo?

Non lo so, il mondo è strano: si allarga, si restringe e poi si
riallarga, e tu non puoi mai essere sicuro di riuscire a starci
bene dentro.

Ma quando riesci a stare dentro, devi rubare tutta la vita
che puoi. E metterne un po' da parte. Che magari, un giorno,
quando avrai bisogno di ricordi, ti servirà quella manciata di
vita e ti farà piacere ritrovarti un po' di sabbia nei capelli. E ti
metterai lì, ad accarezzare il tuo cuore e a lasciarlo parlare.

Rampower 102.7: uno lo ricordi, uno lo vivi.

Vasco Rossi canta *Senza parole.*

La mia storia finisce qui.

Anche se di fronte a me ho tanta altra strada.

Almeno tre quarti d'ora buoni, lungo la Roma-Civitavecchia.